데스마치에서 시작되는
이세계 광상곡
14

루루
쿠보크 왕국 출신.
아리사의 언니.

미아
말수가 적고 음악을 좋아하는
엘프.

포치
강아지 귀 종족의 소녀.

리자
주황 비늘 종족의 소녀.

플로어 마스터
계층의 주인토벌 기념
개선 라이브 개최?!

아리사
쿠보크 왕국의 옛 왕녀.
전생에 일본인.
금빛 가발로 변장.

사토
이세계를 헤매고 있는
서른 줄 프로그래머.

나나
무표정한 호문클루스.

타마
고양이 귀 종족의 소녀.

"내 노래를 들어어어어어어어어어!"

"사토,
어떤가요?"

태수 부인의
다과회에 초대 받아,
새 드레스를 마련하다!

데스마치에서 시작되는 이세계 광상곡

14

★ ★ ★

아이나나 히로

Death Marching to the
Parallel World Rhapsody
Presented by Hiro Ainana

CONTENTS

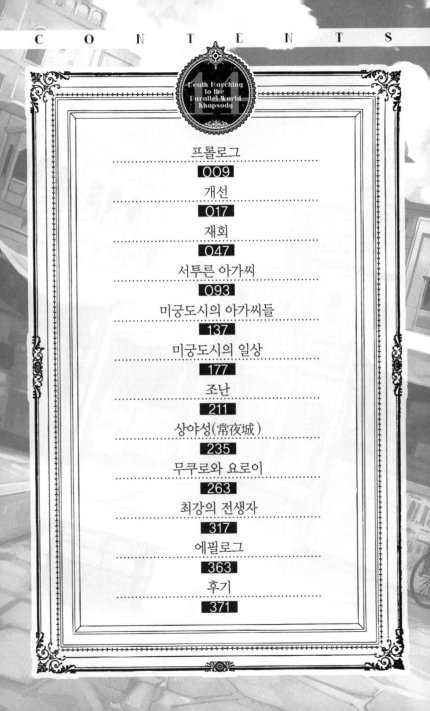

프롤로그
009

개선
017

재회
047

서투른 아가씨
093

미궁도시의 아가씨들
137

미궁도시의 일상
177

조난
211

상야성(常夜城)
235

무쿠로와 요로이
263

최강의 전생자
317

에필로그
363

후기
371

Death Marching
to the
Parallel World
Rhapsody

프롤로그

"사토입니다. 인생에는 여러 고민이 있게 마련이지만, 혼자서 고민해도 좋은 답이 나오는 경우는 드물었어요. 마지막으로 정하는 건 자신이라도, 여러 사람들과 의논해서 자신과 다른 시점을 아는 것이 중요하다고 생각합니다."

"레벨삼백십이이이이이이이이이이일?"

내 이야기를 듣고서, 어린 소녀 아리사가 귀가 아플 정도로 크게 외쳤다.

마왕 「구두의 고왕」 일로 동료들에게 염려를 끼쳐버렸기 때문에 일단은 걱정 많은 아리사와 리자 둘에게 내 레벨을 알려봤다.

아리사에게는 구두를 쓰러뜨린 거나 유성우에 대해서 이미 가르쳐줬으니까 「후~웅」 하는 가벼운 리액션을 예상하고 있었는데, 생각보다 훨씬 놀라고 있었다.

"진정해."

"진정할 수 있을 리가 없잖아! 레벨 311이잖아?"

요전까지 레벨 310이었는데, 구두를 쓰러뜨렸을 때 경험치가 다 쌓인 모양인지 레벨이 1 올라갔다.

방방 뛰는 아리사와 달리, 주황 비늘 종족인 리자는 놀라긴 했지만 조용히 받아들여주었다.

"과연 주인님이십니다."

히죽히죽 웃는 모습의 리자는 희귀한 것 아닐까?

리자의 꼬리가 찰싹찰싹 땅바닥을 때리고 있었다. 상당히 기분이 좋은 모양이군.

그런 그녀의 감정을 반영하는 것처럼, 그녀의 종족 특징인 목덜미나 손등에 있는 오렌지색의 비늘이 반짝반짝 빛을 띠는 것 같았다.

아마 무의식적으로 마력 갑옷 스킬 같은 마력을 방출해버린 거겠지.

"리자 씨도 참. 『과연 주인님』 할 때가 아니라니까! 좀 더 놀라야지!"

아리사가 「으가아!」 포효한 다음에 리자에게 소리쳤다.

"왕조 야마토나 사가 제국의 초대 황제도 레벨 89나 88이었거든? 역대 최강 클래스의 용사가 그런데, 주인님은 그것보다 3배 이상이야!"

"우리들도 주인님의 힘이 될 수 있도록, 더욱 정진을 해야겠군요."

리자가 진지하게 끄덕였다.

이 두 사람의 반응 차이는 이상함을 실감할 수 있는 정보를 가졌는가 아닌가의 차이겠지.

특히 리자는 부스트 장비로 격이 높은 적을 중심으로 토벌했으니까, 레벨이 올라갈수록 필요 경험치가 지수곡선을 그리며 늘어난다는 걸 실감하지 못하고 있을 거야.

　그녀가 보기에는, 레벨 311도 「노력하면 언젠가 도달할 수 있다」 정도의 인식이겠지.

　"진정해, 아리사."

　나는 일단 말을 걸고서, 두 사람에게 내 레벨에 대한 정보는 극비로 할 것을 못박았다.

　"알고 있다니까아."

　"알겠습니다. 제 몸을 던져서라도 비밀은 입밖에 내지 않겠습니다."

　두 사람이 이구동성으로 수긍했다.

　사실 문제가 없을 것 같기에 다른 동료들도 불러서 내 레벨에 대해 가르쳐주려고 했었는데, 리자랑 아리사 두 사람이 말렸다.

　내가 용사인 거나 무영창으로 마법을 쓸 수 있는 건 다른 동료들도 알고 있지만, 지금까지 아무도 그걸 입 밖에 내지 않았으니까 괜찮을 거라고 생각했는데─.

　"타마와 포치는 아직 어리니까요."

　"나쁜 어른들이 유도신문을 하면, 깜빡 대답해버릴지도 모르잖아."

　─라는 이유를 듣고서 납득했다.

　"둘한테만 비밀로 하는 건 가여우니까, 다른 애들한테도 비밀로 해두는 게 좋아. 나랑 리자 씨만 주인님한테 억지로 들었다고 하자."

　아리사의 말에 리자가 수긍했다.

내가 난적과 싸우러 갈 때 리자랑 아리사 둘이 괜찮다고 보증을 해주면 다른 애들도 그렇게 걱정하지 않고 넘어갈 테니까, 그러면 되겠지.

"레벨 311이라고 말을 해도 영 터무니없으니까 새어 나가도 괜찮을 것 같기도 하지만 말야."

아리사가 장난스레 한 말에 쓴웃음을 지으면서, 나는 미궁 별장에서 동료들과 엘프 스승들이 머무르는 미궁 온천으로 공간마법「귀환전이」를 써서 돌아갔다.

"말을 못했군……."

아직「신의 조각」에 관련된 이야기를 아리사한테 안 했다.

대책도 없이 뒷받침하는 증거도 없는 이야기를 하면 아리사가 불안을 느끼기만 할 거라고 생각했다.

내 뇌리에 구두와 나눈 일련의 대화가 다시 떠올랐다.

『「신의 조각」을 품은 종자(種子) 소녀여—.』

그 말로 시작된 아리사를 포함한 전생자들에게 관련된 이야기는 결코 전부가 아니었고, 내 추측도 다분히 들어가 있지만, 몇 가지 중요한 요소를 포함하고 있었다.

요약하면 아리사 같은 전생자에게는「신의 조각」이 내포되어 있고, 그「신의 조각」이 원인이 되어 마왕화에 이를 가능성이 있다는 이야기였다.

물론 요람에서 대치한「불사의 왕」젠의 이야기를 고려하면, 유니크 스킬의 남용이 파멸에 이르는 트리거 같으니까 지금 당장 아리사에게 마왕화의 위험이 있는 건 아닐 거라고 생각한다.

"—신의 조각?"

"모른다."

"마왕을 쓰러뜨렸을 때 나타나는 보라색 빛이라…… 미안하지만 본 적이 없군."

엘프 스승들에게 「신의 조각」이나 전생자에 관련된 일을 모르는지 물어봤는데, 새로운 정보는 얻을 수 없었다.

"용사 다이사쿠도 마왕 토벌 이야기는 별로 안 했고, 우리들 엘프도 『마왕의 계절』에는 어지간한 일이 없는 한, 자신들의 숲으로 돌아가라고 하니까."

장문 엘프 히시로토야 씨가 그렇게 가르쳐 주었다.

"그런가요……. 수고를 끼쳤네요."

"상관없어. 보르에난 숲으로 돌아가면 아는 자가 없나 물어보지."

내가 그들의 방을 나설 때 그렇게 말해주었다.

혼자가 된 나는 공간 마법 「원거리 통화」로 보르에난 숲에 사는 하이 엘프, 사랑스런 아이아리제 씨에게 통화를 시도했다.

마왕들이 이 세계에 나타나기 전부터 살아온 그녀라면 뭔가 알고 있을지도 모른다고 생각했으니까.

『—사토!』

콜을 한 순간에, 들뜬 목소리로 내 이름을 부른다.

『안녕하세요? 아제 씨. 지금 통화해도 괜찮아요?』

『그래! 물론, 괜찮아!』

불안에 흔들리는 내 마음을 청량하고 마음이 편해지는 맑은 목소리가 치유해준다.

나는 아까 엘프 스승들과 같은 것을 아제 씨에게 물어봤지만, 엘프 스승들과 비슷한 대답밖에 얻을 수 없었다.

『미안해, 사토.』

『사과하지 마세요, 아제 씨. 일부러 세계수의 기억고까지 가주셨으니까요―.』

아제 씨는 기억고에 접속한「아신(亞神)」모드의 자신이라면 알지도 모른다고 하여 나무집에서 세계수까지 가주었다.

『또 놀러 갈게요.』

『언제든지 대환영이야. 미아와 아이들도 축하해주고 싶으니까, 오기 며칠 전에 연락을 해주면 좋겠어.』

아쉬움을 느끼면서도, 작별 인사를 하고 아제 씨와 통화를 종료했다.

더욱이 보르에난 씨족이 아닌 하이 엘프들에게도 물어봤지만, 아쉽게도「신의 조각」이나「유니크 스킬」과의 연관성이나 마왕화의 원리 등에 대해 아는 사람은 없었다.

엘프들은 세계수 주변에만 틀어박혀 있는 일이 많으니까, 전생자들 사정에는 별로 밝지 못한 느낌이었다.

밑져야 본전이라고 구두 토벌 때 나타난 수수께끼 유녀 스토커를 불러보기도 했지만, 한 번도 응답이 없었다.

모든 것을 알고 있을 법한 오래 산 전생자라도 있으면 좋겠지만, 이야기도 아니니까 그렇게 편의적인 전개가 있을 리 없겠지.

내가 가진 자료에도 없었고, 오래된 자료를 차근차근 뒤져보는 것 말고는 정답에 다가갈 방법이 없을 것 같다.

"주인님, 이런 데 있었어!"

집무실에서 고민하고 있는데 아리사가 나타났다.

밝은 그녀의 목소리가 나에게 활기를 주었다.

"엘프 스승들이 온천에서 물 마법 아트를 보여주고 있어! 같이 보러 가자!"

"그거 즐겁겠네."

나는 마음을 바꿔먹고, 아리사와 함께 온천으로 갔다.

「계층의 주인」 _{플로어 마스터} 토벌을 워낙 빨리 해치운 탓에 미궁 안에서 닷새 정도 시간을 벌고자 연회의 나날을 보낼 예정이니까, 온천에서 느긋하게 회복한 다음에 본격적으로 자료를 모을 방법을 생각해 볼까.

괜히 조바심을 냈다간 일이 꼬인다니까.

개선

"사토입니다. 축제 같은 소란에 참가하는 걸 싫어하지는 않지만, 축제의 주역이 되는 일이 있을 줄은 몰랐습니다. 축하해주는 건 기쁘지만 어쩐지 좀 쑥스럽네요."

""""펜드래건! 펜드래건! 펜드래건!""""

길 옆에서 우리들의 탐색자 팀 이름을 연호하는 환성이 들렸다.

"우햐아, 굉장한 성원이야!"

마법소녀풍 드레스를 입은 아리사가 호화로운 2층짜리 마차의 선두에 진을 치고 길가에 모인 사람들에게 커다랗게 손을 흔들었다.

물론 불길하다고 여겨지는 그녀의 보라색 머리칼은 금빛 가발로 가리고 있었다.

"아리사, 몸을 너무 내밀다가 떨어지지 마라."

나는 몸을 내미는 아리사의 벨트를 붙잡아 끌어당겼다.

오늘은 아침부터, 길드장과 태수가 공동으로 개최해준 「계층의 주인」 토벌 퍼레이드를 하고 있었다.

골렘 말이 끄는 대형 마차가 미궁도시의 미로 같은 길을 재주 좋게 나아간다. 마차 앞을 걸어가는 탐색자 학교의 아이들이 장

17

대 끝에 매단 꽃잎이 든 바구니를 흔들면서 선도해준다. 화사한 축제 분위기가 나서 참 좋군.

"알고 있다니까아, 주인님."

아리사가 방긋이 웃으며 대답했다.

나를 제외한 자리 순서는 어젯밤에 제비뽑기로 정한 모양인데, 예비 추첨으로 뽑는 순서를 정했다는 지나치게 엄중한 절차를 밟고 있었다.

어지간히 이 퍼레이드가 기대된 거겠지.

다들 드레스를 차려 입고 주위에 미소를 뿌리고 있었다.

드레스 위에 코스프레처럼 어깨 보호대나 짧은 망토를 달아둔 「사이비 탐색자」 패션이다. 딱히 의미도 없는 오브 같은 동그란 유리 구슬을 어깨 보호대에 달아둔 것이 좀 옛날식이라 어쩐지 그립군.

물론 동료들뿐 아니라 나도 평소하고는 다른 차림이었다.

금실로 자수를 한 하얀 귀족용 예복에, 아리사가 골라준 화려한 장식끈이 달린 짤막한 망토를 두르고 있었다.

"사람 잔뜩~?"

"다들 웃으면서 손을 흔들어주는 거예요!"

강아지 귀 강아지 꼬리의 어린 소녀 포치와 고양이 귀 고양이 꼬리의 어린 소녀 타마 둘이서, 아리사의 좌우에 진을 치고 손과 꼬리를 흔들고 있었다.

2층 마차의 두 번째 줄, 내 왼쪽에 진을 친 금발 거유의 나나가 평소처럼 무표정한 얼굴로 가슴 벅찬 분위기를 두르면서 내 팔을 잡았다.

"마스터도 길가의 사람들에게 손을 흔들어야 한다고 고합니다."

알았으니까 손을 가슴에 끌어안는 건 관두렴.

금속제 가슴 보호대가 있으니까 아프거든.

"우음, 길티."

내 오른쪽에 앉은 엘프 미아가 나나의 가슴에 안긴 내 팔을 떼어냈다.

기세가 너무 실렸는지, 그대로 내 무릎 위에 다이빙하는 형태가 됐다.

"마차 위에서 날뛰면 위험해."

무릎 위의 미아가 고개를 이쪽으로 돌렸다.

트윈테일로 묶은 그녀의 옅은 청록색 머리칼이 흔들리고, 엘프의 특징인 약간 뾰족한 귀가 보였다.

"미안."

여전히 그녀는 말이 짧다.

"마스터, 손을."

나나가 더욱이 요청하기에, 나도 손을 흔들었다.

"""젊은 나리~!"""

손을 흔들자마자 길가의 젊은 아가씨들이 새된 비명을 질렀다.

어쩐지 가수나 배우 같은 유명인이 된 것 같아서 쑥스럽군.

"루루도 손을 흔들어봐."

나는 뒷줄에서 움츠리고 있는 루루에게 말을 걸었다.

"그, 그건, 저 같은 게 손을 흔들어봤자……."

절세의 미소녀란 말조차 빛이 바랠 미모를 가졌는데, 이쪽 세계의 사람들에게 못생겼다는 평가를 받는 불운한 아이다.

오늘은 무장을 안 하고, 평소의 메이드복에 다른 애들과 맞춘 코스프레 갑주를 증설했다.

"그렇지 않다니까. 자 저기 봐."

나는 루루의 검은 머리를 쓰다듬고, 길가의 한쪽을 가리켰다.

"""루루 니임!"""

저택의 어린 메이드들이 열심히 손을 흔들고 있었다.

저 애들은 루루에게 요리나 호신술을 배우고 있어서, 루루를 무척 잘 따른다.

"……얘들아."

그걸 본 루루의 표정이 풀어졌다.

응, 눈보신이 되네.

"자, 리자도 손을 흔들어줘라."

"네……. 주인님이 그렇게 말씀하신다면."

리자가 긴장한 기색의 표정으로 대답했다.

퍼레이드를 하면서도 손에서 놓지 않는 마창 도우마를 어깨에 지고 당혹하면서도 손을 흔들자, 주황 비늘 종족의 특징인 오렌지색 비늘이 햇빛을 반사하여 반짝반짝 빛났다.

"""우오오오오오오! 흑창의 리자다!"""

길가의 탐색자들이 남녀를 가리지 않고 커다란 소리로 리자의 이름을 불렀다.

리자는 새침한 표정으로 아무렇지도 않은 척을 했지만, 그녀의 꼬리가 마차 바닥을 찰싹찰싹 때렸다.

분명히 내심 나쁘지 않은 기분일 거야.

"콩알 갑옷! 다친 건 다 나았냐!"

길가의 사람들에게서 여러 가지 성원이 날아왔다.

콩알 갑옷이라는 건 동글이 갑옷을 입은 포치와 타마의 애칭일 거야.

그들이 걱정해주는 부상은, 이틀 전에 「계층의 주인」 토벌을 하고서 귀환할 때 모두 멀쩡하면 너무 부자연스러우니까 다들 부상을 입은 것처럼 위장한 거였다.

포치랑 타마는 더미 갑옷을 좀 거창하게 갈라놓고서, 시체 포즈로 리자에게 들려서 귀환했으니까 인상이 강했던 거겠지.

"그러니까 말했잖아? 붙임성 있게 손을 흔들었으니까 괜찮다고."

"아니, 그렇긴 해도 『상처 모르는』 펜드래건이 그렇게 피투성이가 됐잖아?"

길가의 갤러리들이 말하는 「상처 모르는」이라는 건 우리들 팀 펜드래건이 매번 상처 없이 미궁에서 귀환하기 때문에 탐색자들 사이에서 불리기 시작한 별명인가 보다.

뭐 언제나 전투한 다음에나 지상으로 돌아오기 전에 치료를 하는 것뿐이지, 후위 세 사람도 포함하여 한 번도 안 다친 멤버는 없지만 말야.

"저 방패 공주의 자랑거리인 대형방패도 깨져 있었으니까."

방패 공주란 건 나나의 애칭인가 보군.

"방패 공주! 오늘은 방패 없나! 새로운 방패가 필요하면 방어구점 벤슨으로 와라!"

이 와중에 자기 가게 선전을 하다니 빈틈이 없군.

"흑창의 리자! 이번에는 이긴다!"

"바보 자식아! 처음에 이기는 건 이 몸이다!"

"켁, 마인을 배운 다음에 다시 와라!"

미궁에서 돌아온 이후로 우리들에게 도전하러 오는 탐색자나 무인이 늘었다.

바쁜 나를 대신해서 리자가 격퇴해주고 있었다.

요즘에는 처음부터 리자에게 도전하는 자도 늘어나고 있었다.

""""아리사~ 여기 봐~.""""

""""나나~! 유생체 해줘~!""""

길가에서 아이들의 목소리가 들렸다.

사립 양육원의 아이들도 퍼레이드를 구경하러 온 모양이다.

""""미아 님~!""""

반대쪽 길가에서 요정족으로 보이는 선이 가는 젊은이들이 외쳤다.

"미아 님! 눈이 부실 정도로 아리따운 모습입니다!"

"아아, 미아 님! 오늘도 덧없는 그 옆모습이 은방울꽃처럼 산뜻하고—."

오오, 미아가 인기 폭발인데.

미아에게 「인기 폭발이네」라고 놀리는 말을 했더니, 「아냐」라고 강한 어조로 부정해 버렸다.

섬세함이 조금 부족했는지도 모르겠군. 반성해야겠어.

"""아리사! 다음에, 꼬치구이 한턱 내!"""

그건 그렇고, 아까부터 아리사에게 말을 거는 건 어린 여자애들이나 악동 같은 녀석들뿐인 게 가엾군.

분명 아리사도 위로를 받고 싶지는 않을 게 틀림없으니 가만 냅두자. 아까부터 힐끔거리며 이쪽을 보거나 「또 꼬맹이들이~」라고 중얼거리면서 시선을 보내고 있지만, 상냥함이 괴로울 때가 있을 테니까 무시하는 게 정답일 거야.

그건 그렇고 사람들한테서 미소가 넘치는군.

마왕 「구두의 고왕」이 미궁도시 서방의 대사막에 출현하고, 하늘을 찢는 「별 내림」으로 쓰러진 사건이 있은지 한 소월— 열흘도 안 지났는데, 이제 그런 건 다 잊은 모양이다.

물론 그래야 대사막 아래 잠들어 있던 옛 프루 제국의 도시 핵^{시티 코어}을 사용해서 2차 피해가 미궁도시에 닿지 않도록 힘을 쏟은 보람이 있지.

뭐 「계층의 주인」을 불러내는 의식으로 마왕이 나타났을 때는 놀라긴 했지만, 내 앞에 나타나준 덕분에 아는 사람이 살해당하지 않았으니 긍정적으로 생각하자.

"펜드래건 사작~. 장군이 아껴둔 술을 딴대~."

"얼른 안 오면 전부 마셔버릴 거다!"

사람들 사이에서 미궁방면군의 여우 장교와 대장 씨가 커다랗게 손을 흔드는 것이 보였다.

나는 두 사람에게 가볍게 손을 들어 응답했다.

그 우연이 없었다면, 여우 장교나 그가 조사를 안내하던 시가 8검의 헤르미나 양 일행이 마왕에게 살해당하는 건 확실했을 테니까.

"주인님도 좀 더 손을 흔들어줘야지!"

웃는 표정의 아리사가 내 손을 붙잡아 커다랗게 흔들었다.

"""젊은 나리~."""

길가의 창부 같은 예쁜 언니들이 소리치기에, 웃으며 손을 흔들어 애교를 뿌려줬다.

어째선지 아리사와 미아가 좌우에서 꼬집었다. 이해가 안 돼.

요즘에는 밤놀이도 안 하고 수도승 같은 정숙한 나날을 보내고 있는데.

이제 슬슬 한가해지니까, 미궁도시에서 알게 된 사람들이라도 불러다 밤놀이를 가볼까?

"길티."

"그 표정은 뭔가 안 좋은 걸 생각하고 있는 거지!"

이상하다. 「무표정」 스킬 선생님이 열심히 일하고 있을 텐데, 어째선지 미아랑 아리사에게 들켰다.

"핫핫하, 그럴 리가 있나?"

내가 딱딱한 말투로 대답하는 사이에 2층 마차가 종점에 도착했다.

"우와~ 회장에 사람들이 가득하네."

퍼레이드 종점, 서쪽 탐색자 길드와 가까운 회장은 갖가지 계급의 사람들로 가득 차 있었다.

이 회장은 태수부인이나 미궁방면군의 에르탈 장군에 길드장 같은 내가 아는 사람들의 호의로 설영되었다.

그런 거창한 건 필요 없다고 생각했지만, 이 굉장한 인파를 보니 서문 앞의 사발 광장에는 다 들어가지 못한다고 판단한 그들은 선견지명이 있었다고 할 수 있겠군.

실제로 제릴 씨 일행이 「계층의 주인」 토벌 피로연을 했을 때는 길드 앞까지 사람들이 넘쳤으니까.

"그러면, 예정대로 내가 인사를 마친 다음에, 전리품 소개는 모두에게 맡길게."

중간에 내빈의 축사가 있지만, 우리들은 교장선생님의 훈시를 듣는 학생처럼 흘려들었으니 생략하자.

"오케이!"

내 말에 아리사가 활기차게 대답했다.

"옥션에서 비싸게 팔리도록, 듬뿍 바람을 잡을게!"

"적당한 선까지만 해."

"알고 있다니까아! 출품 전에 감정서도 덧붙일 테니까 거짓말은 안 하도록 주의할 거야."

아리사가 약속하고서, 전리품의 감정결과를 적은 종이를 다시 읽는 작업에 들어갔다.

"그 정도 물건을 우리 손에 남길 수 없다니 아쉬워요."

루루가 배려하듯 말했다.

―그렇다.

동료들이 「계층의 주인」을 쓰러뜨리고 얻은 전리품은 「국왕에게 헌상한다」는 형태로 일단 몰수되고, 왕도에서 열리는 공정한 옥션으로 매각된 다음에 그 수익과 같은 금액이 나중에 국왕에게서 「포상」으로 내려진다.

미궁에서 귀환한 우리들을 불러들인 길드장이 가르쳐 주었다.

그리고 아주 극히 드물게 전리품으로 나오는 「국가 사이의 균형을 무너뜨리는」 무구나 마법 도구는 옥션에 출품되지 않고 왕성의 보물고에 넣어놓게 되는데, 그 물건이 출품될 경우 예상되는 입찰액의 3배를 지불한다고 했다.

"뭐, 어쩔 수 없어. 긴 역사 속에서 생긴 트러블 방지를 위한 관례니까."

과거에는 그런 전리품을 둘러싸고 귀족들이 피투성이의 다툼을 펼친 일도 있었다고 한다.

일단 전리품 중에서 하나는 토벌한 파티에게 우선 소유권이 있다.

그걸 바라고 후원하는 귀족이 있지만, 나올지 안 나올지 알 수 없는 전리품을 바라며 후원하는 것보다는 옥션에서 바라는 물건을 낙찰하는 게 가성비가 좋으니까, 이 관습이 익숙해진 다음부터는 그런 다툼이 자취를 감췄다고 한다.

"—주인님, 재검토 끝났어. 언제든지 할 수 있어."

"그러면, 가자."

나는 동료들을 데리고 회장으로 갔다.

"오늘은 우리들 팀『펜드래건』을 위해 모여 주셔서―."

단상에 오른 나는 리자가 적뢰 오징어 황제의 마핵을 들고 있는 옆에서 정석대로 인사를 했다.

그 인사를 한 다음에, 귀족이나 도시의 명사, 미스릴증의 탐색자들에게서 축사가 하염없이 이어졌다.

높은 사람의 이야기가 긴 것은 세계가 달라져도 공통인 모양이다.

나는 「무표정」 스킬의 도움을 빌어 고통스런 시간을 미소로 넘겼다.

물론, 아이들이나 나나는 중간에 질려버렸는지 굉장히 지루한 기색이었다.

"―기다렸지. 뒷일은 부탁한다."

"맡~겨만 둬!"

나는 사회자에게서 받은 **마이크**를 아리사에게 건넸다.

실제로는 마이크가 아니라 확성 기능이 있는 석장형 마법 도구의 일종이지만, 현대 일본의 지식이 있는 자에게는 완전 마이크로 보인다.

본래는 전장에서 지휘를 하는데 쓰거나, 아군을 고무하기 위한 물건이라고 한다.

"그러면, 고대하던 전리품 소개야!"

아리사의 활기찬 목소리가 회장에 울렸다.

"""우오오오오오오오오오오오오오오오오오오오오!"""

회장에 모인 사람들도 아리사에게 낚여서 신바람이 난 느낌

27

이다.

"일단은, 이거! 만능의 원망기—가 아니라, 만능의 영약! 부위 결손부터 독과 석화, 불치병부터 마왕의 저주까지, 뭐든지 고쳐 버리는 엘릭서다아아아아아아아!"

"""우오오오오오오오오오오오오오오오오오오오오!"""

아리사 옆에서 루루가 홍차 같은 액체가 든 500ml 사이즈의 커다란 병을 들었다.

보물 상자에서 발견된 엘릭서는 어째선지 내가 만든 것과 색이 달랐다.

감정 결과는 엘릭서였고 효능도 같은 것 같지만, 내 파란 엘릭서가 보통 작은 병 사이즈였던 것과 비교하면 묘하게 양이 많았다. 아마 제조법이나 소재가 달라서 그렇겠지.

전에 「구역의 주인」을 잡고 발견한 보물 상자에서 나온 하급 엘릭서는 색을 신경 쓸 틈도 없이 써버렸단 말이지. 그래서 차이를 깨달은 건 의외로 최근이다.

"마법약은 그 밖에도 이것저것 나왔지만, 그건 나중에! 다음은 모두가 좋아하는, 마법의 장비품이야!"

순서대로 전부 소개하면 관중이 질리니까, 주요 품목을 중심으로 소개한다고 아리사가 말했었지.

장르별 일람표는 어제부터 길드 앞에 게시되어 있으니까.

"오늘의 주역이 벌써 무대 옆에서 휴식이니?"

뒤에서 예복을 입은 길드장이 다가와 말을 걸었다.

"아뇨. 오늘의 주역은 저 애들입니다."

"『상처 모르는』 펜드래건이 큰 부상을 입고서 돌아왔을 때는 걱정했다만, 저걸 보니 잘 나은 모양이구나."

길드장이 상냥한 눈으로 회장의 동료들을 보았다.

"함께『계층의 주인』에게 도전한 녀석들은 벌써 돌아가 버렸니?"

"네, 길드를 방문한 그 날에 미궁도시를 떠났습니다."

나는 길드장에게 대답하면서, 귀환한 날의 일을 떠올렸다ㅡ.

"정말이지, 정말로『계층의 주인』을 토벌해 버리다니."

"네. 이쪽 분들과 합동으로, 한 거지만요."

미궁에서 돌아온 직후, 나는 길드장의 집무실에서「계층의 주인」토벌의 세부 사항을 보고했다.

여기 있는 건 토벌에 참가한 걸로 되어 있는 각 파티의 리더 격들뿐이다. 다른 사람들은 상처 치료를 이유로 저택으로 이동시켰다.

"그러면 8단체 102명으로 도전해서 생존자 16인가요. 피해가 큰 편이지만 최단기록이네요."

최단이라는 거엔 좀 놀랐지만,「무표정」스킬이 일을 잘해주었다.

토벌 뒤에 미궁 안에서 닷새 정도 시간을 벌고자 연회의 나날을 보냈는데, 그래도 최단기록을 낼 정도였구나…….

"화력중시의 구성이었으니까요."

일단, 적당히 말을 맞춰뒀다.

우샤나 비서관이 여러 가지 서류를 책상에 늘어놓으면서 이야기를 계속했다.

"그래서, 미스릴증 신청을 하는 건 『펜드래건』과 『정령궁』, 『사무라이 대장』, 『파란 장미』, 『쌍귀』, 『대정령의 축복』의 여섯 단체 16명이면 될까요?"

"소인은 사양해두지."

"우리들은 필요 없다."

"단명하는 사람의 아이가 주는 칭호 따위 필요 없다."

"마찬가지."

"우리들은 씨족의 빚을 갚으러 온 것뿐이니까요."

"저, 저기……."

엘프 스승들의 연기 지도는 한 번 더 해둘걸 그랬다. 어제까지 연회를 하면서 지도해 둔 내용이 다 날아가 버린 모양이네.

우샤나 씨가 예상 밖의 대답에 난처해하기에 커버해줄 셈으로 입을 열었다.

"저희들은 신청하겠습니다."

"아, 네. 그러면 정말로 『펜드래건』 말고 다른 분은 신청하지 않으시는 건가요?"

"끄덕지다."

"뒷일은 펜드래건 경에게 맡긴다."

엘프 스승들이 그렇게 단언하자, 길드장과 우샤나 씨는 물러나기로 한 모양이다.

나 말고는 길드장의 허가를 받아서 집무실을 나섰다.

"비벼볼 틈도 없구만."

길드장이 닫힌 문을 바라보며 탄식했다.

"나중에 또 한 번 말을 해볼까요?"

"아니, 미스릴증은 강제가 아니니까. 필요 없다고 하면 강요할 건 없어. 일단 전리품 목록과 사토 일행의 신청서 작성을 시작해둬라."

"알겠습니다."

우샤나 씨가 방을 나선 걸 확인하고, 길드장이 내 쪽으로 돌아섰다.

이 방에 남은 건 나랑 길드장뿐이다.

"위장은 했지만, 아까 그 녀석들은 보르에난 씨족의 엘프들이지?"

뭐, 엘프 스승들이 「단명하는 사람의 아이」나 「씨족」 같은 요정족 특유의 말을 했고, 길드장은 상담관인 브라이난 씨족의 엘프 세베르케아 양과 오래 알고 지낸 모양이니까 그걸 깨달았어도 이상할 것 없었다.

"빚이라고 했었지. 어떤 빚을 만들면 『계층의 주인』과 싸울 수 있는 전력을 빌릴 수 있다고 하는 거냐?"

"시시한 걸 캐묻는 건 그쯤 해둬, 릴리안."

어느샌가 방에 들어온 세베르케아 양이 손에 든 낡은 나무 지팡이로 길드장의 머리를 콩 두드렸다.

"그 이름으로 부르지마."

과거의 안타까운 애칭으로 불린 길드장— 본명 조나가 짖었다.

"그리고 흥미본위가 아니다. 이 녀석은 도시를 함락시킬 수 있는 전력을 가볍게 준비해버렸거든? 아무리 그래도 오냐오냐 넘어갈 수가 없다니까."

동료들의 장비와 강함을 얼버무리기 위해 준비한 더미 전력이 문제가 될 거라고 생각 못했네.

"정말이지, 기우도 어지간히 해둬."

세베르케아 양이 길드장의 머리를 지팡이로 콩콩 노크했다.

"그만해. 나도 사토가 거창한 야망을 가졌다는 생각은 안 한다."

길드장이 세베르케아 양의 지팡이를 떨쳐냈다.

"그렇지만, 누구나 사토의 무욕함을 아는 게 아니거든?"

과연, 심문이 아니라 나를 걱정해준 거구나.

"걱정할 것 없어요, 길드장. 이번 조력은 딱 한 번의 기적입니다. 두 번째 기적은 없어요."

나는 사기 스킬이나 변명 스킬의 도움을 빌어서, 이번 엘프 스승들의 조력이 딱 한 번의 특별한 것이라고 말했다. 실제로 이제부터 엘프 스승들이 나설만한 안건은 떠오르지 않았다.

"뭐, 그렇다면 됐다. 그리고 알고 있을 거라 생각한다만—."

어찌저찌 납득해준 길드장이 「계층의 주인」 전리품에 대한 관례 등을 들려주고, 그 다음에 이번 개선 퍼레이드나 왕도의 서훈 이야기 등을 해주었다.

다음달 초에 있는 왕국 회의에서, 미스릴증을 얻은 탐색자들에게는 국왕이 훈장이나 명예 사작의 작위 따위를 내린다고 한다.

나처럼 처음부터 작위를 가진 자의 경우는 훈장의 수여만 하는 일이 많다고 하는데, 대외적으로는 내가 「계층의 주인」 토벌의 리더니까 명예 준남작으로 승격은 확실하다고 했다.

뭐, 나로서는 귀족으로 취급 받을 수 있는 명예 사작으로 충분하지만.

◆ ◆ ◇ ◆ ◇ ◇

"—사토, 듣고 있나? 사토."

길드장이 어깨를 흔들기에, 기억의 바닥에서 돌아왔다.

"아아, 죄송합니다. 조금 생각에 잠겨 있었어요."

"그래서, 전리품 중에서 어느 걸 남겨둘 건지는 정했니?"

"네, 우선소유권 행사 대상은 『물품 감정』의 보주로 할 생각입니다."

보주란 것은 사용하면 스킬을 얻을 수 있는 「축복의 보주」를 말한다.

우리들은 전리품이 든 보물 상자 안에서 「축복의 보주」를 3개 발견했다.

각각 사용자에게 「물품 감정」, 「마비 내성」, 「물 마법」의 스킬을 내리는 일회용 「비보」였다.

남몰래 「영창」의 보주를 기대했는데, 세상은 그리 무르지 않은 모양이다.

그래도 이번에 발견된 세 보주는 모두 당첨에 속해서, 특히

「물품 감정」은 레어 중에서도 레어라고 길드장이 가르쳐 주었다.

어느 보주를 고를 것인가에 대해서는, 탱커인 나나나 힐러인 미아에게 「마비 내성」을 줄 것인지, 탱커인 나나나 후위인 루루에게 「물 마법」을 줄 것인지, 척후인 타마나 요리 담당인 루루, 지식이 많은 아리사에게 「물품 감정」을 줄 것인가로 열띤 토론을 벌였다.

결국 루루가 「물품 감정」을 가지고 있으면 식재료의 안전을 확보할 수 있다고 하여 지명할 수 있는 전리품은 「물품 감정」을 고르고 루루에게 쓰기로 결정됐다.

고르는 기준이 식사란 것은, 먹보인 우리 애들답군.

""""우오오오오오오오오오오오오오오오오오오오오오!""""

굵직한 환성이 들려서 나와 길드장의 대화가 중단됐다.

아무래도 회장에서 마법의 무기가 소개된 모양이다.

"이번에는 인기 있는 무구가 많았던 모양이군."

"네, 저주 받은 무구를 제외해도 10개 이상 있으니까요."

주요 품목인 아다만타이트제 전투 망치나 마비 가시창 말고도, 미스릴 단검이나 쌍검, 청강의 전투 도끼나 핼버드, 안면수의 대궁, 사마귀 만도, 뇌정 지팡이, 다수의 벼락 지팡이도 있었다.

"엉? 저주 받은 무구는 싫어하니?"

길드장이 신기하단 표정으로 물었다.

"싫어한다기보다, 보통 피하지 않나요?"

"그렇지도 않아. ―봐라."

길드장이 가리키는 곳을 보니, 검은 칼날의 대검을 등에 진 적철의 탐색자가 있었다.

독기시를 유효화할 필요도 없이 저주받은 무기라는 걸 알 수 있는 수상쩍은 형태의 대검이다.

"그 밖에도—."

길드장이 가리키는 곳을 순서대로 보았다.

회장에 모인 레벨이 높은 탐색자들 중에서, 20~30퍼센트 정도가 저주 받은 무구를 장비하고 있었다.

"이렇게 보니 뜻밖에 많네요."

"그래, 보통 마검이랑 비교하면 저주 받은 무구는 미궁의 보물 상자에서 나오기 쉽거든. 그리고 무엇보다도, 보통의 무구보다도 훨씬 강력하다. 다소의 결점은 눈을 감고서 쓰는 녀석이 그럭저럭 많다는 거지."

게임에 나오는 「한 번 손에 쥐면, 해주하지 않는 한 놓을 수 없는 무기」 같은 건 어지간해선 안 나온다고 했다.

아무리 그래도 치사성의 저주를 거는 무구는 곧장 신전으로 보내 정화된다고 했지만.

그러고 보니 오유고크 공작령의 보르에하르트 자치령에서 함께 요정검을 만든 드워프인 도하루 노인도 저주 받은 전투 도끼를 쓰고 있었지.

""""우오오오오오오오오오오오오오오오오오오오오!""""

또 다시 커다란 환성이 올랐다.

아리사가 전리품을 소개할 때마다, 회장에 모인 군중이 끓어

올랐다.

"짜자~안! 이게 이번 주요 품목이야!"

아리사의 목소리에 맞추어서 짜자자~안, 효과음이 울렸다.

미아가 자리를 띄우기 위해서 BGM이나 SE를 연주하는 모양이군.

일부러 정령 마법으로 「연주하는 자」라는 악기 계통의 의사정령을 불러내서 보조하고 있었다.

꽤나 정성을 들였군.

"『뇌수 갑옷』이야! 주요 소재는 미스릴제라서 흔하지만, 이 촉수가 굉장하다니까!"

"""오오오오오오!"""

아니, 너희들 「굉장하다」를 설명하기 전에 술렁거리는 거 그만하지 않을래?

도우미인 포치랑 타마가 뇌수 갑옷의 촉수 팔을 「데~롱」하고 당겨서 최대 길이를 보여주는 모습이 귀엽다.

"놀랍게도! 멋대로 움직여서 갑옷의 착용자에 대한 공격을 방어해준다니까!"

"""오오오!"""

어라? 기대했던 내용이 아니었는지 목소리가 줄었다.

꽤 편리하지만, MP의 상한치가 언제나 100포인트 줄어들기 때문에 마법사는 쓰기 어려운 물건일지도 모르겠다.

뇌수 갑옷은 전신 갑주지만, 착용자에 맞춰서 크기를 자동조정해주는 기능이 있으니까 사용자를 가리지 않고 사용할 수 있다.

대단히 게임 같은 기능이지만, 미궁산 마법 갑옷 중에서는 그리 드물지도 않은 모양이다.

물론 게임이랑 달리 자동조정에도 한계가 있어서, 플러스마이너스 20퍼센트 정도의 범위에서 조정해준다. 범위가 좁은 것 같지만, 극단적인 체형이 아닌 한 얼추 커버해주겠지.

엘프 마을에서 이야기를 들어보니, 미궁의 보물 상자에서 드물게 나오는 사이즈 조정 기능이 달린 금속 방어구는 테일 실버와 아다만타이트의 합금 바리에이션이 많다고 했는데, 이 갑옷은 미스릴이 주성분이었다.

분명히 내가 모르는 레시피가 있는 게 틀림없어.

연구의욕에 져서 분해해버릴 뻔해버렸던 건 비밀이다.

결국 아리사가 주요 품목이라고 선언한 갑옷보다, 아다만타이트제 전투 망치나 금강 조개의 대형 방패가 반응이 더 좋았다.

다이아몬드 쉘

금강 조개의 대형 방패는 사용자에게 「금강각」 스킬과 같은 효과를 부여하기 때문에 인기가 높다고 한다.

소재는 있으니까 다음에 한가할 때 만들어볼까.

겉보기에는 예쁘니까, 나나의 더미 장비로 좋을지도 모르겠군.

◆

"수고했어."

"후~아, 지쳤다아."

"응, 수고."

나는 무대에서 돌아온 애들에게 차가운 베리아수를 건넸다.

우리는 2시간에 걸친 「계층의 주인」 토벌 피로연을 무사히 마쳤다.

엔터테이너 기질인 아리사의 말투에 더해 미아가 제어하는 연주용 의사정령에 의한 효과음이 사람들의 흥미를 증가시켜서, 회장의 분위기가 위험할 정도로 치솟았다.

아까 모든 프로그램이 종료되고, 회장에서는 입식 파티가 시작됐다.

스테이지 위에서는 태수부인이 불러준 악단이 즐거운 곡을 연주하고, 탐색자 학교의 특대생 선발 시험 때 알게 된 음유시인 사리슈사스가 우리들을 주제로 한 노래를 낭독하고 있는 모양이다.

"매혹적인 향기~?"

"맛있는 냄새인 거예요."

타마랑 포치가 눈을 감고 코를 킁킁 움직이고 있었다.

이 회장의 바깥쪽에 설영된 무수한 노점에서는 갖가지 요리와 술이 준비되고, 모두 무료로 대접하고 있었다.

비용은 탐색자 길드— 라기보다는 국왕이 부담해준다고 했다. 딱히 내가 내도 괜찮았지만, 관례라고 하기에 달게 받기로 했다.

"두 사람, 식사는 아직입니다. 먼저 일을 정리해야죠."

리자가 길드 직원들과 함께 전리품 운반을 시작했다.

방범을 위해서, 왕도에 반입하기 전까지 탐색자 길드 지하에 있는 대금고에서 보관한다고 했다.

"그치만, 괜찮아?"

"뭐가?"

지하 대금고로 이동하는 와중에 아리사가 어색하게 말을 걸었다.

"그게, 전에 너무 눈에 띄기 싫다고 했었잖아."

"상관없어. 눈에 띄기 싫었던 건 우리 애들이 스스로 몸을 지킬 수 있게 되기 전에 이상한 녀석들 눈에 띄는 게 걱정돼서였으니까."

지금의 동료들이라면 군을 상대해도 어떻게든 될 거다.

인맥도 충분히 쌓아서 우리들에게 적대하는 자나 세력이 있다면 자연스럽게 귀에 들어올 테니까, 회유를 하든 적의 적을 이용하든 척척 치워버리면 되거든.

내 경우는 이상한 녀석 눈에 띄어서 치워버리다 보면 마왕 플래그가 설 것 같았으니까 눈에 띄기 싫었을 뿐이야.

주변 사람들한테 쫓기게 되면, 느긋하게 관광 같은 거 못하게 되잖아.

같은 이유로, 용사 나나시가 나 자신이란 것을 한식구가 아닌 사람에게 커밍아웃할 생각도 없다.

용사 하야토처럼 공부하느라 놀 시간도 없는 상태가 되기는 싫거든.

"하지만, 시가 왕국에서 이상한 관직 같은 거 떠넘기지 않을까?"

"괜찮을 거야. 길드장— 미궁 자원 대신이 아닌 대신직이나 장군직은 문벌귀족이 독점하고 있다고 했거든. 만약 오퍼가 와도 기사단이나 첩보 부서 같은 곳 아닐까? 그런 쪽이면 연줄로 어떻게든 거절할 수 있을 테니까 괜찮아."

오히려, 왕궁 요리사가 되라고 할 가능성이 높을 것 같다.

길드 직원 동반으로, 아까 소개한 전리품을 지하금고에 옮겼다.

"—반입완료입니다. 이제부터 길드 직원과 왕도의 근위 기사단이 책임지고 왕도로 옮기겠습니다."

"잘 부탁드립니다."

지하 대금고의 열쇠를 잠근 우샤나 비서관에게 뒷일을 맡겼다.

만약을 위해서 전리품의 주요 물품에는 마커도 달았다.

"다들, 수고했어. 나는 입식 파티에서 높은 사람들에게 인사를 하러 다닐 건데, 다들 어떡할래? 지쳤으면 저택에 돌아가서 쉬어도 되는데?"

우리 애들 예정을 물으면서 길드의 지상층으로 돌아왔다.

"안 돼! 우리는 스테이지에서 라이브를 할 거야!"

"—라이브?"

아까 전리품 소개를 해서 정규 프로그램은 끝났을 텐데, 아이들이 비어 있는 스테이지에서 더욱이 여흥의 라이브를 하는 모양이다.

"응."

"타마는 매혹의 댄서~?"

"포치도, 빙글빙글 춤을 추는 거예요!"

"그건 기대되는걸. 나중에 꼭 보러 갈게."

아이들의 머리를 쓰다듬으며 약속했다.

"응, 손가락 걸기."

"꼭 와야 돼?!"

"힘낼 거야야~."

"최고의 무대로 만드는 거예요!"

기합을 넣는 네 사람은 그렇다 치고, 다른 애들은?

"마스터, 저는 양육원의 유생체들과 노점을 돌아볼 약속이 있다고 고합니다."

"쉬고 있을 수가 없습니다. 저에게는 노점의 모든 고기를 제패한다는 사명이 있으니까요!"

이 둘은 흔들림이 없군.

"고기~?"

"큰일난 거예요. 고기가 댄스로 춤추면 못 먹게 되는 거예요."

"난문~?"

타마랑 포치가 팔을 들었다 내렸다 하면서 우왕좌왕했다.

아무래도 라이브에 가면 노점에 못 간다는 걸 깨달은 모양이다.

"두 사람, 괜찮아. 저택의 애기 메이드들한테 노점의 맛있어 보이는 고기를 확보해서 대기실로 가져오라고 부탁해뒀어."

"그레이트~?"

"과연 아리사인 거예요."

빈틈없는 아리사에게 타마와 포치가 찬사를 보냈다.

"주인님, 저는 미궁 대어의 해체 쇼를 부탁 받았어요. 가봐도 될까요?"

"물론, 좋아. 하지만 식칼은 여기 든 보통 녀석을 써."

나는 스토리지 안에서 거대 식칼을 수납해둔 「마법의 가방」을 꺼내 루루에게 건넸다.

아무리 그래도 미궁 별장에서 언제나 쓰고 있는 황금색으로 빛나는 오리하르콘제 참치 식칼은 남들 앞에 내놓을 수가 없으니까.

"네!"

그건 그렇고, 미궁 대어 같은 건 중층에만 나오는 건데 누가 잡으러 간 거지?

우리가 귀환한 뒤에 잡으러 갔다면 늦었을 테니까, 식도락가 상인이 의뢰했던 물건을 내놓은 걸지도 모르겠다.

"루루 님, 이제 그만 가실까요?"

에이프런을 두른 저택의 메이드들이 루루를 부르러 왔다.

그녀들도 루루의 미궁 대어 해체 쇼를 돕는 모양이다.

"주인님—."

"그래, 다녀와. 나도 나중에 들를게."

"네!"

루루가 굉장히 기쁜 기색으로 고개를 끄덕였다.

이건 잊지 말고 들러야겠어.

"마스터, 저도 양육원의 유생체를 회수하러 간다고 선언합니다."

"기다리다 지쳤겠다. 얼른 가봐."

"예스, 마스터."

나나가 고개를 끄덕이고 사립 양육원으로 갔다.

"그러면, 우리들도 가자."

"그렇네—."

아리사에게 대답하는 도중에 나는 말을 멈추었다.

AR표시에 띄워둔 레이더가 그리운 사람과 재회가 가깝다는 걸 가르쳐줬다.

◆

"역시, 본고장의 탐색자 길드는 붐비는군요."

"그렇네요, 이오나 씨……. 이렇게 붐빌 줄은 몰랐어요."

아직 인파에 가려서 모습은 안 보인다.

"루우, 나도 그쪽 고기꼬치 하나 나눠줘."

"그래, 좋아. 그 빨간 꼬치랑 교환하자."

"에잇! 두 사람은 사라졌다고 생각했더니 군것질을 하러 갔었나요!"

"그치만, 노점들이 다 공짜라고 하는걸. 안 먹으면 손해야."

"무슨 축제 같군요. 모두 무료라는 건 상당히 배포가 크네요."

"응, 펜드래건 사작이란 귀족님이, 굉장히 강한 마물을 토벌한 걸 축하하는 거래."

여전히 소란스럽다.

인파 너머에서 태양 같은 색의 머리칼이 보였다.

나나보다도 밝은 금색이다.

"에잇! 직원 분한테 인사를 해야 하는데—."

—눈이, 마주쳤다.

"사, 사토 씨!"

손에 들고 있던 짐을 내던지는 것처럼 릴리오에게 건네고, 인파를 헤치며 달려온다.

부딪힐 것 같은 사람에게 성실하게 사과를 하면서도, 시선은 이쪽을 포착하고서 놓치지 않는다.

"사토 씨."

"네."

기세가 너무 지나쳐서 채 멈추질 못하고, 내 팔 안에 쏙 뛰어들어온 그녀를 살며시 받아냈다.

경장의 가죽갑옷 차림이지만, 부드러움은 건재하다.

"사토 씨."

내 이름을 반복해서 부르는 그녀의 말을 기다렸다.

품에서 올려다보는 그녀의 눈가에 눈물이 맺혔다.

"—와버렸어요."

그 한 마디에 만감의 심정이 담겨 있을 것이다.

그녀는 떨리는 목소리로 말을 자아냈다.

"미궁도시에 잘 오셨어요, 제나 씨."

내 환영의 말을 듣고서, 제나 씨의 조금 불안스런 미소가 커다란 꽃처럼 활짝 피었다.

오랜만이에요.

제나 씨.

재회

"사토입니다.『사내를 사흘 안 봤으면 잘 살펴보라』는 말이 있습니다만, 잠시 못 만난 틈에 성장하는 것은 남성만 그런 게 아닙니다. 오히려 여성이 크게 변하는 것 같아요."

"미궁도시엔 언제 오셨나요?"

"네, 어제 늦게요."

제나 씨 일행은 세류 백작령 영지군 미궁선발대라는 부대에 소속되어 있는 모양이다.

그녀들이 미궁도시 세리빌라에 온 것은 맵 정보로 알고 있었지만, 제나 씨 일행 미궁선발대의 거점에 우연을 가장하고 놀러 가는 건 어쩐지 스토커 같아서 삼가고 있었다.

"잠~깐 실례. 자자, 떨어지세요~."

"응, 파렴치."

깜빡하고 얼싸안은 자세 그대로 대화를 하고 있던 나와 제나 씨 사이에 아리사와 미아가 쓱쓱 비집고 들어와서 우리들을 떼어 놓았다.

얼싸안고 있던 걸 깨달은 제나 씨가 판토마임처럼 허둥지둥 손을 흔들면서 떨어졌다.

"죄, 죄송해요. 저도 참⋯⋯."

"아뇨, 재회를 기뻐해주니 저도 기뻐요."

제나 씨는 의외로 정열적인 부분이 있단 말이지.

세류 시의 미궁사건에서 재회했을 때도 태클하는 기세로 안겨왔다.

"헤에, 사토의 좋은 사람이니?"

길드장이 끼어들었다.

"이쪽은 세류 시에서 대단히 신세를 진 분으로, 영지군의 마법병을 하고 있는 마리엔텔 사작 가문의 제나 씨입니다."

소개하는 방식이 좀 안 좋았는지, 제나 씨의 표정이 살짝 흐려졌다.

역시 「소중한 친구」라고 소개했어야 했나?

등 뒤의 갤러리가 세류 백작령의 소문 이야기를 하고 있었다. 「새로운 미궁이 생겼다고 하던데」, 「상급 마족이 습격했는데도 무사했다」, 「병졸도 와이번이랑 싸우게 되는 무자비한 군단이다」 등등 여러 가지다.

나라 반대쪽에 있는 멀리 떨어진 영지인데도 아는 사람이 많다는 건, 그만큼 유명하다는 거겠지.

"─제나 님."

리자가 마창 도우마를 땅에 두고, 한쪽 무릎을 짚어 제나 씨에게 최고로 경의를 표했다.

"잊으셨을지도 모르겠습니다만, 세류 시에서 당신께서 목숨을 구해준 리자라고 합니다. 제나 님 덕분에 이렇게 주인님을 섬기며, 위업을 이룰 수 있었습니다. 아무리 감사의 말을 거듭해도 부족합니다."

세류 시의 「악마의 미궁」에서 합류했을 때도 인사를 했는데, 참 의리가 있단 말이지.

"제대로 기억하고 있어요."

제나 씨가 리자의 태도에 송구해 하면서 대답했다.

"어이, 흑창의 리자가 창을 손에서 났다!"

"애당초, 저 여걸의 목숨을 구하다니 대체 얼마나?"

"역시, 세류 시의 병사가 와이번을 잔챙이 취급한다는 소문은 사실이었구나."

"저 아가씨, 수수하지만 의외로 귀엽지 않아?"

갤러리들이 시끄럽군.

"감사~?"

"고마워인 거예요."

리자의 태도에 제나 씨를 떠올린 타마랑 포치도 리자 옆에서 나란히 한쪽 무릎을 짚는 포즈를 흉내 냈다.

"재주가 부족하긴 합니다만, 제가 도움이 되는 일이 있다면 뭐든지 말씀해 주세요. 주인님의 허가를 받아서 당장이라도 달려가겠습니다."

"아뇨, 인사는 말로도 충분해요."

진지한 리자의 말에 제나 씨가 송구해 한다.

지금의 리자가 있으면, 드래곤은 무리라도 와이번 정도는 솔로라도 여유다.

"아우우, 인 거예요."

"포치~?"

포치가 밸런스가 무너져서 데굴 앞구르기를 해버리더니, 「에헤헤, 인 거예요」라며 쑥스러움을 감추는 모습에 황송해 하던 제나 씨도 미소를 지었다.

주변 사람들도 포치의 사랑스런 모습에 미소를 지었다.

그러나 그곳에 분위기 파악 못하는 장년 남자의 그윽한 목소리가 끼어들었다.

"흑창의 리자! 이 몸은 『백모(白茅)의 기사』 켈른! 그대에게 단기 승부를 도전한다!"

하얀 자루의 창을 든 켈른이라고 이름을 밝힌 남자는 낯익은 갑옷을 입고 있었다.

저건 성기사의 갑옷이군.

"주인님, 괜찮을까요?"

"아아, 그래. 죽이면 안 된다."

"네."

내 옆에서 제나 씨가 「에에?」 하며 놀라는 목소리를 냈다.

"핫하! 그런 여유가 있는 것도 지금뿐이다!"

성기사 켈른이 여유만만한 태도로 창을 겨누었다.

이보세요, 여기서 싸울 셈이야?

"길드 안에서 결투는 금지다. 주둔지 앞에 가서 해라."

미궁방면군의 주둔지 앞에 격투 스페이스가 가설되어 있다고 한다.

미궁도시에서 행사를 개최하면, 신바람이 나서 싸우기 시작하는 자가 끊이질 않는다. 전투력이 높다 보니 섣부른 장소에서 결투를 시작하면 건물이 무너지기 때문에 취한 조치라고 한다.

"알겠습니다."

리자가 수긍하고, 성기사 켈른을 재촉하여 길드 밖으로 갔다.

"저기, 사토 씨, 따라가지 않아도 되나요?"

제나 씨가 걱정스런 표정으로, 길드에서 나서는 리자의 등과 내 얼굴을 번갈아 보았다.

"괜찮아요. 리자라면 상대한테 부상을 입히지 않고 원만하게 쓰러뜨릴 수 있겠죠."

레벨 차이도 있으니까 원사이드 게임으로 끝날 거야.

내가 보러 가거나 하면 리자가 기합이 들어가서 상대의 부상이 늘어날 것 같았다.

"하, 하지만, 굉장히 강해 보이는 분이었는데요?"

혹시 제나 씨는 리자가 강해진 걸 모르나?

"괜찮으이~?"

"리자가 더 강한 거예요!"

리자의 강함을 보증하는 타마와 포치의 얼굴을, 제나 씨가 당혹한 표정으로 내려다보았다.

"정말로 괜찮은 건가요?"

나한테 확인하는 제나 씨에게 다시 한 번 보증했다.

"네, 리자는 괜찮습니다."

그 이유를 설명하고자 입을 열었을 때 어린 목소리가 끼어들었다.

"아아! 아리사, 아직도 여기 있었어!"

"아리사랑 미아 님, 얼른 무대로 와줘. 포치랑 타마도."

"오프닝으로 시간을 끌어달라고 부탁했는데, 그리 오래는 안이어져."

스테이지 진행 관리를 하고 있던 저택의 애기 메이드와 「아리따운 날개」의 이르나와 지에나가 아리사 일행을 부르러 왔다.

그러고 보니 아이들이 라이브를 한다고 했었지.

"우와앗, 벌써 시간 됐어? 깜빡하고 있었네."

"응, 망각."

"서둘러~?"

"큰일난 거에요!"

아이들이 허둥지둥 당황해서 달려갔다.

그 도중에 아이들이 돌아보았다.

"주인님도, 언제까지고 시시덕거리지 말고, 무대 보러 와야 돼!"

"그런 거에요! 포치랑 모두의 용감한 모습을 가까이서 보는 거에요!"

"알았다. 나중에 갈게."

"응, 꼭."

"기다려~."

외치는 아이들에게 대답하고, 손을 흔들어 배웅했다.

◆

"어라라, 소년이잖아."

"어쩐지 제나가 황급히 달려가더라."

"생각보다 빨리 재회를 한 모양이군요."

제나 씨를 따라온 제나 분대의 세 명— 척후인 릴리오, 대형 방패를 쓰는 루우 씨, 미인이고 대검을 쓰는 이오나 양이 인파 너머에서 모습을 드러냈다.

"죄, 죄송해요. 용건도 끝나질 않았는데."

"상관없어요. 쌓인 이야기도 있을 테니까, 용건은 저희들이 마치고 오죠."

사죄하는 제나 씨에게 이오나 양이 어머니 같은 미소를 지었다.

"그리고 집합시간까지 아직 상당히 남았으니 두 사람은 친교를 다지도록 하세요."

"제나, 내가 허가한다. 소년을 넘어뜨려버려~."

"제나도 연애만 하지 말고, 식사도 챙겨 먹어."

"릴리오, 루우, 괜한 말은 하지 않아도 괜찮아요. 점심 종이 울릴 때까지 서문에 집합하는 걸 잊지 마세요."

제나 씨의 동료 세 사람이 떠들썩하게 말을 남기고 인파에 뒤섞여 가버렸다.

"아이참! 다들!"

제나 씨가 동료들의 뒷모습을 향해서 화를 냈지만, 입가가 웃음의 형태로 풀어져 있었다.

진심으로 화를 내는 건 아닌가 보네.

"사토, 우리도 공짜 술을 마시러 다녀오마."

길드장 일행도 제나 분대 사람들이 사라진 방향으로 걸어갔다.

갤러리들을 제외하면, 지금 여기에 남은 건 나랑 제나 씨뿐이다.

"다들 가버렸네요."

"그렇네요."

주위를 둘러보면서 제나 씨의 말에 수긍했다.

―어라?

어쩐지 제나 씨가 조금 의기소침하다.

"젊은 나리, 너무하네."

"미소녀가 저런 분위기를 내고 있는데 그걸 그냥 흘려 넘기면 안 되지~."

갤러리들의 말을 듣고 깨달았다. 제나 씨가 소녀 감성으로 중얼거린 걸 눈치 못 채고서 그냥 담백하게 대답해 버린 모양이군.

"죄송해요, 제나 씨."

"아, 아뇨, 그게. 신경 쓰지 마세요. 신경 쓰지 말아주세요!"

제나 씨도 다 들은 모양인지, 새빨간 얼굴로 수상쩍은 판토마임을 하면서 부끄러움을 탔다.

나는 마음을 고쳐먹고 제나 씨에게 말을 걸었다.

"분대 여러분이 함께 왔다는 건, 미궁도시에는 군의 임무 때문에 오신 건가요?"

"네! 백작님의 명으로 편제된 미궁선발대 소속으로요."

들어보니 제나 씨가 소속된 미궁선발대는 미궁도시 세리빌라에서 미궁 운영이나 치안 유지의 노하우를 배우기 위해서 왔다고 한다.

"아까 서문 앞에 집합한다고 하셨는데요. 미궁에 들어가는 건가요?"

"네. 낮부터 안내를 해주는 분들과 미궁에 들어가서, 세류 시의 미궁과 어떻게 다른지 체험하러 가요."

미궁을 공략하는 것이 어떻게 미궁 운영의 노하우를 배우는 것으로 이어지는 건지는 불명이지만, 제나 씨 일행과 함께 문관들도 왔다고 하니까 길드 측의 노하우는 그쪽이 담당하는 걸지도 모르지.

제나 씨 일행의 담당은 탐색자 사이드에서 본 미궁에 필요한 것을 아는 게 아닐까 생각했다.

"어제 도착했는데 오늘 미궁인가요? 꽤 힘들겠군요."

"하루 휴가를 받았고, 단련했으니까 괜찮아요."

제나 씨가 블랙 기업의 사원 같은 말을 하네.

하긴 우리도 도착한 당일 바로 미궁에 도전했으니까 남 말은 할 수 없지만.

"탐색자 등록은 하셨나요?"

"네! 어제 도착했을 때 동쪽 길드에서 등록 수속을 했어요."

제나 씨가 가슴 앞에 매달린 나무증을 보여줬다.

"탐색의 준비는 벌써 마치셨나요?"

"네. 탐색에 필요한 물자나 도구류는 보급 담당인 모란드 씨랑 공병대가 준비해줬으니까요. 저희들은 배급된 장비를 입고서 집합하기만 하면 돼요."

그렇게 말하는 제나 씨는 세류 시에서 본 가죽 갑옷 차림에 외투를 두르고, 허리에는 짧은 지팡이를 차고 있었다.

제나 씨가 가지고 있던 짐은 루우 씨가 그대로 가져갔으니, 제법 가벼운 차림이었다.

이오나 씨가 길드에 용건이 있다고 했었으니까, 여기에 계속 있을 필요는 없겠지?

"낮부터 군의 임무로 미궁에 가시는 거죠?"

점심 종이 칠 때까지 2시간 정도 있다.

제나 씨가 수긍하기에, 무료 노점을 물색하면서 아리사가 주도하는 라이브를 보러 가기로 했다.

"그럼 갈까요, 제나 씨."

"네!"

제나 씨랑 같이 서쪽 길드의 건물을 나섰다.

"굉장한 인파네요."

"뭐, 오늘은 축제 같은 거니까요."

그렇지만 사람이 많긴 하다.

몇 번인가 인파에 밀려서 제나 씨랑 떨어질 뻔했다.

"이렇게 사람이 많으면, 한 번 떨어지면 못 만날 것 같아요."

"그렇네요."

떨어져도 레이더로 발견할 수 있지만, 인파를 거스르며 이동하는 것도 힘들 것 같단 말이지.

"손을 잡을까요? 제나 씨."

"……네, 사토 씨."

제나 씨는 내가 내민 손을 바라보고, 조금 수줍게 웃으면서 살며시 손을 잡았다.

고교생 때 이런 시추에이션이 있었다면 사랑에 빠졌을지도 모른다.

어쩐지, 엘프 마을에 있는 사랑스런 아제 씨에게 미안한 마음이 들어서 마음속으로 몰래 사과했다.

"낮부터 미궁 탐색을 가는 건 며칠 걸릴까요?"

"아뇨, 오늘은 당일로 돌아올 예정이에요."

오늘은 한나절 일정으로 장비에 과부족이 없는가를 확인하고서, 글피부터 본격적으로 머무르며 미궁을 공략할 예정이라고 했다.

"내일이나 모레는 쉬는 날인가요?"

"모레는 모르겠지만, 내일은 휴가를 받기로 했어요!"

제나 씨가 양손의 주먹을 쥐면서 대답했다.

"만약 괜찮다면 미궁도시 안내를 할게요."

"정말인가요! 기뻐요!"

제나 씨가 반짝거리는 배경 효과를 뿌릴 것 같은 웃음을 지으면서 대답했다.

"—아, 젊은 나리다."

"젊은 나리, 다음에 모험 이야기 들려줘!"

"술은 젊은 나리가 사고?"

"바보구만~. 당연히 우리가 사야지."

퍼레이드를 한 직후라서 그런지 낯선 탐색자나 도시 사람들도 말을 건다.

그 탓에 착각한 제나 씨가「아는 분이 많네요」하면서 묘하게 감탄했다.

"어머, 젊은 나리."

"젊은 나리라면 장사가 아니라도 안기고— 아앙."

중간에 노출이 많은 풍속점 소속의 미녀와 미소녀가 다가와 말을 걸었지만, 리더로 보이는 미녀가 내 옆에 있는 제나 씨를 보고는 다른 애들의 어필을 중단시켰다.

"어머나, 귀여운 아가씨랑 같이 다니시네요."

그렇게 말하고서 물러갈 때 내 귓가에「젊은 나리, 한 번 정도는 가게에 들러주세요」라고 요염한 목소리로 속삭였다.

AR표시를 보니, 성인용 고급 봉사점의 종업원인가 보다.

흥미는 생기지만, 제나 씨랑 같이 있을 때 헤벌레 할 수는 없지.

적당한 겉치레로 그 자리는 넘어갔다.

"아직 시작 안 한 모양이군요."

스테이지에 도착했는데, 우리 애들은 아직 대기실에 있나 보다.

분위기 띄우기를 담당한 사람들이 퇴장하는 게 보인다. 무대 장치를 바꾸는 중인가 보군.

미아가 연주 보조용 의사정령을 소환할 필요도 있으니까, 아이들의 라이브가 시작되는 건 조금 나중일 거야.

"—잠깐 딴 데 들르죠."

"아, 네!"

주위를 둘러보니, 루루가 생선 해체 쇼를 시작한 참이기에 제나 씨를 데리고 그쪽으로 갔다.

"커다란 물고기네요."

"미궁 중층에 있는 미궁 대어라는 생선이에요. 맛있어 보이지만 운반하는 게 힘드니까 흔히 보지는 못하네요."

미궁도시 세리빌라의 고급 요리점에서 제공되는 일이 있다고 하는데, 외식을 별로 안 하니까 먹어본 적이 없다.

귀족들은 마물 고기를 기피하기 때문에 그들이 주최하는 만찬이나 회식에는 안 나온단 말이지.

"우왓, 사토 씨. 저거 보세요! 굉장히 커다란 식칼이에요!"

제나 씨가 대검 사이즈의 거대 식칼을 보고 흥분해서 소리쳤다.

저건 남쪽 바다에서 참치를 손질하기 위해 만든 오리하르콘 식칼의 열화 카피다.

"굉장해요! 저렇게 커다란 식칼인데 자유자재예요!"

루루의 식칼 놀림을 본 제나 씨가 맞잡은 손과 반대쪽 손으로 내 옷을 당겼다.

물론 제나 씨뿐 아니라, 주위에 있는 사람들도 뚫어져라 루루의 식칼 놀림을 바라보며 넋을 놓고 있었다.

"굉장해. 강철 검으로도 좀처럼 상처를 내기 힘든 미궁 대어를 가볍게 가르고 있어."

"과연 메이드 왕이군……"

갤러리들이 묘한 방식으로 감탄하는 건 무시하자.

해체를 마친 루루가 물 흐르듯 깔끔한 솜씨로 미궁 대어의 살을 발라내 프라이한다.

쫘아. 튀기는 소리를 듣기만 해도 입안에 군침이 돌 것 같군.

"갓 튀긴 미궁 대어 프라이입니다! 꼭 먹고 가세요!"

우리 집 애기 메이드 소녀들이 활기찬 목소리로 관중들에게 생선 프라이를 나눠줬다.

부엌 메이드인 로지와 애니 둘은 메이드장인 미테르나 씨와 함께 부스 안에서 루루의 조리를 보좌하고 있었다.

"주인 나리!"

애기 메이드 한 명이 눈썰미 좋게 나를 발견했다.

"야아, 열심히 하는구나. 두 개 줄래?"

"네, 당장 갖고 올게요!"

힘차게 대답한 애기 메이드가 포치랑 타마의 척 포즈를 흉내 냈다.

"주인 나리?"

제나 씨가 중얼거리는 게 들려서 설명했다.

"우리 집에서 고용한 사용인이에요."

시선을 되돌리자, 애기 메이드가 척 포즈를 취한 채 굳어 있었다.

"—어라? 모르는 여자 분이랑 같이 있어!"

아무래도, 내 옆에 있는 제나 씨를 보고 놀란 모양이다.

그러더니 끊임없이 뒤에서 조리를 하고 있는 루루와 우리들 사이에서 시선이 방황한다.

"걱정 안 해도 돼. 루루도 아는 사람이야."

"에, 에헤헤……앗. 얼른 생선 프라이 갖고 올게!"

애기 메이드가 쑥스러움을 감추는 것처럼 웃더니, 존댓말도 잊고서 부스 쪽으로 날아갔다.

저 애들은 주방에서 루루에게 이것저것 배우고 있으니까 루루 편을 드는 거겠지.

"주인 나리, 기다리셨어요!"

"고마워."

애기 메이드한테서 받은 생선 프라이 꾸러미 하나를 제나 씨에게 권했다.

제나 씨는 한순간 주저했지만, 나랑 잡고 있던 손을 놓고 종이 꾸러미를 받았다.

"따뜻할 때 먹죠."

"아, 네……."

미궁 대어는 조금 그로테스크한 외견의 생선이라서 제나 씨가 먹기를 주저했지만, 내가 먹는 걸 보고 결심하더니 입에 넣었다.

"─맛있어요!"

너무나 맛있어서 제나 씨가 눈을 커다랗게 뜨고 놀랐다.

"……굉장해요. 보기에는 저런데. 이렇게 섬세한 맛이 나네요. 세류 튀김이랑 꼭 닮았는데 입 안에서 폭신하게 부서지고 굉장히 맛있어요. 그리고 이 하얀 소스가 신기할 정도로 잘 맞아요."

한 입 깨문 양을 다 먹더니, 제나 씨가 줄줄이 감상을 논했다.

그녀가 들고 있던 생선 프라이는 순식간에 뱃속으로 사라져 버렸다.

"너무 맛있었어요. 저렇게 젊은데 굉장하네요."

제나 씨가 루루를 칭찬해주니 내가 칭찬을 들은 것처럼 기쁘다.

"고맙습니다. 루루는 미궁도시에서 제일의 요리사니까요."

조금 자랑하면서, 쑥스러움을 감추고자 주위를 둘러보았다.

내 시선 끝에 어느샌가 기다란 줄이 생겨 있었다.

이렇게 맛있으면 굉장한 행렬이 생기는 것도 어쩔 수 없지.

"루루, 맛있었어."

"주인님! 와주셨군요!"

내가 말을 걸자, 루루가 한껏 미소를 지으며 나를 보았다.

"해체 쇼부터 보고 있었는데, 정말 훌륭했어."

"그럴 리가요! 저 같은 건 주인님과 비교하면 아직 멀었어요!"

루루는 가련한 미소를 지으며 겸손을 했지만, 바쁘게 움직이는 손은 베테랑 요리사처럼 흐트러짐이 없었다.

그녀가 시가 왕국에서 모르는 사람이 없는 요리사가 되는 것도, 그리 머지않다고 생각하기에 충분한 솜씨였다.

"방해될 것 같으니까, 이제 그만 갈게."

바빠 보이는 루루에게 손을 흔들어주고 해체 쇼 부스를 떠났다.

"이제 곧 시작하는 모양이네요."

마침 우리 애들 라이브가 시작되는 참이었다.

회장에는 귀빈석뿐 아니라, 오늘의 주역인 우리들의 자리도 준비되어 있었는데, 거기에는 양육원의 아이들을 거느린 나나가 앉아 있었다.

나도 거기 갈까 했지만, 중간의 통로가 사람들로 가득하기에 일반석에서 보기로 했다.

"내 노래를 들어어어어어어어어!"

어느 은하의 가희 같은 아리사의 샤우트로 라이브가 시작됐다.

"근사한 음악이네요. 저 애들 뒤에서 빛나는 구체가 소리를 내는 걸까요?"

"네, 『연주하는 자』라고 불리는 요정족의 마법이라고 해요. 하지만 음악이 근사한 건 연주자의 솜씨가 좋기 때문이죠."

미아가 제어하는 연주용 의사정령에 대해 간단히 설명했다.

"네……. 네, 알 수 있어요. 참 근사한 음색이네요."

분명히 혼자서 오케스트라를 하는 미아도 굉장하지만, 그걸 애니메이션 주제가의 반주로 쓰는 아리사도 얕볼 수 없다.

음악에 귀를 기울이면서, 무대 위에서 노래에 맞추어 빙글빙글 춤추는 포치와 타마를 보며 치유 받아야겠네. 날개 요정의 의상으로 가볍게 뛰어다니는 두 사람을 보고 관객들이 성원을 보냈다.

가만히 귀를 기울여보면, 포치랑 타마도 춤추면서 노래하는 걸 알 수 있었다.

회장에서 들리는 노랫소리는 나나가 데리고 온 양육원 아이들인가?

영혼을 담아 절규하는 아리사는 눈치 못 챈 것 같지만, 포치랑 타마는 나를 발견했는지 공중에서 회전하며 손을 흔들었다.

이쪽에서도 손을 흔들자, 기뻤는지 공중에서 회전수가 늘었다.

"굉장히 몸이 가벼워요! 사토 씨 같네요!"

제나 씨다운 칭찬의 말이 나왔다.

뭐, 분명히 몸이 가볍긴 하네.

"─후우, 굉장했어요."

상기된 표정으로 제나 씨가 감상을 말했다.

1시간 정도 이어진 아이들의 라이브가 방금 전에 끝난 참이었다.

라이브는 시종 흥분의 도가니였고, 주변의 관객들도 제나 씨와 마찬가지로 흥분이 식지 않는 느낌으로 붕 떠 있었다.

가능하면 대기실까지 가서 동료들을 칭찬해주고 싶었지만, 이제 그만 제나 씨의 예정이 다가오니까 동료들에게는 공간 마법인 「원거리 통화」로 격려의 말을 해주고, 제나 씨를 서문까지 바래다줄 것을 전했다.

"미궁 탐색 전에 시간을 뺏어서 죄송합니다."

"아뇨! 굉장히 즐거웠어요!"

제나 씨가 진심이 담긴 기쁜 표정으로 즉답했다.

"그러면 다행이네요. 그러면 서문으로 가면서 뭔가 가벼운 식사라도 하죠."

"네! 사토 씨!"

오늘 제나 씨는 언제나 들떠 있는 것 같다.

역시 축제 분위기는 아무것도 안 해도 두근거린다니까.

제나 씨랑 둘이서 노점의 베리아수로 목을 축이고, 다종다양한 꼬치 고기나 명물 미궁 만쥬를 먹으면서 축제의 소동을 즐겼다.

어쩐지, 세류 시의 노점을 보러 다녔을 때가 떠오르는군.

그렇지. 세류 시에서는 제나 씨가 대표 음식을 소개해줬으니까, 나도 그에 걸맞은 걸 소개하도록 할까.

그렇게 생각하여, 조금 멀리 돌아간다고 양해를 구해서 서민가 판자촌— 지금은 에치고야 상회 세리빌라 지부 지점의 넬 일행이 하고 있는 매대로 갔다.

"사토 씨, 저 통이나 나무 상자는 뭘 위해서 쌓아놓은 걸까요?"

제나 씨가 인파 너머, 서문 앞의 사발 광장에 쌓여 있는 통이나 나무 상자의 산을 보고 중얼거렸다.

"아아, 저건 빈 상자예요. 오늘 축제를 위해서 날라온 물자가 들어있었겠죠."

"이, 이 축제를 위해서요? 굉장하네요!"

어째서 저런 곳에 쌓아둔 건지는 의문이지만, 아마 미리 둘 장소를 계산하질 않아서 어쩌다 보니 구석에 쌓아두게 된 거겠지.

대학의 축제 같은 것도 운영위원회가 서투르면 가끔 볼 수 있는 광경이다.

"—뭐라고!"

"뭐야? 신경에 거슬렸나? 아시넨 경?"

매대 근처까지 왔는데, 앞 쪽에서 말다툼을 벌이는 소년들의 목소리를 엿듣기 스킬이 포착했다.

"싸움일까요?"

"미궁도시에는 흔한 일이에요."

어쩐지 아는 목소리 같지만, 아이들 싸움에 어른이 끼어드는 것도 좀 아니다 싶어서 무시하고 매대 쪽으로 갔다.

목소리 방향을 보니 매대에서 조금 떨어진 곳이다. 어지간하면 말려들 일 없겠지.

"젊은 나리잖슴까! 먹고 가시는 검다!"

매대 하나에서 고교생쯤 되는 붉은 머리 아가씨— 넬이 손을 붕붕 흔들면서 똘마니 어조로 불렀다.

뜨거운 철판을 쓰는 일이기 때문인지, 탱크톱에 노브라라서 눈 둘 곳이 없어 난처하다.

"안녕하세요? 넬 씨. 굉장한 행렬이네요."

"오늘은 지불을 태수님이 하니까 말임다. 아침부터 이런 느낌임다."

아하. 평소에는 용돈에 여유가 없어서 살 수 없는 애들이, 오늘이야말로 먹겠다고 줄을 서는 거구나.

아무리 봐도 1시간 정도는 줄을 서지 않으면 무리 같았다.

"아무래도 이 행렬에 서 있다간 늦을 것 같네요. 제나 씨, 다른 매대에 가보죠."

"유감이지만, 축제가 끝난 다음에 또 와볼게요."

제나 씨가 매대의 간판을 둘러보고 유감스런 기색으로 고개를 끄덕였다.

그녀도 타마 화백이 그린 네 장의 간판 「유전하는 타코야키」, 「춤추는 크로켓」, 「승리하는 꼬치 커틀릿」, 「날갯짓하는 프라이드 포테토」를 보고 먹고 싶어진 거겠지.

"젊은 나리. 기다리셨죠."

그런데, 넬과 마찬가지로 에치고야 상회에 소속된 지점장 폴리나가 오더니 타코야키를 비롯한 네 종류의 요리가 담긴 꾸러미를 내밀었다.

"줄 서 있는 사람들이 있는데 새치기를 하는 건—."

좀 켕기니까 특별 취급은 거절하고자 했는데, 폴리나가 웃으면서 고개를 옆으로 저었다.

"오늘은 젊은 나리의 위업을 칭송하는 축제인걸요. 불평하는 사람은 아무도 없어요."

폴리나가 말하고서 줄을 선 사람들을 돌아보자, 줄 선 사람들도 웃으면서 「당연하지!」, 「우리는 젊은 나리 덕분에 맛있는 걸 잔뜩 먹을 수 있는 거니까!」 하고 긍정적인 말을 해주었다.

"그럼 여러분 뜻에 따를게요."

나는 줄 선 사람들에게 인사를 하고, 폴리나한테 요리 꾸러미를 받았다.

"사토 씨의 축제?"

제나 씨가 신기한 기색으로 고개를 갸웃거렸다.

"제나 씨. 오늘 축제가 무슨 축제인지 아세요?"

"아, 네. 분명히—."

"제나아! 여기야, 제나!"

제나 씨의 말을 아는 목소리가 뒤덮었다.

"릴리오!"

말다툼을 구경하는 구경꾼들 사이에 릴리오를 비롯한 제나 분대의 세 사람이 있었다.

그녀들도 타코야키나 꼬치 커틀릿 꾸러미를 들고 있었다.

"제나도 줄 섰어? 이 타코야키란 거 엄청 맛있어."

"꼬치 커틀릿도 일품이야."

"저는 프라이드 포테토가 취향에 맞아요."

동료들이 권하자 제나 씨가 요리를 입에 넣고 「맛있어요!」 하며 찬사를 보냈다.

서서 먹는 것도 좋지만, 어디 좀 앉아서 차분하게 먹고 싶네.

그렇게 생각하며 주위를 둘러보다가, 구경꾼 너머에 있는 앳된 모습의 소녀와 눈이 마주쳤다.

"사토 공!"

소녀가 내 이름을 불렀다.

"사토 공! 이쪽이니라!"

인파 너머에서 뿅뿅 뛰는 소녀, 노로크 왕국의 미티아 왕녀였다.

아리사랑 미아의 친구지만, 그녀를 미적왕 루더만에게서 구해낸 이후로 동료들의 수행이나 「계층의 주인」 토벌에 매달리느라 교류가 좀 적었다.

그녀 옆에는 바위처럼 든든한 여기사 라브나가 조용히 서 있었다.

아무리 그래도 무시하면 미안하니까, 요리를 든 채 그쪽으로 갔다.

"안녕하세요? 미티아 님."

"안녕하신가? 위업을 이룩한 사토 공을 본녀가 축복하게 해 다오."

미티아 왕녀가 얼굴 앞에 손을 대고서, 후우 숨을 불었다.

그녀가 가진 헤랄르온 신의 기프트 「정화의 숨결」이리라.

"감사합니다, 미티아 님."

"음— 그쪽 여성은 누구인고?"

돌아보자 제나 씨가 따라와 있었다.

"이쪽은 제 친구고, 리자랑 포치, 타마의 은인이기도 한 세류 백작령의 제나 마리엔텔이라고 합니다. 제나 씨. 이쪽은 노로 크 왕국의 미티아 왕녀 전하입니다."

나는 미티아 왕녀와 제나 씨를 서로에게 소개했다.

"허허어. 그 세 사람의 은인이라니 굉장하도다!"

"와, 왕녀님, 이신가요?"

제나 씨가 놀란 다음, 이국의 귀인에게 경례를 취했다.

"그렇게 격식을 차리지 않아도 괜찮은 것이니라. 사토 공의 친구라면 본녀의 친구나 마찬가지. 가볍게 미티아라고 부르는 것을 허가하는도다."

친근한 태도의 미티아 왕녀를 보고, 제나 씨가 눈을 깜빡거리 며 송구해 했다.

"펜드래건 사작, 이번에 세운 무훈은 참으로 훌륭하다. 나도 귀하를 본받아 한층 더 정진하도록 하지."

그런 두 사람을 지켜보는 사이에, 미티아 왕녀 곁에 서 있던 바위의 기사에게 찬사의 말을 받았다.

"―사작? 펜드래건?"

제나 씨가 동공이 다 열린 광택이 없는 눈동자로 이쪽을 멍하니 보고 있었다. 어째선지 말투도 딱딱해졌다.

아까도 생각했지만, 제나 씨는 내가 무노 남작령에서 명예 사작위를 받아 펜드래건 사작이 된 걸 모르는 모양이다.

그러고 보니, 여기까지 오는 동안 사람들이 나를 부르는 호칭이 「젊은 나리」밖에 없었지.

아침의 개선 퍼레이드를 못 봤나 보군.

하지만 그렇게 충격을 받을 일인가?

무노 남작령의 니나 집정관 말로는 최하급인 명예 사작이라면 어느 영지든 매년 몇 명 정도는 서훈을 받는다고 했는데.

"모르셨나요? 명예 사작위를 받아서 펜드래건 사작이 됐어요."

무노 시에서 제나 씨에게 보낸 편지에 썼을 텐데.

"어어, 그러면 이 축제의 주역이 소년이었어?"

제나 씨 뒤에 따라온 릴리오가 끼어들었다.

"정확하게는 주역 중 한 명이죠. 『계층의 주인』에게 도전한 인원이 잔뜩 있으니까요."

더 정확하게 말하면, 주역은 우리 애들이고 나는 덤이다.

"무노 남작령에서 보낸 편지에 그 이야기도 썼는데, 도착하지 않았나요?"

"아, 네. 크하노우 백작령의 세담 시에서 보낸 편지까지만—."

그 뒤에 미궁도시로 오는 여행을 떠났기 때문에 못 받았다고
한다.

현대 일본이랑 달리, 이쪽 우편은 도착할지 못할지도 불분명
한 데다가 대단히 시간이 걸리니까 이런 어긋남이 생기는 것도
어쩔 수 없군.

"내일, 미궁도시를 안내할 때 추천하는 맛있는 가게도 안내할
게요. 그때 작위를 받은 이야기를 들어주실래요?"

"아, 네. 꼭, 이에요?"

아직 충격이 식지 않은 제나 씨에게 약속했다.

여기서 이야기를 하면 좀 길어지거든. 너무 상관없는 구경꾼
들에게 들려줄 이야기도 아니고.

"사토 공, 이제 그만 괜찮겠는고?"

미티아 왕녀가 조금 주저하는 기색으로 말을 걸었다.

—어이쿠. 제나 씨 배려를 우선해서 미티아 왕녀를 방치하고
있었네.

"죄송합니다, 미티아 님."

"상관없도다. 오늘은 사토 공이 주역이니라."

로리 얼굴에 안 어울리는 관록이 있는 말투다.

"그런데, 저기서는 무슨 말다툼을 하는 건가요?"

나는 말다툼을 벌이는 소년소녀들을 보면서 미티아 왕녀에게

물었다.

한쪽은 아는 사람이다. 미궁 도시 세리빌라의 태수 3남 게릿 츠 군과 그 추종자 소년소녀들이었다.

그들하고는 태수 부인의 다과회에서 다소 교류를 가졌을 뿐이다. 그것 말고는 미궁에서 미적들이 일으킨 마물의 연쇄폭주 때문에 괴멸하려는 참에 구해준 것 정도의 관계— 아니, 탐색자학교의 귀족용 강좌를 열어달라고 요청을 받았었지.

귀족용 강좌의 개설 준비 자체는 거의 끝났지만, 그들처럼 문벌 귀족용이 아니라 하급 귀족용으로 생각하고 있었단 말이지.

"음. 게릿츠 공이 아는 문벌 귀족의 자제들이라고 하노라만, 아무래도 왕도의 유년 학교 때부터 경쟁상대였다고 하느니라."

경쟁상대— 라이벌이란 느낌인가?

게릿츠 군 일행과 말다툼을 하는 건 무장한 7명 정도의 문벌 귀족 소년소녀들이었다.

후자는 이제부터 미궁에 들어가려는지, 레벨 20대 후반의 강해 보이는 호위 기사 2명을 비롯하여 병사 6명과 짐을 진 운반인 4명을 거느리고 있었다.

본인들의 장비도 번쩍거리는 신품인 건 신경 쓰이지만 충실하다.

리더 소년은 이제 막 성인이 됐는데, 드워프제 미스릴 합금검을 차고 있을 정도였다.

"스, 승부다, 보면! 어느 쪽이 먼저 적철증을 따는지 승부하자!"

게릿츠 군이 외치는 게 들렸다.

"너는 내 이야기도 안 들었나? 나에게 탐색자라는 건 통과점에 지나지 않아. 사관을 위한 디딤돌이지."

"타, 탐색자를 얕보지마아아아아아아아아!"

보면 소년의 폭언을 들은 게릿츠 군이 하늘에 짖었다.

"탐색자는 그냥 통과점 삼을 수 있는 간단한 일이 아냐!"

상당히 뜻밖의 반응이다. 게릿츠 군이 그렇게까지 탐색자란 직업에 생각하는 바가 있는 줄은 몰랐군.

"알았어, 알았어. 승부해줄게. 다만, 우리는 적철증 같은 것에는 흥미가 없어. 어느 쪽이 먼저 레벨 15가 되는지 겨루자고."

보면 소년이 그런 말을 꺼냈다.

"레벨 15? 기사단의 정규 기사급 레벨이잖아!"

"나는 레벨 5, 전에 보낸 편지에서 너는 레벨 7이 됐다고 했지? 우리가 먼저 준비를 갖출 테니까 딱 좋은 핸디캡 아냐?"

현재 게릿츠 군의 레벨은 5니까, 라이벌한테 보내는 편지에 조금 과장을 보탠 모양이군.

레벨 15라면, 세류 시의 미궁에서 아인 소녀들이 레벨업한 정도의 수치니까 며칠이면 달성할 수 있지 않나?

"우리는 오늘부터 얼마 동안 딱정벌레 구역에 들어갈 예정이야. 잘 되면 신년까지 레벨 15로 오른다. 나를 이기고 싶으면 네 진심이란 걸 열심히 보여줘."

여유작작하게 말하고서, 보면 소년이 동료들과 함께 미궁으로 이어지는 서문으로 걸어갔다.

"게, 게릿츠 니임. 그런 약속해도 되는 거야?"

통통한 소년 루람 군이, 불안한 표정으로 게릿츠 군에게 물었다.

그는 게릿츠 군의 추종자 중 한 명이지만, 미궁에서 돌아올 때 넬 일행의 노점에 죽치고 있는 걸 자주 본다. 게릿츠 군 일행들 가운데 가장 인연이 깊을지도 모르겠군.

"시, 시끄러워! 귀족에게 두 말은 없어!"

그런 루람 군에게 소리친 게릿츠 군과 눈이 마주쳤다.

"펜드래건 경!"

게릿츠 군이 지옥에서 부처를 만난 표정으로 달려왔다.

"보고 있었다면 이해했겠지! 내일부터라도 탐색자 학교의 귀족용 강좌를 열어줘야겠어!"

일방적으로 말하더니, 내 대답도 안 듣고서 동료들을 데리고 인파 너머로 사라져 버렸다.

"정말이지, 게릿츠 공이 이럴 땐 참 난처하도다."

미티아 왕녀가 탄식했다.

"뭐, 귀족용 강좌도 열 예정이었으니 상관없습니다."

물론 경제적으로 유복하지 않은 하급 귀족을 대상으로 한 강좌를 예정하고 있었지만, 아까 게릿츠 군이 탐색자에 대한 뜨거운 생각을 논하는 걸 들어버렸으니까. 이것저것 잘 봐주는 태수 부인에 대한 은혜도 있고.

무엇보다도, 자기들끼리 미궁으로 돌격해서 전멸하기라도 하면 꿈자리가 사나워진다.

"미스릴의 탐색자인 펜드래건 사작에게 강의를 받을 수 있다니 감격이에요!"

게릿츠 군의 추종자 중 한 명인 듀케리 준남작 영애 메리안이 내 손을 잡았다.

그녀는 탐색자를 동경한 나머지 소행이 좋지 않은 여성 탐색자들을 따라갔다가 죽을뻔했었는데, 아직 탐색자가 되는 걸 포기하지 않은 모양이다.

"죄송하지만, 메리안 공. 강사는 제가 아니라 다른 자가 맡게 될 겁니다."

강사는 아야우메 양과 재활을 겸해서 카지로 씨에게 맡길 셈이었다.

"억지를 부려선 안 되느니라, 메리안 공. 사토 공은 다음달의 왕국 회의에 대비해서 이래저래 바쁠 것이니 방해해선 안 되는 도다."

"그렇네요……. 죄송합니다, 사작님."

"그보다도, 내일 강의 개시를 대비해서 준비를 해야 하느니라. 가자꾸나, 메리안 공!"

"네, 미티아 님!"

미티아 왕녀가 달래준 메리안 양이, 이쪽으로 꾸벅 인사를 하더니 게릿츠 군 일행 뒤를 따라갔다.

"죄송해요, 제나 씨."

게릿츠 군 일행을 상대하느라 제나 씨 일행을 방치한 걸 사과했다.

이제 시간이 다 됐으니, 조금 울적한 제나 씨를 재촉하여 서문 쪽으로 갔다.

"—있잖아 소년. 아까 그 귀여운 애들은 소년의 연인 같은 거야?"

"아뇨. 틀려요."

릴리오가 이상한 소리를 하기에 즉답으로 부정했다.

"그렇대. 다행이네, 제나."

"모, 몰라요!"

새빨개진 제나 씨가 우하하 웃는 릴리오한테서 고개를 돌렸다.

"벌써 다른 녀석들은 다 모인 모양인데?"

"아직 점심 종이 울리지도 않았는데 빠르군요."

루우 씨와 이오나 양이 서문 앞에 모여 있는 그녀들과 비슷한 장비의 사람들에게 손을 흔들었다.

"그러면, 다녀올게요. 사토 씨."

"네, 조심해서 다녀오세요."

어째선지 제나 씨가 좀처럼 돌아서지 않아서, 러브 코미디 주인공들처럼 마주보게 되어버렸다.

"길티?"

"미묘하네……."

마주보는 우리들 바로 옆에, 먹을 걸 들고 있는 동료들이 다가왔다.

"마스터를 발견했다고 고합니다."

양육원 아이들을 이끌고서 나나도 왔다.

"아~!"

그런 나나를 보고 릴리오가 큰 소리로 외쳤다.

"네가 여기 있다는 건, 존도 와 있어? 그 미토란 사람도?"

"의미불명이라고 고합니다."

"무슨 말을—."

"존 및 미토라는 명칭은 네임 리스트에 존재하지 않습니다."

나나가 독특한 말투로 사람 잘못 봤다고 말했다.

"혹시, 나나의 자매들과 만난 건가요?"

"『넘버 에잇』인지 하치코인지 하는 애들? 같은 얼굴이 7명이나 있는?"

하치코라는 이름은 낯설지만, 나나랑 같은 얼굴이 7명이고 No.8이란 이름이 섞여 있으면 틀림없겠지.

"네, 아마 그럴 겁니다. 그녀들은 잘 지내고 있던가요?"

"뭐야, 다른 사람이구나……."

"네, 다들 참 건강했어요."

어깨를 축 늘어뜨린 릴리오 대신에 제나 씨가 대답했다.

마지막으로 만난 건 젯츠 백작령에 있는 파우라는 도시였다고 한다. 그 도시의 음식점에서 노잣돈을 벌기 위해 웨이트리스로 일한 모양이다.

맵의 마커 일람을 보니, 후지산 산맥이라는 맵 위를 무노 남작령 방면으로 이동하는 걸 알 수 있었다.

어느샌가 레벨도 올라서, 당시 레벨 7이었던 하위 멤버도 지금은 두 배인 레벨 14까지 상승해 있었다.

조금 신경 쓰이기에, 맵의 마커를 기준으로 공간 마법 「멀리
보기」를 발동해봤다.

미지의 맵이라도 마커를 기준으로 하면 마법이 발동하는 모
양이네.

—거미?

게와 거미를 융합시킨 것 같은 거대 생물 등에 다 함께 타고
있는 게 보였다.

No.8에게 조련 스킬이 늘어났으니, 그녀가 테이밍한 마물이
겠지. 상당히 강해 보이고, 몸이 커다랗고 다리가 기니까 험로
도 문제없이 답파할 수 있을 것 같았다.

성묘하는 게 힘들 것 같으면 도와주러 갈까 생각했는데, 이
정도면 괜한 참견을 해서 그녀들의 자립심에 찬물을 끼얹을 필
요 없겠군.

"—제나, 이거 줄게."

"브로치인가요?"

"안에 작은 물 광석이 들어 있어. 돌을 만지고서 마력을 주입
하면 물이 나오니까 비상용으로 가져가."

내가 나나 자매의 행방을 체크하는 동안 제나 씨와 아리사가
그런 대화를 하고 있었다.

한나절 미궁에 다녀오는 거니까 괜찮을 거라고 생각하지만,
나도 「선물입니다」 하면서 미궁산으로 되어 있는 「베리아의 마
법약」 세트를 선물해뒀다.

비싼 물건을 받을 수 없다는 제나 씨에게, 아리사가 「걱정 많

은 주인님을 안심시키는 셈치고서 순순히 받아둬」라고 말해서 설득했다.

"고맙습니다, 사토 씨. 아리사— 어?"

송구해 하면서 받아 든 제나 씨의 눈이, 동그래졌다.

그 시선은 우리들의 등 뒤를 향하고 있었다.

◆

"펜— 사, 사토!"

탐색자 길드 앞의 광장에서, 그림자 하나가 서문 앞의 사발 광장으로 뛰어내렸다.

햇빛을 등에 진 실루엣이었지만, 그 특징적인 흉부와 세로 롤 머리가 내게 정체를 알려주었다.

상당히 깔끔한 공중제비였지만, 드레스 차림으로 뛰는 건 어떨까 싶어요.

그런 생각을 하면서도, 내 시선은 **흔들리는 2개의 기적**에 붙들린 상태였다.

그녀는 우리들 전방에 척 착지했다.

"—왔답니다!"

새빨간 얼굴로 창피해하면서, 뽐내듯 팔짱을 끼고 선언했다.

사람들 눈을 끄는 미모와 호화로운 금발 세로 롤이라는 특징적인 머리 모양을 잘못 볼 리가 없었다.

그녀는 내 주가(主家)인 무노 남작의 차녀 카리나 무노 양이다.

하지만, 이렇게까지 화려한 짓을 할 거면 창피해하면 안 됩니다.

"카리나~?"

"자, 정정당당히 승부하는 거예요!"

―앗.

쭈욱. 의태어가 날 것 같은 기세로 포치가 달려들고, 타마도 사발 광장 벽을 사용해 삼각 뛰기를 하여 카리나 양을 급습했다.

"기다려―."

타마는 도중에 내가 제지하는 말이 들렸는지, 카리나 양과 격돌하기 직전에 궤도를 바꾸어 그 기세 그대로 엉뚱한 방향으로 굴러갔다.

포치의 돌격을 받은 카리나 양은 포치와 함께 등 뒤의 빈 나무 상자를 부수면서 모습을 감추었다.

두 사람의 모습은 피어 오른 흙먼지와 나무조각에 가려서 안 보였다.

"가슴 아가씨, 괜찮을까?"

"음?"

아리사와 미아가 갑작스런 일에 눈을 깜빡거리며 놀라고 있었다.

"카리나 님이라면 괜찮을 겁니다. 무노 성에서도 자주 포치랑 타마하고 놀아줬으니까요."

"분명히 공도에서도 즐겁게 놀긴 했지만, 그다지 괜찮아 보이지는 않아요……."

"유생체라면 생명의 위기라고 평가합니다."

걱정 없다는 리자에게, 루루와 나나가 납득 못하는 시선으로 흙먼지 너머를 보았다.

분명히 지금 포치가 진심으로 날린 일격을 맞으면, 카리나 양은 확실하게 즉사한다.

"사, 사토 씨, 얼른 구출하러 가야죠!"

뛰쳐나가려는 제나 씨의 팔을 붙잡았다.

그건 걱정 없어요—.

"아야야~ 랍니다."

벽 너머에서 흙먼지투성이가 된 카리나 양이 나타났다. 긁힌 상처 하나 없다.

포치가 순동을 안 쓰고 힘조절을 한 것과, 타마가 아슬아슬하게 포치를 붙잡아 감속시킨 것, 그리고 무엇보다도 카리나 양을 언제나 수호하는 라카가 있는 덕분이리라.

『카리나 님, 방심은 금물이다.』

카리나 양의 가슴팍에 달린 파랗게 명멸하는 장신구에서 그윽한 남성의 목소리가 들렸다.

저 장신구가 「지성이 있는 마법 도구」인 라카의 본체다. 인텔리전스 아이템

"고마워요. 라카 씨 덕분에 구사일생을 했답니다."

제나 씨를 말린 손을 놓고, 카리나 양에게 다가갔다.

"카리나 님, 다치신 곳은 없나요?"

"사, 사토, 괜, 찮, 답니다."

머리에 묻은 흙먼지를 털어준 것뿐인데, 카리나 양이 얼굴이 새빨개져서 거리를 벌렸다.

여전히 남성을 어려워하는군.

"─제나! 이제 그만 미궁으로 출발한다고 대장이!"

"아, 알았어요! 금방 갈게요!"

세류 백작령 영지군 미궁선발대에 합류한 릴리오가 커다란 소리로 제나 씨를 불렀다.

"사토 씨, 죄송해요. 시간이 됐어요."

"네, 조심하세요."

제나 씨가 카리나 양에 대해 물어보고 싶은 것 같으니까, 그건 내일 미궁도시 안내를 할 때 한꺼번에 얘기할 것을 약속했다.

"사토, 아까 그 아이랑 꽤 친해 보이던걸요?"

뒤에서 어깨에 올린 카리나 양의 손이 끼리리릭 나를 괴롭힌다.

그런 바람피운 남자친구를 추궁하는 여자친구 같은 태도는 그만두세요.

"포치~?"

타마가 풀이 죽은 포치를 데리고 잔해 너머에서 돌아왔다. 귀가 축 늘어지고, 평소에는 활기차게 흔들리는 꼬리도 가는 다리 사이에 숨어 있었다.

어쩐지 자수하는 범죄자 같은 분위기였다.

"타마, 포치! 이리 오세요."

"네잉."

"네, 인 거예요."

리자가 타마랑 포치를 불렀다. 둘 다 목소리가 굳었군.

리자의 목소리로 포치를 떠올린 카리나 양이 내 어깨에서 손을 떼고 포치 쪽을 보았다.

"두 사람. 길거리에서 함부로 힘을 쓰지 않도록, 그렇게 말을 했는데 지키질 못했군요?"

"……네잉."

"네, 인 거예요."

리자가 두 사람의 머리에 꽁꽁 한 방씩 꿀밤을 먹였다.

"그리고, 포치. 당신은 제어 팔찌를 장비하지 않고 있었어요."

"죄, 죄송합니다, 인 거예요. 라이브 때 빼놓고, 다시 차는 걸 깜빡 잊은 거예요."

"깜빡으로 넘어가면 안 됩니다."

그렇군. 파워 억제 마법 도구를 장비하지 않았으니까, 벽을 뚫어버릴 정도의 기세가 붙은 모양이다.

"리자, 기다려—."

리자가 포치의 엉덩이를 두드릴 자세로 옮기려는 걸 말렸다.

조금이라면 체벌도 필요하지만, 미궁에서 자주 다치는 포치의 경우는 단순히 아픈 걸로는 심리적인 브레이크가 되지 않을 것 같단 말이지.

"그러나, 주인님."

리자가 보기 드물게 이의를 제기했지만, 그 이상은 말하지 않았다.

가능하면, 할 말이 있을 때 정도는 노예 신분 같은 거 잊어주면 좋겠는데.

"주인님. 너무 어리광 받아주기만 하면 안 돼."

대신 아리사가 말을 해줬다.

"그래, 알아."

라카의 수호나 타마의 어시스트가 없었다면 카리나 양은 틀림없이 큰 부상을 입었을 거다.

그러니까, 포치가 이번처럼 깜빡 하지 않도록 심리적인 브레이크를 만들 생각이다.

"포치."

"죄송합니다, 인 거예요. 포치는 아주아주 반성하는 거예요."

조그만 아이를 혼낼 때는 위축시키면 역효과니까, 사과하기 시작한 포치를 말렸다.

"잘 들으렴, 포치―."

나는 포치에게, 어째서 내가 혼내는 건지 그 이유를 되도록 알기 쉽게 말했다.

내 이과 설명으로는 좀처럼 이해를 못했지만, 아리사 선생님의 등장으로 어떻게 포치를 이해시킬 수 있었다.

"죄송합니다, 인 거예요."

"아뇨. 방심한 저도 잘못했는걸요."

포치가 풀이 죽은 표정으로 카리나 양에게 사과했다.

또한, 포치에겐 오늘 저녁부터 사흘 동안 고기 금지형을 집행하기로 했다. 심리적인 브레이크에 더할 나위 없는 벌일 거야.

지금 당장 집행하지 않는 건 최후의 온정이다.

아리사가 무르다고 화를 냈지만, 기껏 축제인데 즐기지 못하면 너무 가엾잖아.

포치는 그렇다 치고, 나한테도 과제가 있었다.

파워 억제 마법 도구는 장비하면 자동적으로 스위치가 켜지는 단순한 구조였지만, 그러면 이번처럼 장비를 잊을 경우 대응할 수가 없다.

가능하면 언제나 장비할 수 있고, 자동으로 파워 억제 기능이 ON/OFF 되는 구조로 만들고 싶다.

그래. 카리나 양이 장비하는 라카처럼 「지성이 있는 마법 도구」가 이상적이다.

같은 걸 만들 수 있을 것 같지는 않지만, 지금 있는 설비와 지식을 총동원하면 마이너 카피 정도는 만들 수 있지 않을까? 오늘 밤부터 시작해봐야겠군.

◆

"카리나 님~ 어디 있슴까~?"

노점으로 떠들썩한 인파 너머에서 카리나 양을 찾는 목소리가 들리기에 그쪽으로 시선을 돌리자 카리나 양의 호위 메이드를 맡고 있는 에리나의 모습이 보였다.

몇 미터의 낙차를 점프로 내려올 수 있는 카리나 양과 달리, 그녀들은 평범하게 길을 달려온 모양이다.

"에리나, 이쪽이야."

"아! 사작님임다!"

그 뒤에 처음 보는 여성 병사의 모습이 보였다.

아마 새롭게 무노 남작령에 사관한 신입 병사겠지.

"피나는 안 왔니?"

"왔슴다. 피나 씨는 사작님을 찾으러 서쪽 길드 쪽으로 가버렸슴다. 이쪽은 피나 씨가 호위 메이드를 관두고 시녀가 돼 버려서 보충으로 들어온 신입임다."

에리나가 신입 아가씨 등을 밀며 잡스럽게 소개했다.

"동료인 타르나도 오고 싶어했는데요. 공도랑 보르에하르트 시로 가는 유학생들 호위 임무에 발탁돼서 못 왔슴다."

무노 남작령은 순조롭게 부흥이 진행되는 모양이다.

나는 에리나와 친교를 다지면서, 신입 아가씨하고도 인사를 나눴다.

"저만 빼고 사토— 펜드래건 경과 이야기하는 건 치사해요."

나랑 에리나 사이에 끼어든 카리나 양이 가슴 아래에 팔짱을 끼었다.

전보다 볼륨이 늘어난 그것이 주위에 위험한 매료 효과를 뿌리고 있었다.

참으로 괘씸한 존재감이다.

"길티."

미아가 내 귀를 잡아당겼다.

아무래도 내 삿된— 아니 건전한 시선 끝에 있는 것을 깨달은 모양이다.

"그런데, 카리나 님."

나는 어흠 헛기침을 하고서 화제를 바꾸었다.

"미궁도시에는 어떤 용건으로 오신 건가요?"

미궁도시에 귀족 자제가 오는 일 자체는 아까 보면 군 일행의 예를 들 것도 없이 드문 일이 아니지만, 보통은 무인으로서 수행이나 먹고 살기 힘든 가난뱅이 귀족의 자제가 일확천금을 바라며 오는 인상이 강하다.

카리나 양 같은 영주의 딸이나 일반적인 귀족영애가 오는 일은 드물다.

무노 남작령은 유복하다고 하기 어렵지만, 이 세계의 영주는 「도시 핵」을 지배해서 보통 사람을 넘어서는 힘을 휘두르는 특별한 존재다.

지난번처럼 무노 남작의 대리로 왕도에 간다는 사정이 있다면 모를까, 단순한 관광으로 올 것 같지는 않은데.

"물론, 강해지기 위해서랍니다!"

카리나 양이 어린애 같은 발랄한 미소로 대답했다.

아무래도, 무인 노선인가 보다.

"나이스, 소울~?"

"과연 카리나인 거예요! 같이 힘내는 거예요."

"네, 물론이에요! 언젠가 용사님의 종자가 되겠어요!"

카리나 양이 타마랑 포치와 함께 기염을 토했다.

여전히 카리나 양은 유감스런 미인이군.

"용케 무노 남작이 허가를 하셨군요."

"그건 사토— 비, 비밀이랍니다."

나는 시선을 에리나와 신입 아가씨에게 돌렸다.

"남작님은 안 좋아하셨습다만, 니나 씨가—."

"에, 에리나!"

카리나 양이 굉장한 형상으로 에리나의 입을 막았다.

아무래도 니나 씨가 뭔가 꾸미는 일이 있나 보군.

무노 남작령에 있을 때 나랑 카리나 양의 연담을 추진하려고 했지만, 부흥이 진행되고 있는 지금이라면 나 같은 출생성분도 수상한 최하급 귀족 같은 게 아니라, 제대로 된 가문의 남성이랑 혼인을 맺을 수 있을 텐데?

물론 혼인 활동이 목적이라면 왕도라면 모를까, 위험한 여행을 시키면서까지 미궁도시에 오는 의미도 없다.

나중에 카리나 양의 시녀 피나에게 자세히 물어봐야겠군.

"카리나 님, 그쯤 하시고—."

일단 카리나 양이 입을 틀어막아서 죽을 것 같은 에리나를 풀어줬다.

"숙소는 잡으셨나요?"

"아직임다. 카리나 님이 사작님하고 빨리—."

"에리나!"

무슨 말을 하려고 한 에리나를 카리나 양이 막았다.

방금 전 모습을 재현하는 두 사람 곁에서 신입이 당황하고 있었다.

"리자, 미안하지만 미테르나에게 『손님이 머무를 거니까 별채 준비를 부탁한다』고 전해줘."

"알겠습니다."

리자에게 전언을 부탁하고, 나는 카리나 양 일행을 데리고 피나가 있는 서쪽 길드로 갔다.

"그건 그렇고, 갑자기 찾아 오셔서 놀랐습니다."

카리나 양이 미궁도시에 온다는 편지도 도착하질 않았으니까.

"전에 아리사가 말했던『서프라이즈』랍니다."

카리나 양이 조금 재면서 말했다.

가슴을 쭉 펴면서 말한 탓인지, 가슴의 탄성이 평소보다도 폭력적이다.

그 모습에 매료된 남자들이 술렁거리며 소란을 피웠다.

"야, 저것 좀 봐."

"마, 말도 안 돼."

"오오…… 신이여……."

마음은 이해하지만 마지막 녀석은 좀 거창하다.

"저렇게 아름답다니……."

"오오! 나의 아름다운 여신이여! 잊으셨습니까—."

대형 방패를 든 훈남 탐색자가 카리나 양 앞으로 뛰어들었다.

"당신 따위 모르는걸요."

내가 치울 것도 없이, 라카로「초강화」된 카리나 양이 남자를 인파 너머로 날려버렸다.

"철벽의 지엘이 일격이군."

"아름다운 데다가 강하기까지……. 어 젊은 나리네?"

"또, 젊은 나리가 손을……."

"젠자앙, 대체 얼마나 절륜한 건데!"

너희들하고는 좀 담소를 나눠서 오해를 풀 필요가 있을 것 같은데.

"사토, 피나가 있답니다."

카리나 양에게 팔을 끌리면서 인파 속을 쑥쑥 나아갔다.

뭐랄까, 기운찬 대형견에게 끌려가는 휴일의 아빠 같은 기분이군.

뭐 목적이야 그렇다 치고, 라카의 수호가 있으면 미궁이라도 그렇게 위험하지는 않을 테니까 포치랑 타마와 함께 미궁도시 생활을 즐기면 될 거야.

뭐, 일단은―.

"사토, 뭔가 말하고 싶은 모양이군요."

카리나 양이 탐색자 길드의 백석 건물을 등지고 나를 돌아보았다.

"―말하는 걸 잊고 있었어요."

조금 화난 표정의 카리나 양에게, 연극조의 태도로 말했다.

"미궁도시에 잘 오셨습니다. 환영할게요."

카리나 양이 눈을 깜빡거린 다음에 웃음을 터뜨렸다.

서투른 아가씨

"사토입니다. 재주가 많아도 하나만 잘하느니만 못하다고들 하지만, 여러 가지를 할 수 있는 건 자랑거리지 괜히 비하할 일이 아니라고 생각합니다. 게임에서는 하나에만 특화된 걸 바라는 일이 많지만요."

"어서 오세요, 주인나리."

"다녀왔어."

저녁이 되어서 드디어 저택으로 돌아온 나는 외투를 연장자 애기 메이드들에게 건네고 거실로 갔다.

"다른 애들이랑 손님은 벌써 돌아왔니?"

"손님은 포치랑— 포치 아가씨와 타마 아가씨와 같이 목욕탕— 저기 입욕중입니다."

연장자 애기 메이드에게 카리나 양의 상황을 들으면서 거실 소파에 몸을 맡겼다.

카리나 양하고는 피나와 합류한 다음에 헤어지고, 나는 회장의 높은 사람들에게 인사를 하러 다니거나 에르탈 장군이 준비해준 명주를 길드장과 함께 마셔버리거나 했다.

그다지 상대를 못해줬지만, 카리나 양 일행도 회장에서 축제 기분을 맛보았을 거야.

"후우, 상쾌하군요."

"기다리십쇼, 카리나 님. 허리띠를 아직 안 묶었습다!"

"카리나 님, 머리를 말릴 때까지 움직이지 마요~."

본채의 목욕탕에서 여행의 피로를 치유하고 온 카리나 양과 에리나 일행이 방으로 들어왔다.

평소 우리들은 목욕한 다음에 목욕 가운을 쓰는데, 아무리 그래도 그걸 입은 채 거실로 올 거란 생각은 못했군.

카리나 양은 무릎길이를 입고 있어서 허리춤은 무사하지만, 가슴은 위험하구만.

깊숙한 계곡에 빨려들 것만 같군.

아아, 악마가 귓가에 속삭인다. 이브에게 유혹을 받아 「지혜의 열매」로 손을 뻗은 아담의 심정이야—.

"길티. ■ ■ ■ ■ 어둠."
^{다크니스}

—행복한 영상은 그녀들 뒤에서 방에 들어온 미아의 정령 마법으로 차단당해 버렸다.

나는 아까 그 영상을 잊지 않는다. 절대로.

"뭔가요? 마법?"

"파렴치."

"그~래, 그런 치트 병기로 농락하는 건 안 돼."

"카리나 님. 그 의상으로는 조금 자극이 지나치니까, 죄송하지만 이 원피스로 갈아입어 주세요."

당혹하는 카리나 양에게 미아와 아리사의 불평과 루루의 배려가 들어갔다.

미아의 정령 마법으로 만들어진 어둠의 커튼 너머에서 나누는 대화니까 모습은 보이지 않는다.

물론 「멀리 보기」 마법을 쓰면 보이겠지만, 그래서는 엿보는 게 되니까 자중했다.

"주인 나리, 별채 준비가 끝났—."

방에 들어온 미테르나 씨가 방의 절반을 가로막은 검은 벽을 보고 말문이 막혔다.

"이, 이것은? 도적인가요? 누, 누군가—."

"걱정 안 해도 돼. 미아의 마법이야."

미테르나 씨가 당혹하면서도 누굴 부르려고 했지만 괜찮다고 말했다.

"그보다도, 별채 준비 고마워. 갑자기 부탁해서 미안해."

카리나 양 일행을 위해서 별채 준비를 마친 미테르나 씨를 위무했다.

"아뇨, 그게 제 일이니까요."

황송해하면서도 미테르나 씨는 자신이 한 일의 성과에 만족스러워 보였다.

"주인 나리, 오늘 밤은 마차 준비를 어떻게 할까요?"

"오늘은 외출할 일 없으니까, 말들도 마방에 돌려놔."

"알겠습니다."

미궁에서 귀환하고 거의 매일 연회에 초청을 받았지만, 오늘은 카리나 양 일행을 환영하기 위해서 모두 거절했다.

태수부인, 에르탈 장군, 길드장의 연회는 이미 참가했다.

도존 씨 같은 고참 탐색자들이나 전에 구해준 「업화의 송곳니」의 자리곤 일행은 길드장의 연회에서, 「적룡의 포효」의 리더인 제릴 씨는 태수부인의 야회에서 각자 축하해 주었다.

그리고 제릴 씨에게 중층의 「계층의 주인」을 토벌하기 위해 빌려줬던 「불꽃의 마검」은 연회 때 돌려받았다.

상당히 끈질기게 양보해 달라고 애원을 했지만, 만에 하나라도 마검을 해석하면 이래저래 문제가 생기니까 거절했다. 「영창의 보주」 같은 거라면 교환해줄 수도 있겠지만, 그런 건 없으니까.

"―해제."

잠시 지나서 미아의 마법이 풀리고, 가슴을 단단하게 가드 당한 카리나 양이 안쪽 문으로 돌아왔다.

카리나 양 일행은 여행에 필요한 것 말고는 갈아입을 옷도 없고, 예비는 카리나 양이 아까 입고 있던 드레스 정도밖에 없다고 한다.

목욕한 다음에 여행하느라 더러워진 옷으로 돌아가는 것도 가여우니까, 카리나 양에게는 나나의 옷을 건네주었다.

어디라고 하진 않겠지만, 조금 답답해 보였다. 천이 비명을 지르는군.

목욕한 다음이라 그런지 아까 그 목욕 가운으로 등장한 탓인지는 모르겠지만, 볼이 살며시 장밋빛으로 물들어서 조금 요염하다.

"내일 오전에라도 재단사를 불러 새로운 옷을 만들도록 할 테니, 오늘은 그 옷으로 참아주세요."

"새로운 옷이라니 사치스럽답니다!"

가난한 생활이 길었던 탓인지, 영주의 딸인데도 카리나 양의 금전 감각은 서민적이다.

"태수부인의 만찬이나 다과회의 초대장이 도착했습니다. 여장으로 출석할 수도 없잖아요?"

우리가 재회하는 장면을 본 사람이 있었는지, 아까 저택으로 돌아왔을 때 이미 초대장이 도착해 있었다.

태수부인의 고감도 안테나와 가벼운 풋워크는 여전히 굉장하군.

"저는 결석하겠어요. 거절하는 편지를 부탁드리도록 하죠."

그럴 수도 없으니, 잠시 실랑이를 벌인 끝에 미궁에 도전할 때 필요한 장비품이나 무기와 방어구 등을 새로 마련해준다는 걸로 타협을 했다.

그리고 또 하나.

"다음달의 왕국 회의에 출석해야 하니까, 열흘 정도 지나면 왕도로 출발합니다."

본래 나 같은 다른 영지의 최하급 귀족은 참가할 필요가 없지만,「계층의 주인」토벌 관련으로 서훈 같은 것도 함께 집행한다고 해서 참가해야 하게 됐다.

"카리나 님도 동행시키도록 무노 남작과 니나 집정관의 연명으로 지시가 내려와 있어요."

이 편지는 합류했을 때 카리나 양의 종자 필두인 시녀 피나에게 받았다.

"싫어요!"

"결정사항입니다."

"시 · 러."

카리나 양이 어린애처럼 투정을 부렸다.

"카리나, 막무가내~?"

"의무를 제대로 하지 않으면 권리가 화내는 거예요!"

타마랑 포치가 카리나 양을 설득해준다.

둘에게 카리나 양은 여동생 같은 포지션인가?

"그치만! 저도 타마랑 포치랑 같이 탐색자가 되어서 활약하고 싶은걸요."

싫어싫어. 고개를 젓는 카리나 양의 움직임에 맞추어 갑갑해 보이는 가슴이 흔들리고 단추가 하나 터져 날아가더니, 빈틈으로 속옷이 보였다.

그녀의 속옷은 시가 왕국의 일반적인 가슴 가리개가 아니라, 무노령에 있을 무렵 아리사가 보급시킨 현대풍 브래지어인 모양이다.

시선이 가슴으로 가지 않도록 주의하면서, 카리나 양의 설득에 참가했다.

"왕국 회의가 끝나고서, 또 미궁도시에 오면 되지 않나요?"

"하지만, 그대로 남작령에 돌아오라고 하지 않을까요?"

나로서는 그래도 좋지만, 긴 여로를 거쳐서 드디어 도착했는데 곧장 돌아가는 건 좀 그렇겠지.

"그때는 제가 지원하겠습니다."

"꼭이에요!"

지원은 한다.

반드시 미궁도시에 돌아올 수 있다고 단언은 못하지만.

"사작님, 내일 모레까지 카리나 님의 드레스를 짓는 건 무리가 아닐까요?"

피나가 지당한 확인을 했다.

듣고 보니 맞는 말이다. 나라면 내일 아침까지 만들 수 있으니까 착각하고 있었군.

"그러면, 내일이라도 의상 대여점에서 의상을 마련하죠."

아직 일몰까지 시간이 있지만, 아무리 그래도 목욕한 다음에 푹 쉬고 있는데 나가는 건 귀찮을 테니까.

"그러면 예약을 해두겠습니다. 의상을 고칠 기술자도 확보하도록 의뢰하면 되겠죠?"

"미안, 미테르나."

카리나 양의 경우, 가슴 부분을 반드시 고칠 필요가 있을 테니까.

"헤에, 그러면 공도에서 왕도까지는 비공정을 쓰신 거군요."

저녁 식사까지 시간이 있기에, 카리나 양 일행의 여행 이야기를 들었다.

"토르마 아저씨가 알아봐주셨답니다."

토르마는 두루마리 공방을 운영하는 시멘 자작의 동생으로, 카리나 양의 친가인 무노 남작 가문하고는 친척 관계였다.

내 친구이기도 하며, 공도에서는 그의 소개로 인맥도 늘었다.

그러고 보니 그와 함께 카리나 양의 동생 오리온 군 일행을 나쁜 밤놀이에 데리고 간 적도 있었지.

"거기서부터가 힘들었습다."

"계속 걷는 데다가, 휴대 보존식만 먹었으니까요."

카리나 양의 호위 메이드인 에리나와 신입 아가씨가 불평했다.

"계속 걸었다? 역마차를 쓰지 않았어?"

왕도와 미궁도시 사이에는 역마차 정기편이 있을 텐데.

"카리나 님이 싫어함다."

"그, 그치만, 제가 타면 남자분들이 빤히 쳐다보는걸요."

카리나 양이 삐치면서 고개를 돌렸다.

뭐, 승객의 마음도, 그게 불쾌하다는 카리나 양의 마음도 이해가 된다.

전세 마차를 쓰지 않은 것은 아마 카리나 양의 경제관념이 높았기 때문이겠지.

그녀들의 짐이 적은 것은 도보 여행을 위해서 줄일 수밖에 없었던 걸지도 모르겠다.

"하지만, 도보 여행은 위험하지 않았나요?"

"그렇지도 않았습다. 마물은 거의 안 나왔습다."

"도적도 안 나왔어요."

"마침 왕도의 기사님들이 가도 주변을 순찰하는 시기였던가 봅니다."

에리나와 신입 아가씨의 말을 피나가 보충했다.

카리나 양 일행은 상당히 운이 좋았나 보군.

그때 서둘러서 달려오는 발소리가 들렸다.

"카리나! 이거 봐 이거 봐 인 거예요."

"타마도~."

고리를 가지고 돌아온 포치와 타마가, 그것을 허리에서 빙글빙글 돌리기 시작했다.

―훌라후프다.

개선하기 전 대기시간에 운동부족을 해소하고자, 아리사의 부탁으로 만든 것이다.

어느샌가 사라졌다 싶더라니, 방에 후프를 가지러 간 거였구나.

"굉장하군요! 둘 다 무척 귀여워요."

카리나 양이 손뼉을 치며 기뻐하자, 포치와 타마 둘이 기쁜 기색으로 후프의 회전 속도를 높였다.

"아리사도 질 수는 없지."

"할래."

"저도 참전한다고 고합니다."

경쟁심에 불이 붙었는지, 아리사, 미아, 나나도 방에서 후프를 가져오더니 돌리기 시작했다.

전생에서 경험이 있는 아리사는 그렇다 치고, 미아도 외외로 잘 한다. 트윈테일 머리칼이 하늘거려서 말려들지 않을까 싶어 보고 있으면 걱정이 되지만.

나나는 나랑 마찬가지로 리듬감이 별로 없는지 금방 떨어뜨렸다. 어쩐지 분해 보인다.

"저, 저도 해보고 싶네요."

"하자~."

"간단한 거예요! 카리나라면 금방 할 수 있게 되는 거예요!"

몸이 근질거리는 카리나 양이 말하자, 타마와 포치가 후프를 돌리면서 고개를 끄덕거렸다.

"제 후프를 제공한다고 고합니다."

나나가 자기 후프를 카리나 양에게 건넸다.

다른 애들 후프는 지름이 작아서 돌리기 어려우니까.

"어떻게 하는 건가요?"

"허리에 대고~."

"그 다음은 빙글빙글 허리를 돌리면 돌아가는 거예요!"

한 번 후프를 멈춘 타마와 포치가, 이렇게 하는 거라면서 천천히 시연을 보여준다.

"이렇게, 인가요?"

카리나 양이 돌리려고 했지만, 금방 땅에 떨어져 버렸다.

"아니야~."

"여기서, 사삭 하는 거예요."

타마랑 포치가 허리에 후프를 끼운 채, 카리나 양에게 후프 돌리는 요령을 가르쳐준다.

타마와 포치가 휘릭휘릭 허리를 움직이는 모습이 귀엽다.

"이렇게, 로군요!"

카리나 양이 포치를 흉내 내서 허리를 휘릭 돌리자, 불안정하게나마 후프를 돌리는데 성공했다.

그녀는 프로포션이 좋으니까 움직임이 다이나믹해서 참으로 멋지다.

"나이스~."

"그렇게 하는 거예요!"

후프를 몇 번 떨어뜨렸지만, 카리나 양이 요령을 터득한 모양이다.

"해냈어요! 포치, 타마, 돌렸답니다!"

"역시 카리나인 거예요!"

"그레이트~."

그야말로 그레이트다.

허리의 약동에 맞추어 리드미컬하게 흔들리는 상반신이 참으로 눈보신—.

"길티!"

"에잇! 볼 거면 아리사를 보라고!"

내 사고를 읽은 것처럼 미아와 아리사가 눈앞에 끼어들었다.

알 수가 없네. 무표정 스킬 선생님의 서포트를 받아서, 장난치며 노는 손자들을 귀여워하는 호호 할아버지 같은 표정이었을 텐데…….

◆

"우와~. 꿈에서도 본 사작님의 성찬임다! 신입, 보는 검다. 튀김도 산처럼 쌓여 있슴다!"

연회요리를 내오자 가장 기쁜 소리를 지른 건 카리나 양의 무장 메이드 에리나였다.

"에리나, 우리는 카리나 님의 덤입니다. 절도를 잊지 마세요."

"알겠슴다!"

오늘은 개선 퍼레이드 뒤풀이와 카리나 양의 환영 연회이기 때문에, 카리나 양의 종자들도 식탁으로 초대했다. 식탁이라지만 식당이 아니라 거실에서 여는 파티였다.

사립 양육원이나 탐색자 학교에도 축하 연회 요리를 나눠줬다.

덤으로 준 킨타로 사탕[#1]을 아이들이 좋아했다. 내가 미궁에서 심심풀이로 만든 거다. 아이들이 무서워할 것 같아서, 그림은 킨타로가 아니라 병아리나 토끼로 했다.

"식기 전에 먹자."

내가 말하고 모두에게 요리를 권하자, 군침을 주르륵 흘리며 나랑 요리 사이에서 시선이 방황하는 포치가 있었다.

그 눈동자가 「먹어도 돼? 먹어도 돼?」라고 말하는 느낌이었다.

"안 먹니?"

포치의 귀가 쫑긋 곤두서고, 꼬리가 붕붕 흔들렸다.

"되는 거예요?"

"안 돼."

"안 됩니다."

포치의 기대에 가득한 말을 아리사와 리자가 잔혹하게 부정했다.

어째서—라고 물으려다가, 포치에게 「고기 금지 사흘」을 내린

#1 킨타로 사탕 막대 모양으로 만든 사탕. 가로 부분 어디를 자르든 단면에 같은 그림이 나온다. 전래동화의 주인공인 킨타로 그림이 원조라서 킨타로 사탕이라 불린다.

걸 떠올렸다.

"오늘 정도는—."

"안 된다니까."

—좋지 않느냐고 허가를 내려고 했는데, 아리사가 곧장 막았다.

"정말로 참. 아이들한테 물러터진 아빠 같다니까."

그렇게 따지면, 아리사는 엄격하게 혼내는 엄마 같다.

뇌리에 스친 있을 수 없는 광경은 가볍게 머리를 흔들어 소거했다.

포치에게는 두부 햄버그로 참으라고 해야겠어.

그렇게 생각했지만, 완성품을 가지고 온 순간에 「두부 햄버그를 먹으면 벌이 안 되잖아?」라면서 기각 당했다.

"시들시들~ 인 거예요."

포치가 글썽거리는 눈과 반성의 포즈로 축 늘어졌다.

"포치, 이리 온."

"……네, 인 거예요."

고기를 먹여줄 수는 없으니까, 쟁탈전이 많은 내 무릎 위에서 마음껏 어리광을 부리게 해주자.

고기 냄새만 맡는 건 말려 죽이는 것 같아서 바람 마법인 「기체 조작」과 생활 마법 「소취」로 향기가 오지 않도록 해봤더니, 「고기 아저씨의 냄새도 안 나는 거예요」 하면서 괜히 더 슬퍼했다.

그건 그렇고, 첫 끼니에 이러면 사흘은 참 힘들겠는데.

"꾸벅꾸벅~?"

"—카리나, 졸려졸려인 거예요?"

긴 여행의 피로 탓인지, 배를 채우고 얼마 지나지 않아 카리나 양이 꾸벅꾸벅 졸기 시작했다.

그녀의 수행원인 호위 메이드들도 배가 불러서 꿈결 같은 표정이었다.

"하는 수 없지—."

이런 데서 재울 수도 없으니까, 방에서 재우려고 카리나 양을 공주님 안기로 들기 위해 그녀 앞으로 갔다.

"—우와아."

신입 아가씨가 콩닥콩닥 두근두근 하는 표정을 짓는다.

피나도 신입 아가씨 옆에서 히죽히죽 웃고 있지만, 에리나는 복잡한 표정이었다.

한순간 질투인가 싶었지만, 그녀는 먹보니까 연회가 끝나는 게 싫은 거겠지.

"잠깐 기다려어어어어!"

카리나 양의 등과 오금으로 손을 넣으려고 하는 참에, 아리사가 한참 옛날 느낌이 나는 포즈로 나를 막았다.

"나나, 리프트업."

"예스, 미아."

미아의 지시를 받고서, 나나가 물 흐르듯 깔끔한 손놀림으로 카리나 양을 안아 올렸다.

카리나 양의 마유가 나나의 가슴과 맞닿아 복잡한 곡선을 그리고 있다.

저것도 상당히 눈보신이지만, 좀 부럽군.

"주인님, 카리나 님 일행이 머무르는 곳은 본채의 객실이야?"

"아니, 그러면 모양새가 안 좋으니까, 별채의 객실을 준비했어."

"알았어. 나나, 부탁해."

"예스, 아리사."

나나가 별채로 운반했다.

신입 아가씨가 나나를 따르고, 테이블 위의 튀김을 끈질기게 입으로 넣고 있던 에리나에게 루루가 바구니를 준비해서 담아 주었다.

"사작님, 카리나 님을 아내 삼으면 마음대로 할 수 있어요."

피나가 악마의 속삭임을 하고서는 키득키득 웃으며 나나 뒤를 따랐다.

평소의 그녀답지 않은 태도에, 앉아 있던 자리를 살펴보니 텅 빈 벌꿀주 병이 굴러다니고 있었다. 아무래도 취했나 보군.

"고기, 어째서 당신은 고기인 거예요?"

저녁을 먹은 뒤 침실에서, 포치가 그림책의 고기를 보면서 혼이 나가 있었다.

아까 고기 뺀 식사가 충격이었나 보군.

참고로, 타마랑 리자도 자주적으로 포치와 같은 고기 뺀 식사를 하고자 했지만, 연대책임은 내 취향이 아니라 기각했다.

"포치, 내일 아침은, 고—."

"혹시나! 내일부터 고기 금지 아닌 거예요?!"

내 말을 끊는 것처럼 초반응한 포치가 말했지만, 아무리 그래도 이번에는 조금 더 반성을 시켜야 하니까 그렇게 오냐오냐 해줄 수는 없다.

"—고기는 없지만, 포치가 좋아하는 카레를 해줄게."

"시들시들~인 거예요."

괜한 기대로 끝난 포치가 쿠션 위에 흐물흐물 무너졌다.

그렇게 좋아하는 카레로도 회복이 안 되는구나.

타마가 옆에서 몰래 포치에게 건네려고 한 육포를 「이력의 손」으로 압수했다.

"안 돼~?"

"안 돼."

"타마의 마음만으로 충분한 거예요. 죄인인 포치는 벌을 받아야 하는 거예요."

포치가 어쩐지 미묘하게 연기처럼 말했는데, 아리사의 영향이 틀림없으니까 흘려듣기로 했다.

나는 그 다음에 동료들이 푹 잠들 때까지 기다렸다가 「담쟁이 저택」을 방문했다.

과거에 엘프의 현자 토라자유야 씨가 세운 저택이며, 지하에는 그의 연구 설비가 있다. 엘프의 마을에 있는 설비에는 못 미쳐도 갖가지 기구나 마법 장치가 모여 있었다.

여기에 온 건 포치랑 타마가 쓸 「지성이 있는 마법 도구」 라카의 열화 카피판을 만들 수 없는지 연구할 목적이었다.

하룻밤 고민한 결과, 엘프들이 만드는 골렘의 지성 회로를 참고하는 게 좋겠다는 결론이 나왔다.

　내일 밤에라도 조립할 수 있도록, 낮에 한가할 때 회로 구성을 생각해 둘까.

◆

　"펜드래건 경! 늦었다!"

　"기다리고 있었느니라, 사토 공!"

　이튿날 아침 — 담쟁이 저택을 나섰을 때 이미 해가 떠 있었지만 — 아침 식사를 한 다음 카리나 양 일행을 데리고 탐색자 학교의 교실로 가자, 이미 태수3남 게릿츠 군과 노로크 왕국의 미티아 왕녀를 비롯한 귀족 자제들이 다들 모여 있었다.

　한 사람도 지각하지 않고, 예정된 시각에 집합할 줄은 몰랐네.

　어지간히도 귀족용 강좌를 기대하고 있었나 보군.

　"그, 그 아름다운 분은?"

　이름은 잊은 귀족 자제 중 한 명이 내 뒤에 있던 카리나 양을 보고 물었다.

　카리나 양의 좌우에 있던 타마와 포치가 어쩐지 재고 있었다.

　분명히 카리나 양이 칭찬을 들어서 기쁜 거겠지.

　"이분은 제 주가의 영애로, 카리나 무노 님이라고 합니다."

　나는 귀족 자제들에게 카리나 양을 소개한 다음, 그녀에게 귀족 자제들을 소개했다.

　처음에는 카리나 양의 호위로 아인 소녀들을 붙여 미궁에서 수행을 시킬 예정이었지만, 카리나 양의 친구를 늘리기 위해서 이 강좌에 데리고 왔다.

조금 연하인 애들밖에 없지만, 겁이 없는 미티아 왕녀나 무인을 동경하는 메리안 양이라면 카리나 양의 친구가 되어줄 것 같다고 기대하고 있었다.

"예쁘다."

"굉장해……."

소년들은 카리나 양의 미모와 마유에 눈길을 빼앗긴 모양이다.

사춘기 소년다운 태도기는 한데, 아까부터 메리안 양이 경멸하는 눈빛으로 게릿츠 군 일행을 보고 있으니까 주의하는 편이 좋아.

내 마음의 목소리가 들린 건 아니겠지만, 게릿츠 군이 메리안 양의 시선을 깨닫고 자세를 고쳤다.

"카리나 공은 굉장하도다. 본녀의 어머님보다도 커다란 분은 처음 봤느니라."

미티아 왕녀가 천진하게 카리나 양의 마유를 칭찬했다.

꾸밈없는 칭찬의 말에, 카리나 양이 가슴을 가리듯 끌어안으며 부끄러워했다.

응, 그 포즈는 역효과입니다.

무심코「●REC」를 타이핑하고 싶을 정도였다.

"자리에 앉아라!"

그런 바보 같은 생각을 하고 있는데, 강사인 카지로 씨가 외치면서 아야우메 양과 함께 교실로 들어왔다.

"사작님, 여기에 와 계셨습니까."

나를 발견한 카지로 씨가 말을 걸었다.

"갑자기 개강을 해서 죄송해요."

"사작님의 부탁이라면 두말할 것도 없지요. 준비는 이미 끝나 있었으니, 모집하는 수고를 덜었다고 생각하십시다."

"학생이 한 명 늘어났는데 괜찮을까요?"

나는 카리나 양을 소개하고 허가를 받았다.

"네, 상관없습니다."

내 부탁을 흔쾌히 받아들인 카지로 씨가 카리나 양에게도 자리에 앉도록 재촉한 다음에 학생들을 마주보았다.

"이 강의를 담당하는 카지로다. 이쪽은 조수인 아야우메. 강좌 기간은 보름. 중간에 탈락하지 않는다면 강의가 끝날 무렵에는 기사급의 힘을 가지게 될 거다."

카지로 씨가 자기소개와 목표를 전달했다.

미티아 왕녀나 메리안 양을 비롯하여, 귀족 자제들 대부분이 반짝거리는 눈빛으로 보고 있었다.

"다만, 강의 중에는 고귀한 분이라도 특별하게 취급하지 않는다. 또한, 다니는 동안에 그대들에게 존댓말도 쓰지 않는다. 그것에 불만이 있는 자는 수강을 포기하고 퇴장해다오. 나중에 특별한 취급을 바라는 자에게 맞는 강사를 소개하지."

귀족 자제들 대부분은 「바라는 바다」라고 말하는 표정이었다.

카지로 씨의 설명이 일단락되자, 나는 퇴장하기로 했다. 여기는 카지로 씨와 아야우메 양에게 맡기면 괜찮겠지.

"사토는 가버리는 건가요?"

카리나 양의 초조한 목소리가 발걸음을 돌린 내 등을 두드렸다.

"네, 용건이 조금 있어서요."

나는 제나 씨에게 미궁도시 안내를 할 예정이 있었다.

"그럴 수가…… 너무하는군요."

"카리나~?"

"억지를 부리면 안 되는 거예요."

"그치만……."

불만스런 기색의 카리나 양을 타마와 포치가 타일렀다.

"오후에는 의상 대여를 하러 가니까, 강의가 끝났다고 놀러 가면 안 됩니다."

"아, 알고 있답니다."

내가 못을 박자, 카리나 양이 고개를 홱 돌렸다.

기분 탓인지, 공도에서 헤어졌을 때보다 그녀의 언동이 어려 진 것 같군.

타마랑 포치를 오랜만에 만난 기쁨 때문에 연령 감각이 둘과 가까워진 걸까?

◆

"제나 씨랑 만날 때까지, 아직 시간이 좀 있네……."

나는 메뉴로 현재 시각을 확인하고 중얼거린 뒤, 쿠로의 모습 으로 변신하여 왕도의 에치고야 상회까지 얼굴을 비치러 가기 로 했다.

세 번 정도 「귀환전이」를 이어서 도착한 상회 본점은 벌집을 쑤셔놓은 것처럼 소란스러웠다.

"지배인! 제7기사단에서 마검 발주를 타진했어요."

"받을 수 없다고 했는데! 평소랑 같은 문맥으로 거절하는 서한 만들어줘."

가장 안쪽 테이블에 쌓인 서류의 산과 싸우고 있던 금발 귀족 아가씨. 에치고야 상회 지배인 에르테리나가 아래층으로 이어지는 통로에서 뛰어들어온 상인 아가씨에게 여유 없는 목소리로 대답했다.

"지배인, 제10기사단에서—."

"그러니까 못 받는다니까!"

"아니에요. 이쪽은 응급처치 상자 추가주문이요."

"그럼 상관없어. 몇 개 정도?"

"100세트라고 해요."

"100? 티파리자, 재고는 있어?"

지배인의 물음에, 서류의 산 너머에서 은발이 흔들렸다.

"재고는 31개입니다. 붕대류나 소독약은 있지만, 소독약용 병이나 해열 정제의 재고가 부족합니다. 받을 거라면, 해열 정제를 가루로 만들어 약포에 감싸기 위한 인력 요원을 조달해주세요."

아무래도 티파리자의 자리는 저긴가 보군.

"알았어! 리즈는 인력을 수배해. 다섯 명이면 돼. 로리이는 약사 길드에 해열 정제를 사러 다녀와. 병은 약사 길드에서 사면 비싸니까 도매점까지 가서— 쿠로 님!"

""" "어서 오세요, 쿠로 님!" """

방금 전까지 살기등등했는데, 나를 발견하자마자 다들 웃으면서 인사를 했다.

멋질 정도로 전환이 빠르고, 비즈니스 스마일이란 생각이 안들 정도로 퀄리티가 높은 미소였다.

"순조로운 모양이군. 나는 신경 쓰지 말고 일을 계속해라."

나는 그렇게 말하고, 지배인이 지시를 마칠 때까지 기다렸다가 이쪽 상황이 어떤가 물었다.

"비공정 건조용 용지 매수가 끝났습니다. 이번 달 안으로 넘길 예정입니다. 그리고 영업 부진으로 망한 공장을 매수할 생각이 없는가 하는 타진이 있었습니다. 이쪽이 조사서와 계약서입니다."

공장의 예전 주인에 대한 조사서를 얼추 확인했다.

잘 조사했다. 일단 파는 사람에게 문제가 없는 것 같으니까, 계약서에 부족한 점이 없는 것을 확인하고 거래를 허가했다.

이거라면 앞으로 내 체크 없이 지배인에게 맡겨도 괜찮겠는데.

"마검이나 마창에 대한 문의가 쇄도하고 있습니다만, 지시하신 것처럼 달마다 다섯 자루까지의 예약을 2개월 분량만 받고 있습니다. 쿠로 님이 염려하셨던 비공정 관련 문의는 없습니다."

"그렇군."

지배인의 보고에 짧게 대답하며 수긍했다.

"미궁도시의 지점에서 제조하고 있는 『식물유』나 간이 점화마도구 등도 조금씩 매상이 늘어나고 있습니다. 마물 소재를 이용한 장신구 관련은 평민을 중심으로 양호하게 팔리며, 앞으로도 안정적인 수요가 있을 거라 예상됩니다. 또한, 요전에 쿠로 님이 제안하신 『응급처치 도구함』은 이미 재고가 완매되고, 추가 생산이 필요할 정도입니다."

지배인이 등 뒤에 붕붕 흔들리는 개의 꼬리가 보일 것 같은 분위기로 보고했다.

요전에 「계층의 주인」 토벌을 한 뒤 미궁에 틀어박혀 있어야 했으니까, 그 기간에 에치고야 상회 세리빌라 지점에 가서 쿠로 모습으로 기술자 육성을 시작해봤다.

교육 스킬이 있어서 그런지 가르친 상대에게 재능이 있었는지 상당히 많은 수가 생산 계통 스킬을 얻었다.

물론 스킬 레벨은 낮으니까, 지금은 간이 점화 마도구 등 극히 간단한 마법 도구나 나무 상자나 금속 부품 같은 초보적인 것을 만드는 게 한계였다.

뭐, 잔뜩 만들면 수행이 되는 건 게임도 현실도 같으니까, 열심히 스킬을 올려주면 좋겠다고 생각한다.

그건 됐고―.

"휴식은 제대로 취하고 있나?"

지배인을 비롯해서, 에치고야 상회의 간부들 모두가 눈 아래에 다크 서클이 생겼고, AR표시되는 스태미나 게이지는 다들 고갈 직전까지 내려가 있었다.

"괜찮아요, 쿠로 님! 쿠로 님께 받은 영양 보급약을 마시면 휴식 같은 거 필요 없습니다!"

아니아니, 안 되지.

24시간 싸우면 과로사가 신나는 스텝을 밟으면서 다가온다니까.

"허가 못한다. 바보 같은 것."

"쿠로 님?"

데스마치를 치르다 보면 흔히 볼 수 있는, 철야 하이 같은 미소를 지은 지배인의 머리를 톡 두드렸다.

되도록 쿠로 어조를 유지하면서 상냥하게 들리도록 주의해서 꾸짖었다.

"아무리 바빠도, 휴식 시간을 확보하여 휴식해라. 한때의 돈벌이보다 제군들이 건강한 나날을 지내는 편이 훨씬 귀하다. 긴급시에 잔업이나 숙박을 하는 건 상관없지만, 그것이 일상화되지 않도록 조심해라."

""""네, 쿠로 님!""""

지금의 나처럼 며칠 안 자도 멀쩡한 몸이 아니잖아.

역시 전에 생각한대로 에치고야 상회의 간부들만이라도 미궁에서 레벨 30정도까지 올려두자.

엘프 스승들이 파워 레벨링은 권장 못한다고 했지만, 그건 전투 기술이나 스킬이 몸에 익숙해지지 않는다는 이유였지.

스태미나 같은 기초체력을 올리는 게 목적이니까 상관없지 않을까?

가볍게 파워 레벨링을 할 수 있는 장소가 준비되면, 지배인에게 제안을 해봐야겠군.

"쿠로 님?"

"아니, 아무것도 아니다."

어이쿠, 지배인 앞에서 생각에 잠겼네.

"휴식할 때 먹도록 해라. 별 것 아닌 일의 답례로 미궁도시의 귀족에게 받은 것이다."

"달콤한 냄새가 나네요. 과자일까요?"

"수플레 케이크라고 한다더군. 청홍차와 잘 맞는다고 했다."

내 수제 케이크니까 제작자가 사토로 되어 있다.

달콤한 것에 모여드는 에치고야 간부들을 바라본 다음, 맵의 마커 일람으로 제나 씨를 확인했더니 상태가 「수면」에서 「없음」으로 바뀌었기에 이제 그만 가기로 했다.

"마법약 따위 추가 물품을 지하창고에 두고 가지. 부족한 것이 있다면—."

"쿠로 님, 이 목록을 부탁드립니다."

티파리자가 영리한 표정으로 나에게 부족한 물품 목록을 건넸다.

"솜씨가 좋군, 티파리자. 앞으로도 지배인을 지탱해 줘라."

"네, 쿠로 님."

은발을 흔들며 수긍하는 티파리자가 어쩐지 자랑스러운 느낌이었다.

평소에는 냉정한 그녀가 그런 태도를 보여주는 건, 마음을 허락해주는 것 같아서 기쁘군.

그런 티파리자에게 대항하는 느낌으로, 지배인이 나를 보았다.

아, 맞다―.

"지배인, 왕도의 사교계에서 빼어난 드레스를 입는 영애가 짐작되나?"

카리나 양이 입을 드레스의 참고가 된다면 좋겠다고 생각해서 물어봤다.

"빼어난? 유행을 잘 타는 영애인가요? 유행을 만드는 영애인가요?"

"전자다."

카리나 양은 의외로 보수적인 드레스를 좋아하는 것 같으니, 유행의 최첨단 같은 드레스는 싫어할 것 같거든.

지배인이 몇 명인가 영애의 이름을 대기에, 얼른 맵으로 검색을 해봤다.

이름이 나온 영애 몇 명이 다과회를 하고 있기에, 공간 마법 「멀리 보기」로 엿보면서 「녹화」 마법으로 목 아래의 스크린샷을 찍었다.

얼굴을 안 찍은 건 프라이버시를 존중한 거다. 그다지 의미는 없는 것 같지만.

"지배인, 호위용 골렘은 충분한가?"

"네. 아다만타이트 골렘이나 다수의 스톤 골렘을 배치해주신 덕분에, 마검을 노리는 강도나 도둑도 사라졌으며, 마검의 배달도 안전하게 할 수 있게 됐습니다."

보통 사이즈의 스톤 골렘은 레벨 30 정도가 한계라서, 「땅의 종자 제작」 마법으로 아다만타이트 골렘을 4대 정도 추가로 만들어 배치했다.

소재에 일부러 아다만타이트를 쓴 이유는 그러는 편이 제조한 뒤의 레벨이 올라가기 때문이다.

둘 다, 마족용의 성비 회로를 탑재한 「성별된 골렘」이었다.

"특히 돌 늑대가 인기예요!"

돌 늑대를 탄 자그마한 귀족 아가씨가 주장했다.

"로우나. 실내에서 돌 늑대를 타는 건 그만 두세요."

"에에, 얘를 타고 다니는 게 훨씬 편한—."

실내에서도 타고 다니다니, 어지간히도 돌 늑대가 마음에 들었나 보다.

"로우나!"

"네에."

지배인의 질책을 받은 자그마한 귀족 아가씨가 돌 늑대에서 내렸다.

어흠. 헛기침을 한 지배인이 나를 돌아보았다.

"굳이 따지자면 돌 말이 인기가 있습니다. 귀족들에게 팔아달라는 타진이 몇 번 있었습니다."

"에에, 돌 늑대가 귀여운데에."

골렘의 중핵이 되는 마핵은 엘프의 기술을 듬뿍 쓴 거니까 마력 보충의 원리상 상품으로 쓰기 어려워서 기각했다.

"골렘을 매각할 생각은 없다. 국왕의 타진이 와도 거절해둬라."

"알겠습니다, 쿠로 님."

이번에는 성수석로를 탑재한 장기 가동이 가능한 오리하르콘 골렘을 만들어볼까? 라고 생각하면서 지배인에게 수긍하고 지하창고에 짐을 내린 뒤에 미궁도시로 귀환했다.

◆

"아직, 시간이 좀 있나?"

만약을 위해서 맵을 확인해 보니, 제나 씨는 아직 숙사에 있었다.

너무 일찍 도착해도 한가하니까, 느긋하게 서쪽 길드까지 산책할 겸 걸어가기로 했다.

탐색자 학교의 교정에서 귀족 자제들이 2인 1조가 되어 몸을 움직이고 있었다.

"—어라?"

어째선지 카리나 양만 교정의 구석이 덩그러니 앉아 있었다.

아니, 수풀에 가려서 안 보였지만 포치랑 타마도 같이 있나 보군.

"누구든지 실패는 하는 법인 거예요? 그렇게 풀이 죽으면 안 되는 거예요."

"카리나, 파이팅~?"

"그치만……."

아무래도 이것저것 실수를 해서, 포치랑 타마 두 사람이 위로해주는 모양이다.

신경 쓰여서 탐색자 학교에 들러 카지로 씨에게 물어봤다.

"뭐, 사고를 쳤다고 할 정도는 아니고……."

카지로 씨가 말하기 어려운 기색으로 설명한 바에 따르면, 모두의 실력을 보기 위해 실기 수업을 했다고 하는데, 그때 카리나 양이 목검으로 교사 일부를 분쇄해버렸다고 한다.

그 이전에도, 형식 연습인데 목검으로 상대의 나무 방패를 때려버리거나 상대가 맞을 뻔하기도 했다고 한다.

"조, 조금 손이 미끄러진 것 뿐이랍니다……."

『미안하다, 사토 공. 카리나 님의 신체강화를 강제해제했어야 했다.』

변명하는 카리나 양 대신 「지성이 있는 마법 도구」 라카가 사과했다.

"교사는 수리할 수 있지만, 그 기세로 맞으면 귀족 자제들이 큰 부상을 입을 것 같아서, 카리나 공은 견학을 부탁했습니다."

"아뇨, 사정은 알았습니다."

카지로 씨도 첫날부터 부상자를 내기는 싫었을 테니까.

"그들이 조금 더 돌발적인 일에 대처할 수 있는 민첩성과, 다소의 타격에도 끄떡하지 않는 내구성을 얻은 다음이라면 문제없겠습니다만……."

라카로 강화된 카리나 양은 금속 갑옷을 입은 기사조차도 때려죽이는 격투계 하급 마족을 상대로도 맨손으로 싸울 수 있을 정도니까.

레벨 한 자리의 아이들 상대로 카리나 양의 깜빡 실수는 너무 위험하다.

카리나 양 자신은 레벨이 9나 되지만, 평소부터 라카에 의지하기 때문에 신체기능 계통의 능력치— 특히 근력이 낮아서 라카의 초강화 없이 훈련용 검을 휘두르는 게 어려웠던 모양이다.

"하루 만에 퇴학당해 버렸는걸요."

"기운 내~?"

"꾸물꾸물하면 안 되는 거예요."

털래털래 걷는 카리나 양을 타마와 포치가 위로했다.

지금은 탐색자증을 가지고 싶다는 카리나 양을 데리고 탐색자 길드로 가는 도중이었다.

카리나 양은 손에 호신용으로 칼집에 넣은 모조검을 들고 있었다. 타마랑 포치 것과 맞춘 소검 사이즈였다.

"리자~?"

"넓은 데서 리자가 결투하고 있는 거예요!"

식사 배급을 하던 광장에 사람들의 벽이 생겨 있고, 그 너머에서 리자가 외국의 무인으로 보이는 사람과 결투하고 있었다. 어제까지 미궁방면군의 주둔지 앞에 설영되어 있던 투기 스페이스는 이미 철거된 모양이다.

"강해 보이는 상대로군요."

카리나 양이 말한 것처럼 상당히 강해 보이는 상대지만 리자가 레벨도 높고, 무엇보다도 엘프 스승들이나 타마와 포치를 상대로 대인전 경험을 쌓은 리자가 시합 운영이 능숙하다.

오른쪽으로 왼쪽으로 뛰어다니는 상대와 달리, 리자는 필요최소한의 움직임으로 상대의 공격을 흘리고 있다.

"힘내라~."

"거기! 인 거예요."

딱 한순간, 리자의 시선이 이쪽을 향했다.

분명히 타마와 포치의 응원하는 목소리가 리자한테 들린 거 겠지.

"핀치!"

"위험한 거예요!"

대전 상대가 리자의 틈을 놓치지 않고 얼굴을 찔러 공격했지만, 리자는 그쪽을 돌아보지도 않고 몸을 옆으로 빙글 회전시켜 피하더니, 회전하는 벡터를 실은 꼬리로 상대의 다리를 휘릭 후렸다.

그리고 그대로 상대가 일어설 틈을 주지 않고, 손에 든 마창 도우마를 상대의 코끝에 겨누고 우뚝 멈추었다.

"이 몸이 졌다!"

상대가 패배를 인정하자, 심판을 맡은 남자가 큰 소리로 리자의 이름을 외쳤다.

"—승자, 흑창의 리자!"

내기를 하고 있었는지, 꽝에 건 종이조각이 광장에서 춤을 추었다.

"수고했어, 리자."

"어이, 애송이! 끼어들지 마라!"

리자를 위무하러 가자, 덩치 큰 원숭이 수인족 남자가 호통을 쳤다.

"다음에 흑창의 리자와 싸우는 건 이 금강무쌍의 키몽 님이다!"

"마아! 순서을 지켜아!"

"예선에서도 못 봤다! 예선에서 이긴 다음에 와라, 애송이!"

원숭이 수인족 남자에 이어서, 호랑이 수인족이나 볼에 흉터가 있는 남자가 불평을 했다. 그 뒤에도 6~7명의 남녀가 있다. 그들과 그녀들은 리자에게 결투로 도전한 도전자들이겠지.

아무래도, 이 많은 사람도 예선으로 줄인 다음인가 보다.

"주인님께 무례를 범하면 용서하지 않습니다."

나와 도전자들 사이에 리자가 끼어들었다.

"주인님?"

"설마, 이 녀석이 펜드래건?"

"리자 공이 자기보다 강하다고 자랑했던, 그 펜드래건인가?"

리자, 자랑했었구나.

리자를 힐끔 보자, 볼이 조금 빨갛다.

"아직 시간이 있으니까, 내가 조금 상대할까?"

리자한테만 맡기는 것도 미안하다.

"아뇨, 주인님. 주인님의 손을 번거롭게 할 수는 없습니다……."

그렇게 말하면서도, 리자는 뭔가 하고 싶은 말을 망설이는 것 같았다.

"괜찮아. 말해볼래?"

"가능하다면, 저와 싸워 주십시오."

"그건 좋은데, 오늘은 도시 안이니까 직전에 멈추는 거면 될까?"

평소에는 황금 갑옷의 방어력이 있으니까, 가볍게 때리는 정도라면 문제없단 말이지.

"어이, 지금, 오늘은? 이라고 안 했냐?"

"평소 훈련은 직전에 멈추질 않는 건가……."

"단기간에 쑥쑥 강해질 법 하구만."

갤러리의 표정이 창백해졌다.

뭔가 착각하는 모양인데.

"흑창의 리자 대 수수께끼 많은 펜드래건의 젊은 나리가 싸운다! 돈 걸 녀석은 모여라!"

내기의 호스트를 어디서 본 것 같다 싶더라니, 서민가의 대표라던 진흙 전갈의 스코피였다.

리자 말을 들어보니 버는 돈의 60퍼센트를 리자에게 주기로 약속했다고 한다.

"그러면, 정정당당히 승부!"

어쩐지 일본풍 격투 게임 같은 구호와 함께 리자와 내 시합이 시작됐다.

아까 그 시합과 달리, 리자가 신체강화나 반사신경 고속화 등의 전투 지원 계통 스킬을 발동하고 있었다.

리자가 덤벼든다.

전력으로 쓴 순동이다.

질풍 같은 찌르기가 한순간에 16번 뿜어져 나와서 내 얼굴이나 몸을 스쳤다.

미처 피하지 못할 것 같은 배꼽을 노리는 일격은 몸을 비틀면서 손으로 마창의 축을 떨쳐내 피했다.

요정검으로 추가 공격을 하면 승부가 났을 것 같기도 하지만, 리자가 뒤로 뛰는 것을 묵묵히 지켜보았다.

"강해졌구나, 리자."

무심코 칭찬하는 말이 흘렀다.

리자는 그것에 대답하지 않고, 조용히 숨을 가다듬었다.

"우리랑 싸울 때하고 움직임이 다른데?"

"봐주고 있었다는 건가……."

"기다려, 아니야그게아니야. 젊은 나리의 움직임 봤냐?"

"아니, 절반도 모르겠는데."

"흑창의 리자가 저 정도로 공격했는데, 거의 움직이지도 않고 피했잖아."

갤러리가 시끄럽군.

마인도 안 썼고, 신체강화나 필살기 계통도 안 쓰는데 거창하 기는.

—후웅, 작은 소리가 들렸다.

리자의 마창이 붉은 빛을 띠었다.

그 빛이 천천히 리자의 몸 표면을 흐르기 시작했다.

몸에 마력을 순환시키는 거군.

"흑창의 리자가 뭔가 한다!"

갤러리 중 한 명이 외쳤다.

그 외침에 등을 떠밀리듯, 리자가 탄환처럼 뛰쳐나왔다.

붉은 빛을 끌면서, 한 자루 창처럼 그저 하염없이 빠르게.

일격필살의 마음을 담은 찌르기가 온다.

그 창이 중간에 더욱 가속했다.

예상보다 빠른데.

내가 휘두르는 요정검 아래를 리자의 마창이 빠져 나온다.

굉음이 광장에 울리고, 날카로운 칼날 끝이 목 앞에서 멈춘다.

"정말로 강해졌구나."

"……네, 주인님."

정적에 휩싸인 광장에서, 나와 리자의 속삭임이 조용히 사라
졌다.

◆

"승자, 펜드래건!"

심판의 외침이 광장에 울렸다.

"어어? 뭐가 어떻게 된 건데?"

"모르겠다. 상단에서 휘두르던 젊은 나리의 팔 아래로 흑창의
리자가 찌르기를 했을 텐데, 깨닫고 보니 창이 비껴나가고 젊은
나리의 검 끝이 흑창의 리자 목 앞에서 멈춰 있었어."

아무래도 리자의 도전자들은 자세히 안 보인 모양이다.

"타마랑 포치는 알겠나요?"

"오부코~스~?"

"주인님이 검 자루로 파밧 하고 리자의 창을 튕겨내고서, 파
아 하고 검을 겨눈 거예요."

"파밧파아~."

카리나 양의 질문에, 타마랑 포치가 슬로우 재현을 하면서 설명했다.

주위의 갤러리들도 그것을 보고 그제야 방금 전 공방을 이해한 모양이다.

"굉장하구만. 그 속도의 찌르기를 검의 자루로 튕겨내다니."

"아니아니. 그게 아니야. 그 직전까지 젊은 나리는 상단에서 베고 있었잖아."

"그 자세에서, 그런 곡예 같은 일을 할 수 있다니 어마어마하구만."

곡예는 너무하잖아.

"흑창의 리자가 자주 『주인님은 저 따위가 발끝에도 못 미칠 정도로 강합니다』라고 했을 만하군."

"어이. 지금 그 엉망인 성대모사는 리자 님 흉내냐! 리자 님 친위대 앞에서 베짱이 좋군!"

갤러리가 소란스러워.

그리고, 리자한테 친위대 같은 거 생겼구나. 라노벨 같군.

"주인님 덕분에 자신의 미숙함을 재확인했습니다. 다행히 연습 상대가 잔뜩 있으니, 정진하겠습니다."

바짝 기합이 들어간 표정으로 선언하는 리자에게 「정도는 지키고」라고 한 다음에 우리는 광장을 떠났다.

"아아, 천국에 있는 것처럼 기억한 냄새가 나는 거예요."

"기어억~."

아마 그윽한 냄새를 잘못 말한 게 아닐까 싶은데, 매대나 노점에서 흘러오는 구운 고기 냄새에 눈을 감고서 코를 내미는 포치와 타마의 표정이 행복해 보인다.

고기 금지를 집행하고 있는 포치에게는 괴로운 일이니까, 재빨리 매대와 노점 사이를 빠져나갔다.

"—그러니까 구조대를 편성하라고 하는 거다!"

"그렇게 말씀을 하셔도, 황금증이 없는 분을 구조하는 것은 유상입니다."

"그 정도는 나중에 내겠다!"

탐색자 길드에 들어가자, 접수처의 카운터에서 어쩐지 소동이 일어나고 있었다.

뭐, 대개 언제나 소동이 일어나는 장소긴 하지.

"아~ 우사사랑 라비비~?"

"가우가루도 있는 거예요!"

타마랑 포치가 카운터 앞에서 아는 아이들을 발견하고 달려갔다.

저건 탐색자 학교의 제1기 특대생들이다.

나는 학생들 뒤에 있던 교사에게 말을 걸었다.

"지에나 씨, 오늘은 졸업 실습이 아니었나요?"

"사작님. 마침 실습하고 있는데 죽을 뻔한 귀족의 도련님을 주워서—."

그것이 방금 전에 소란을 피우던 귀족 소년인가 보다.

"이르나 선생님, 귀족 구출은 돈이 된다고 했는데 전혀 안 되잖아."

"돈이 되는 『경우가 많다』고 했잖아."

학생들이 이르나에게 불평을 했다.

이르나 말을 들어보니, 집안을 이을 수 없는 귀족 자제가 미궁도시에 오는 일이 많은데, 군역 경험도 없는 자의 경우 무리한 탐색을 하다가 전멸하거나 전멸 직전에 몰리는 일이 드물지 않다고 한다.

이르나는 그렇게 말한 다음에, 「신입이 전멸하는 건 귀족만 그런 게 아니지만」이라고 덧붙였다.

귀족을 구출했을 경우 대개는 구출했을 때 약속한 대가를 지불해준다고 하는데, 곤궁해서 기사회생을 위해 미궁에 온 집안의 경우는 그냥 넘어가 버리는 경우도 있다고 한다.

그야말로 배가 불러야 예절을 안다는 느낌이군.

"돈이라면 나중에 반드시 내겠다!"

귀족 소년이 뱅뱅 도는 내용을 외치는 게 들렸다.

그러고 보니, 그의 얼굴이 어쩐지 낯익었다. 그 생각에 기억을 뒤져보니, 퍼레이드 날에 게릿츠 군 일행과 실랑이를 벌이던 보면 소년이라는 걸 떠올렸다.

응급처치는 받은 것 같지만, 너덜너덜한 갑주 틈으로 보이는 옷이 피투성이다.

"그런데, 그의 호위들은?"

"발견했을 때는 혼자였어요."

레벨 20대 후반의 호위가 몇 명인가 있었는데도 이길 수 없는 적이라……

맵을 열어서 졸업 실습을 할 예정이었던 코스를 확인했다.

특히 강한 마물이 배회하는 기색은 없었다.

"거대한 괴물이었다! 괴물의 검이나 도끼 같은 손이 라리스의 대형 방패도 돗켄의 강철 갑옷도 종잇장처럼 찢어 버렸다! 그런 위험한 마물을 탐색자 길드는 방치하는 건가!"

피투성이 팔을 휘두르면서 소년이 외쳤다.

"방치고 뭐고 처음 듣습니다. 그리고 그런 마물의 목격 정보가 있었다고 탐색자들에게 고지하는 것 정도가, 길드가 하는 일입니다."

"그러면 구조 부대만이라도—."

"아까도 말씀 드린 것처럼, 구조대 의뢰비용은 선불이 필수입니다. 또한, 구조 범위나 탐색 일수에 따라 요금이 바뀌기 때문에 주의해 주세요."

접수원이 사무적인 어조로 소년에게 말했다.

조금 가여운 생각이 안 드는 건 아니지만, 목숨을 걸고 구조대를 편성하는 건 큰 돈이 필요하니까 떼어먹지 않도록 선불로 하는 건 어쩔 수 없다고 생각한다.

실제로 얼른 지불하지 않는다는 건, 미궁도시 안에 친척이 없다는 걸 테고.

"으그극……."

그래도 포기하지 않는 동료를 생각하는 소년에게 조금 호감이 가서, 방금 들은 그의 동료들 이름을 맵으로 검색해봤다.

라리스 씨도 돗켄 씨도 이미 사망했군.

공간 마법인 「멀리 보기」로 라리스 씨나 돗켄 씨가 있는 장소를 확인했는데, 시체가 몇 명씩 누워 있는 걸 알 수 있었다.

내 기억이 분명하다면, 그가 처음에 데리고 갔던 멤버와 같은 수다.

소년의 증언처럼 대검이나 도끼 같은 날붙이로 참살된 시체가 많았다.

한순간 미적이나 다른 탐색자에게 살해당한 건가 생각했지만, 명백하게 사람보다 높은 위치에서 벤 느낌의 상처가 많으니까 칼날처럼 날카로운 부위를 가진 마물 짓이라고 생각된다.

맵을 살펴본 바로는 그 주변에 레벨 20이상의 적이 없으니까, 그의 동료들을 참살한 마물은 샛굴 너머로 사라져 버린 게 틀림없다.

"조금 괜찮을까?"

"너는 뭐냐!"

"너를 구한 자들의 관계자야."

대드는 소년에게 대답하고서, 나는 접수원에게 말하기 시작했다.

"내가 의뢰료를 내지. 이르나. 아이들과 함께 그를 구해낸 주변부터 미궁 마을까지의 범위를 수색해줘. 기간은 나흘. 아마도 부상자가 있을 거야. 들것이나 지게를 가진 운반인을 넉넉하게 준비해줘."

미궁의 마물에게 먹히기 전에, 시체만이라도 회수해주고 싶다.

소년에게 들리지 않도록, 시체라도 사례금을 낸다고 접수원에게 귓속말을 해뒀다.

"가, 감사한다—."

"펜드래건이야."

이름도 말하지 않은 걸 떠올리고 간결하게 말했다.

"—펜드래건 경. 이 답례는 후일 반드시 하겠다."

울면서 인사를 하는 귀족 소년과 헤어지고, 나는 카리나 양의 탐색자 등록을 하기 위해 창구로 갔다.

"이걸로 저도 탐색자인 거군요?"

카리나 양이 감격하여 나무증을 가슴에 끌어안았다.

무심코 가슴으로 가버리는 시선을 기합을 담아 돌렸다.

"오브코~스~?"

"제 몫을 하는 길은 긴 거예요!"

"네, 꼭 제 몫을 하도록 성장하겠어요!"

아이들과 카리나 양의 흐뭇한 대화를 지켜보고 있는데, 시야 구석에 표시해둔 레이더에 제나 씨를 가리키는 광점이 비쳤다.

속도를 보니, 마법의 보조를 받으면서 달리고 있었다.

벌써 시간이 지났나 싶어서 메뉴 안의 시계를 확인했지만, 아직 1시간 정도 여유가 있다.

무슨 일이 있는 걸지도 모르니까, 나는 카리나 양에게 한 마디 하고서 제나 씨가 달려오는 쪽으로 갔다.

"제나 씨!"

정문을 나서자마자 길드 앞에서 두리번거리며 주위를 살피는 제나 씨를 발견하고 커다란 소리로 불렀다.

오늘은 도시 안을 다니면서 군것질을 하려고 했는데, 어제랑 같은 군복 차림이었다.

"사토 씨!"

제나 씨가 달려왔다.

어쩐지 굉장히 당황한 느낌인데.

"사토 씨, 큰일 났어요."

내 품에 뛰어든 제나 씨가 내 옷을 붙잡으며 외쳤다.

미궁도시의 아가씨들

"사토입니다. 사람들의 불화는 상호불이해가 제일 큰 원인이라고 생각합니다. 절대로 이해할 수 없다고 생각하던 상대가 얘기를 해보면 의외로 괜찮은 녀석이었다, 라는 일도 흔하니까요."

"떠, 떠떠, —떨어지세요."

카리나 양이 조바심이 난 목소리로 나와 제나 씨 사이에 끼어들었다. 어쩐지 기분이 틀어진 표정이다.

"꺄!"

예상 밖의 방향에서 힘을 받은 제나 씨가 귀여운 비명을 지르며 발을 굴렀지만, 영지군에서 단련한 반사신경으로 금방 자세를 바로 잡았다.

"난폭하면 안 돼~?"

"싸우면 안 되는 거예요."

"아니랍니다! 왜냐면, 갑자기 안기는 건 파렴치한걸요."

라카의 괴력으로 제나 씨를 밀어낸 카리나 양을 타마와 포치가 타일렀다.

"죄송해요. 갑자기 사토 씨한테 매달려서……."

어째선지 제나 씨는 내가 아닌 카리나 양에게 사과했다.

"아, 알면 됐어요."

카리나 양이 순순히 사과하는 제나 씨에게 창피한 표정으로 고개를 돌리고 중얼거렸다.

아무래도 그녀의 낯가림이 발동해버린 모양이다.

"그래서, 이 아가씨는 누구시죠?"

"그러고 보니 소개를 안 했군요."

제나 씨가 당황했던 이유도 신경 쓰이지만, 먼저 두 사람을 소개해 둬야겠지.

"제나 씨, 이쪽은 제 주가인 무노 남작의 차녀 카리나 님입니다."

"카리나 무노랍니다."

내가 그렇게 제나 씨에게 소개하자, 카리나 양이 조금 붉어진 얼굴로 고개를 돌리면서도 이름을 밝혔다. 분명히 긴장해서 똑바로 볼 수가 없는 거겠지.

가슴 아래에 팔짱을 끼고 턱을 들어 올린 포즈 탓인지, 카리나 양의 프로포션이 얼마나 굉장한지 돋보인다.

제나 씨가 열등감을 느낀 표정으로 자신의 가슴을 누르면서 「……예쁜 사람」이라고 작게 중얼거렸다.

뭐, 카리나 양 정도 미모와 프로포션을 갖춘 미인은 얼마 없으니까.

"카리나 님, 이쪽은 제가 세류 백작령의 영도에서 신세를 진 영지군 마법병인데, 마리엔텔 사작 가문의 제나 씨라고 합니다."

카리나 양이 「사작…… 혹시 사토의 연인?」 하면서 엉뚱한 말을 작게 중얼거리는 소리가 들렸다.

"타마의 은인~."

"포치랑 리자도 구해준 거예요."

내가 제나 씨를 소개하자, 타마랑 포치도 함께 자기들의 은인이라고 카리나 양에게 주장했다.

"타마랑 포치를 구해주다니 굉장하군요."

그것을 들은 카리나 양의 얼굴에서 험악함이 사라졌다.

아무래도, 타마랑 포치의 아군이면 자기편이라는 심플한 사고를 하는 모양이다.

"—그럴 리가요. 저도 와이번에게 치여 날아가서 위험했는데 사토 씨가 구해주셨어요."

"와이번과 싸운 건가요?"

"앗, 네. 그렇지만 혼자가 아니라 영지군의 순찰부대하고 함께요."

황송해하는 제나 씨에게 카리나 양이 흥미를 보였다.

아무래도 배틀 매니아인 카리나 양의 심금을 울린 모양이다. 평소의 낯가림이 쏙 들어갈 정도였다.

"저도 사토에게 도움을 받았답니다. 숲의 거인을 만나러—."

"카리나 님. 그 이야기는 나중에 차분하게 앉아서 하죠."

의기투합해주는 건 기쁘지만, 제나 씨한테 뭔가 급한 용건이 있는 모양이니까 그쪽으로 이야기를 궤도 수정해야겠다.

"그래서 무슨 일이죠?"

"그랬죠!"

내가 본론으로 돌아가려고 말하자, 제나 씨가 또 다시 초조한 표정으로 돌아와서 소리쳤다.

"이, 이것 좀 보세요."

제나 씨는 화사하고 얄팍하게 비쳐 보이는 낯익은 봉투를 꺼내서 보여줬다.

일단 봉납이 뜯어진 걸 확인한 다음에 예상을 말해봤다.

"태수부인— 아시넨 후작가에서 온 편지군요."

"맞아요! 어째선지는 모르겠지만, 어제 숙사에 이 편지가 도착했다고 해요!"

숙사를 지키던 문관이 태수부인의 심부름꾼에게 받았다고 한다.

"혹시, 내일 다과회 초청인가요?"

"제— 당신도인가요?"

나랑 카리나 양의 말에, 제나 씨가 놀란 표정을 지었다.

카리나 양이 이름을 부르려다가 만 것은 격의라기보다는 낯을 가리는 거겠지.

"역시 그랬었군요. 사실 저랑 여기 있는 카리나 님도 초청을 받았어요."

제나 씨는 납득한 표정이었지만, 역시 아직 불안한 느낌이었다.

"하지만, 어째서 저 같은 사람을?"

"죄송해요. 분명히 저랑 아는 사이라서 그렇겠죠."

아마 카리나 양이 초대를 받은 것과 같은 이유일 거다.

"그랬었군요……."

제나 씨는 울적한 표정을 지었지만, 그 이유는 낯가림을 하는 카리나 양과 조금 달랐다.

"이번 원정에서는 그다지 사유물을 가지고 올 수가 없어서, 후작님의 다과회에 참가할 수 있는 의상도 경험도 없어요. 거절하려고 생각했는데요……."

상사인 대장이나 문관이 꼭 참가하도록 말했다고 한다.

"일단, 보급 담당인 모란드 씨랑 카라나 문관이 의상을 조달하러 가기는 했는데요, 아무래도 미궁도시에 막 도착한 참이라서 지리도 잘 모르고……."

제나 씨가 매달리는 표정으로 나를 바라보면서 말을 자아냈다.

"그, 그래서 사토 씨한테, 다과회에 참가해도 괜찮은 헌 옷을 파는 가게를 소개받고 싶어요."

제나 씨가 용건을 말했다.

"헌 옷 드레스는 조금 유행에서 벗어났으니까 그다지 추천할 수 없어요."

내 말에 제나 씨의 눈썹이 난처한 느낌으로 내려갔다.

"어때요? 마침 카리나 님도 의상 대여점에 의상을 빌리러 갈 예정이니까 제나 씨도 같이 가시겠어요?"

흐렸던 제나 씨의 표정이 확 맑아졌다.

"괜찮을까요?"

"네, 물론이죠."

나는 제나 씨를 안심시키듯 미소를 지으며 수긍했다.

"하지만, 방해가 되는 게 아닐지……."

제나 씨가 카리나 양의 눈치를 살폈다.

포치와 타마 두 사람도 함께 카리나 양을 올려다보았다.

"사, 상관없답니다! 포치랑 타마의 은인인걸요."

카리나 양은 조금 기분이 틀어진 기색이랄까, 어쩐지 삐친 느낌이었지만 고개를 홱 돌리면서도 동의해 주었다.

언뜻 나랑 사이좋은 제나 씨한테 질투를 하는 것 같은 인상을 받았지만, 과거를 돌아봐도 그녀가 나한테 반한 기색은 없었다.

굳이 따지자면, 사이좋은 친구에게 자기가 모르는 친구가 있다는 걸 알고 충격을 받은 느낌일까?

카리나 님의 경우는 소녀 감성인지 아이 감성인지 구별하기 어려워서 판단하기가 난처하다.

나는 공간 마법 「원거리 통화」로 저택에 있는 아리사에게 연락을 취해서, 피나 일행을 의상 대여점으로 데리고 오도록 부탁했다.

◆

"있지 있지, 저거 펜드래건 젊은 나리 아냐?"

"진짜다. 굉장한 미인이랑 청초한 미소녀를 데리고 다니다니, 젊은 나리는 얼굴을 따지네."

"루루, 젊은 나리야."

"주인님!"

목적지인 의상 대여점에 인접한 제작점 앞을 지나가는데, 메이드로 보이는 소녀들과 함께 있는 루루를 발견했다. 함께 있는 메이드 소녀들은 아시넨 후작가의 메이드인가 보다.

"안녕, 루루? 친구들이랑 장보러 왔니?"

"네!"

여전히 루루의 미소는 성이 기울어질 정도로 가련하군.

루루에 따르면, 펜드래건 가문의 메이드와 마찬가지 물건을 가지고 싶다고 하기에 여기로 안내했다고 한다.

이 다음에는 세 사람이 추천하는 소도구점에 간다고 기쁜 기색으로 알려주었다.

태수부인의 다과회나 만찬회 때는 루루가 마부를 맡고 있으니까, 그 때 친해진 거겠지.

"루루랑 사이좋게 지내줘."

"""네, 사작님!"""

생긋 웃으며 소리 모아 대답하는 메이드들과 헤어지고, 우리는 제작점 옆에 있는 의상 대여점으로 들어갔다.

미궁도시 세리빌라에 있는 의상 대여점 중에서는 가장 급이 높은 가게를 골랐는데, 가게 앞에 늘어서 있는 악취미적일 정도로 화려한 의상들을 보고 조금 불안해졌다.

"안녕하세요? 예약했던 펜드래건입니다만—."

"젊은 나리! 미테르나 씨에게 이야기를 들은 건 한 사람이었습니다만, 어느 아가씨의 드레스를 마련하면 될까요?"

대여점에 오는 건 처음이지만, 가게 주인인 여성은 나를 아는 모양이다.

"죄송합니다. 예정이랑 달라서 미안하지만, 이 두 사람의 의상을 봐주실 수 있을까요?"

"네, 물론 괜찮습니다."

가게 주인이 가슴을 탁 치면서 받아들였다.

"미궁도시에서 유행하는 드레스는 이런 느낌일까요?"

가게 앞의 카운터에 가게 주인이 제나 씨나 카리나 양에게 어울릴 법한 드레스를 늘어놓았다.

제나 씨와 카리나 양이 진지한 눈빛으로 드레스를 검토했다.

"뷰리포~."

"아주아주 공주님인 거예요."

평소에는 식욕이 먼저인 타마와 포치도, 반짝거리는 눈빛으로 카운터 구석에 달라붙어 있었다.

그걸 지켜보고 있는데 뒤에서 누가 톡 두드렸다.

"주인님, 기다렸지."

아리사가 피나 일행을 데리고 온 모양이다.

피나 일행은 나에게 인사를 한 다음, 카리나 양의 드레스 고르기를 도우러 갔다.

"상당히 화려한 드레스네."

아리사가 기가 막힌 목소리를 내자 반응한 가게 주인이 고개를 갸웃거렸다.

"그런가요? 이 도시에서는 너무 수수한 걸 고르면 매몰되어 버릴 텐데요?"

미궁도시는 화려한 차림을 좋아하는 탐색자가 많은 탓인지, 그 취향에 끌려서 전체적으로 화려하고 노출도가 높은 의상이 유행하는 모양이다.

뭐, 미궁도시에 있는 의상 대여점에 들락거리는 건 다른 영지에서 온 하급 귀족이나 상위 탐색자 정도밖에 없으니까 어쩔 수 없을지도 모르지만.

"제나, 난처하지 않아?"

"그렇네―."

제나 씨는 화려한 옷이나 노출과다인 옷의 양자택일 중에서 고민하는 모양이다.

"―태수부인의 다과회에 출석할 거니까, 조금 더 청초한 드레스는 없을까요?"

"태수부인의 다과회!"

가게 주인이 놀라서 소리를 지른 다음에, 가게 안쪽에 옷을 찾으러 갔다.

"마음에 든 드레스가 있나요?"

"그, 그게, 이건 어떨까요?"

어디에 있었는지, 제나 씨가 비교적 얌전한 드레스를 대어봤다.

조금 천이 싸구려 같긴 한데, 제나 씨는 소재가 좋으니까 의외로 잘 어울린다.

"아가씨, 그건 메이드용 옷입니다."

안에서 돌아온 가게 주인이 알려주었다.

어쩐지 천이 싸구려더라.

"젊은 나리, 이런 건 어떨까요?"

가게 주인이 말하고서는, 테이블 위에 가져온 드레스를 늘어놓았다.

조금 낡은 느낌이 들지만, 아까 그 드레스보다는 낫군.

"상당히 아줌마 같은데."

아리사도 같은 생각을 했는지, 또 기가 막힌 소리를 내며 제나 씨와 함께 드레스를 체크했다.

"뭐, 실제로 낡았으니까요."

가게 주인이 어깨를 으쓱거렸다.

본인도 낡은 건 알고 있는 모양이군.

"제나, 이건 어때? 높은 깃을 떼어내고 어깨의 낡아빠진 레이스 장식을 요즘식으로 바꾸면 나쁘지 않을 것 같은데? 덤으로 소매깃에다가, 이 소매의 이상하게 접힌 곳도 고치고 싶어."

난처한 표정의 제나 씨에게 아리사가 조언을 했다.

분명히 아리사의 제안대로 하면, 아까 왕도에서 본 영애들의 드레스랑 크게 다르지 않다.

차라리 내 재봉 스킬이 불을 뿜어서, 아침까지 제나 씨와 카리나 양의 드레스를 만들어버리는 것도 괜찮으려나.

"그렇게까지 개조한다면, 대여가 아니라 구매가 됩니다."

"딱히 상관없지? 주인님."

물어보는 아리사에게 수긍했다.

시세 스킬이 표시하는 가격을 보니, 구매해도 대단한 금액은 아니다.

"사작님, 이런 드레스는 어떨까요?"

피나가 카리나 양에게 대어본 것은, 가슴 부분이 커다랗게 파인 섹시한 드레스였다.

입밖에 낼 수는 없지만, 꼭 한 번 입은 모습을 보여줬으면 좋겠다.

"이런 건 창피하답니다."

입고 있는 모습을 상상한 게 창피했는지, 카리나 양이 볼을 물들이고 몸을 꼬았다.

평소에는 언동이 어린애 같은 인상을 주는 카리나 양이지만, 가끔 이렇게 소녀다운 모습을 보여주니까 얕볼 수가 없다.

커뮤니케이션 장애만 해소할 수 있다면 금방이라도 가문의 격에 맞는 결혼 상대를 찾을 수 있을 것 같다.

"아무래도, 야회나 무도회라면 모를까 다과회에 입고 가기에는 조금 지나치게 선정적이군요."

귀족이 여는 야회나 무도회는 결혼 활동의 자리를 겸하고 있기 때문에, 조금 섹시한 복장으로 이성을 낚는 것도 괜찮지 않을까 생각하지만.

"아리사, 시험 착용이나 개조의 조언을 부탁한다."

"오케이, 근데 어디 가게?"

"옷을 좀 조달해 올게."

내 대답을 들은 아리사가, 기가 막힌단 표정으로 「또 치트 기술 쓰려는 거구나」라며 중얼거렸다.

의상 대여점을 나선 나는 가장 가까운 여관의 방을 잡고, 거기서 「석제 구조물」 마법을 써서 제나 씨와 카리나 양의 등신대 인형을 만들었다.

얼굴은 별로 안 닮았지만, 체형은 거의 같을 거다.

공간 마법 「멀리 보기」로 대강 틀리지 않다는 걸 확인하고 다음 작업으로 이행했다.

왕도에서 촬영한 드레스 차림의 영애들을 보면서, 제나 씨와 카리나 양에게 어울릴 법한 드레스를 몇 갠가 골랐다.

"천은— 남아 있는 공도산 비취 비단이랑 라라기산 붉은 비단을 써야지."

섬세한 비취 비단을 제나 씨 옷에, 화사한 붉은 비단은 호화로운 금발의 카리나 양 옷에 쓰는 게 좋겠다.

아무래도 요정 비단이나 오리하르콘 섬유 천 따위를 쓰는 건 자중했다.

나는 재봉 스킬을 의지해서, 재단지도 안 만들고 천을 잘랐다. 아리사가 보면 「치트 자식이다」라면서 매도를 할 게 틀림없어.

손이 두 개뿐이면 봉제가 힘드니까, 술리 마법인 「이력의 손」으로 받치면서 꿰맨다.

"뭐, 이 정도면 될까?"

예상보다 훨씬 빨리, 불과 10분 정도만에 한 명당 두 벌씩 드레스를 만들었다. 드레스의 베이스는 같지만, 장식이나 노출도를 바꿨다.

모형 인형에 입혀서 어떤가 여러 각도에서 살펴보고, 참고 영상이랑 어떤 차이가 있는지 확인했다.

본래의 드레스랑 비교하면 자수가 심플하고, 쓴 보석도 남은 걸 이용해서 조금 다르지만 딱히 문제는 없을 거야.

나는 네 벌의 드레스를 격납 가방에 넣고 의상 대여점으로 돌아갔다.

"어머? 주인님, 무슨 문제라도 있었어?"

"아니, 옷을 조달해서 가져왔어."

"진짜루?"

아리사가 경악한 표정을 지었다.

그런 시집 못 가게 될 것 같은 표정은 관두렴.

"두 사람은 시착하고 있어?"

"그래. 이제 곧 나올 거야."

아리사가 말하는 도중에 제나 씨가 나왔다.

가공하기 전이라 낡고 수수한 드레스인데, 제나 씨가 입으니까 기품 있게 보여서 신기하군.

"잘 어울리네요."

"그럴 리가요…… 저 같은 건."

제나 씨는 겸손하면서도 기뻐 보였다.

"사작님, 이쪽도 좀 보세요."

카리나 양의 시착실 앞에서 기다리던 피나가 대항심을 드러내면서 카리나 양의 시착실 커튼을 당겼다.

―와오우.

그레이트한 살색이 시각을 자극했다.

아니, 옷은 입고 있는데.

계곡이 굉장하다.

"꺄아아아아아아아."

카리나 양이 「랍니다」를 잊고서 비명을 지르더니, 가슴을 누르면서 쪼그려 앉았다.

급격한 움직임을 따라잡지 못한 드레스 천이 비명을 지르며, 처음부터 모두 담기지 못한 마유가 한계를 돌파.

"아리사 철벽의 가아아아아드!"

—하기 직전에 아리사가 내 시야를 막았다.

조금 아쉽지만, 고맙다, 아리사.

만약 그걸 직시했다면 「무표정」 스킬 선생님이라도 커버했었을지 알 수가 없다.

나는 몰래 마음을 진정시키면서 제나 씨나 옷을 다시 입은 카리나 양에게 새로운 의상을 꺼내 건넸다.

"제, 제법 괜찮은 드레스지만 화려하질 않으니까 미궁도시에서는 인기가 없을 겁니다."

분한 기색으로 말하는 가게 주인을 제외하면 다들 좋은 반응이다.

둘 다 두 벌씩 준비한 드레스 중에서, 노출도가 낮은 쪽을 골랐다.

가슴의 계곡은 그렇다 치고 어깨나 등은 노출해도 괜찮을 것 같은데, 두 사람은 어느 쪽이든 창피해한다.

"사토, 어떤가요?"

조정을 위해 입어본 건 카리나 양이 약간 빨랐다.

"무척 잘 어울립니다. 역시 선명한 붉은 비단에 카리나 님의 미모가 돋보이는군요."

"미, 미모……."

솔직하게 칭찬했더니 카리나 양이 머리에서 증기를 분출할 것 같은 표정을 지었다.

카리나 양은 미인인 것치고 자신의 용모를 칭찬 받는 게 익숙지 않은 것 같단 말이지.

"……굉장히 예뻐요……. 사토 씨는 역시……."

엿듣기 스킬이 제나 씨의 속삭임을 포착했다.

뭐가 어떻게 「역시」인지 신경 쓰이지만, 제나 씨의 드레스 차림이 더 신경 쓰여서 돌아보았다.

―나이스다, 나의 센스.

그런 찬사를 보내고 싶을 정도로 잘 어울린다.

"근사해요, 제나 씨. 청초한 제나 씨에게는 청량한 비취비단이 잘 어울리네요."

"고맙습니다. 빈 말이라도 기뻐요."

"겸손하실 것 없어요. 참 가련합니다."

내가 그렇게 보증하자, 볼이 물든 제나 씨가 「네」하고 귀엽게 중얼거렸다.

응, 그 동작이 참 잘 어울린다.

지금의 그녀를 보면, 왕후귀족들 중에서 구혼자가 쇄도할 것 같군.

"……너, 너무 귀엽군요……. 사토는 이 아가씨를……."

등 뒤에서 카리나 양이 중얼거리는 걸 엿듣기 스킬이 포착했다.

어쩐지, 카리나 양과 제나 씨의 혼잣말이 비슷하네.

의외로 이 두 사람은 마음이 맞을지도 모른다.

"사작님, 두 분이 고르지 않은 드레스는 어떡할까요?"

시녀 피나의 말에 대답했다.

"그쪽도 이미 산 거니까, 같이 조정을 받읍시다."

가지고 온 의상 조정을 맡기는 건 매너 위반이니까, 카리나 양이 망가뜨린 옷이나 시착한 몇 벌을 구매해서 밸런스를 맞췄다.

내가 준비한 옷은 약간의 조정만 하면 되니까, 다음은 드레스에 어울리는 액세서리를 사러 갔다.

◆

"촌놈이라고 깔보기는!"

액세서리 가게에 가는 도중에, 연금술 가게 앞에서 욕지거리를 내뱉는 아는 사람을 발견했다.

"릴리오!"

"제나랑 소년!"

두 사람이 예상치 못한 재회에 소리치고 있는데, 연금술 가게에서 제나 분대의 이오나 양과 루우 씨가 나왔다.

"릴리오 씨, 소년이라고 부르면 실례입니다. 펜드래건 사작 내지는 사작님이라고 부르세요."

이오나 양이 딱딱한 말투로 릴리오를 타일렀다.

"아아, 그러고 보니 귀족님이었지."

"소년이라도 괜찮아요. 공적인 장소에서는 곤란하지만요."

"봐, 소년도 이렇게 말하잖아."

이오나 양은 아직 무슨 말을 하고 싶은 모양이지만, 나 자신이 허가를 내리는 형태가 됐으니 그 이상 잔소리는 하지 않았다.

"그런데, 어째서 연금술 가게에 오신 거죠?"

"대단한 일은—."

"제나, 큰일 났어! 내일 모레부터 미궁 갈 때 마법약이 부족해."

이오나 양이 배려를 해서 얼버무리려고 했지만, 릴리오가 그걸 무시하고 문제 발생을 전했다.

"크, 큰일이잖아! 하지만, 기사 헨스가 좋은 업자를 찾았다고 하지 않았어?"

"그게 원인이야, 제나."

"기사 헨스가 들여온 마법약이, 모두 품질이 꽝이야."

"그리고 자기는 빼놓고 샀다고, 보급 담당인 모란드가 기분이 틀어졌어."

그래서 릴리오를 비롯한 병사들이 연금술 가게를 돌아다니며 약품을 사 왔다고 한다.

"마법약은 샀어?"

"그게 말이지, 시세의 3배 정도 가격으로 바가지를 씌우더라."

릴리오가 투덜거렸다.

"미궁도시의 시세는 그게 맞아요. 최근에는 베리아의 마법약이란 것이 유통되고 있지만, 그것 말고는 왕도보다 상당히 비싼 편이죠."

내가 말하자 제나 분대 사람들이 난처한 표정으로 시선을 나누었다.

베리아의 마법약 레시피는 우리들이 「계층의 주인」을 토벌하고 미궁에서 시간을 때우는 사이에, 탐색자 길드가 먼저 다 모았다. 파워 밸런스가 무너지면 곤란하니까, 그날 안으로 에치고야 상회 세리빌라 지점을 경유해서 듀케리 준남작과 연금술사 길드에 나머지 레시피를 제공했다.

물론 만드는 건 나름대로 요령이 필요하니까, 지금은 일부 실력 좋은 연금술사들만 만들 수 있고 품질이 낮은 것밖에 돌지 않는 모양이다.

염가 마법약을 연성하는 걸 생업으로 삼는 새내기 연금술사들이 통상품질의 베리아 마법약을 안정적으로 만드는 건 조금 시간이 걸릴 것이다.

"소년. 소년의 연줄로 어떻게 안 될까?"

"릴리오!"

릴리오의 버릇없는 부탁을 제나 씨가 타일렀다.

이오나 양도 릴리오를 타이르고 싶은 표정이지만, 달리 부탁할 수 있는 사람이 없는 곳이라 고민스런 모양이다.

"알겠어요. 제가 돕죠."

나는 제나 분대 사람들에게 말하고 아리사를 돌아보았다.

"그렇게 됐으니까, 장식품 조달은 아리사한테 맡길게. 괜찮을까?"

"어쩔 수 없네. 뒷일은 아리사한테 맡겨만 둬."

아리사가 두말없이 받아주었다.

여전히 아리사는 사나이답군.

"제나 씨의 의상에 맞는 액세서리도 부탁해. 예산은 이 정도로. 그게 끝나고 나면 카리나 님이나 메이드 부대가 갈아입을 옷도 조달해줘."

내가 말하고서, 격납 가방에서 꺼낸 금화가 든 작은 주머니 몇 개를 아리사에게 건넸다.

아리사 일행과 헤어져서 걸어가려고 하는데, 내 옷을 카리나 양이 붙잡았다.

"가버리는 건가요?"

버려진 강아지 같은 표정으로 카리나 양이 물었다.

"사토는 제— 이 분이 소중한가요?"

자신을 따돌리는 것 같은 느낌인가 보다.

"친구가 난처하면 돕는 게 보통이죠. 카리나 님도 포치랑 타마가 난처하면 돕잖아요?"

말하는 도중에 제나 씨와 카리나 양 두 사람이 거의 동시에 온도차가 있는 목소리로 「친구」라고 중얼거렸다.

아니, 이야기의 포인트는 그게 아닌데요.

"알겠답니다. 친구는 중요한걸요."

카리나 양이 타마와 포치를 본 다음, 그렇게 말하고 아리사를 따라 액세서리 가게 쪽으로 걸어갔다. 그녀에게 친구란 건 상당히 무게가 있는 모양이군.

"그러면, 우리도 갈까요."

"아, 네. 그렇네요……."

제나 씨가 아래를 보면서 대답했지만, 금방 볼을 찰싹 두드리고서 고개를 들었다.

"죄송해요. 가요, 사토 씨!"

평소 같은 미소로 돌아온 제나 씨에게 릴리오가 「미안, 제나」라고 사과했다.

분명히 사적인 쇼핑을 방해한 걸 사과하는 거겠지.

"저렴한 마법약을 살 거라면, 탐색자 길드 2층에 있는 약국이나 괜찮은 걸 발굴할 수 있는 쿠우츠 옆거리에 가면 될 겁니다. 서민가나 미궁 앞의 노점에서도 살 수 있지만, 거기는 거의 다 꽝이라서 물품 감정 스킬이 없으면 추천할 수가 없어요."

내 말을 들은 이오나 양 일행이 갈라져서 조달하러 가기로 했다.

쿠우츠 옆거리는 나랑 제나 씨, 이오나 양은 귀족 거리에 있는 동쪽 탐색자 길드, 루우가 서쪽 탐색자 길드, 릴리오는 미궁 앞의 노점에 가기로 했다.

그리고, 릴리오가 가는 곳은 내가 소개한 신뢰할 수 있는 노점이다.

물론 「신뢰할 수 있다」는 건 명분이고, 실제로는 아까 맵 검색을 해서 열화하지 않은 마법약을 파는 사람을 픽업해서 전달했다.

그리고 휴대전화 같은 게 있는 게 아니니까, 제나 씨의 바람 마법 「메아리」로 1시간 뒤에 연락을 취한다고 했다. 「메아리」는 세류 백작령 영지군의 군용 마법인데, 간단한 음파를 보내 병사들이 가진 간이 마법 도구에 반사되는 파형으로 간단한 통신을 할 수 있다고 한다.

"고맙습니다, 사작님."

이오나 양이 대표로 인사를 하고, 각자의 목적지로 흩어졌다.

그리고 조달하지 못할 경우에는 내가 확보해둔 마법약을 나눠주겠다고 말해뒀다.

"여기가 쿠우츠 옆거리인가요?"

"네, 마법약 말고도 이것저것 팔고 있어요."

잡다하고 입구가 좁은 가게가 늘어선 길을 걸었다. 여전히 인파가 굉장하군.

"뭐야, 없는 거냐!"

소란을 지워버릴 정도로 커다란 목소리가 저 앞의 술가게에서 들렸다.

"싸구려 와인이라면 이게 더 맛있거든?"

"그러니까, 내가 필요한 건 『렛세우의 혈조』란 말이다!"

"다 똑같지 않아?"

"아니라고 말했잖아, 없는 거냐?"

"우리 집 재고에는 없어. 렛세우 백작령은 마족 소동으로 흐트러졌으니까 물건이 안 온단 말이다. 남북쪽 길의 도매상에 물어보러 가라구."

"거기 있으면 이런 가게까지 오겠냐."

"이런 가게라 미안하구만. 요전까지 젯츠 백작령에서 오는 물

157

건도 멎어 있었을 테니까 상인들도 이쪽이 아니라 에르엣 후작령 쪽으로 팔러 간 거 아냐?"

술가게에서 가게 주인으로 보이는 남자와 아는 탐색자가 말다툼을 하고 있었다.

"도존 님, 안녕하세요?"

"오오, 젊은 나리."

도존 씨가 가볍게 손을 들어서 응답했다.

"이 몸한테 용건 있어?"

"이걸 찾고 있는 것 같아서요."

내가 말하고, 격납 가방을 거쳐서 스토리지에서 「렛세우의 혈조」병을 꺼냈다.

"오오! 이거야, 이거! 또 신세를 지네, 젊은 나리. 이걸로 마히르나 녀석이랑 승부에서 이길 수 있겠어."

도존 씨는 나한테서 와인 병을 받더니, 싸구려 와인의 대가치고는 너무 많은 돈을 떠넘기고는 의기양양하게 떠났다.

아마 미궁 마을에서 의뢰를 받고 찾아다닌 거겠지.

요전에 미궁 마을에 들렀을 때도 물가게 주인이 「파란 사람」용으로 사고 싶다고 하기에 넘긴 적이 있다. 아까 그건 남아 있던 마지막 분량이다.

"그러고 보니, 제나 씨 일행은 어느 가도를 썼나요?"

"아까 화제가 나왔던 렛세우 백작령이나 젯츠 백작령을 지나서 왔어요."

목적한 가게까지 가는 동안, 제나 씨가 여행 이야기란 이름의 모험담을 들려줬다.

"……참 힘들었군요."

길이 대부분 힘들었던 모양이지만, 중급 마족의 군세를 상대한 렛세우 백작령의 싸움은 정말로 목숨을 걸고 싸운 모양이다. 미토란 이름의 굉장한 실력의 마법사가 참전하지 않았다면 위험했다고 한다.

중급 마족은 쉬운 이미지인데, 기습으로 영도를 파괴하는 위험한 존재였구나.

그리고 보니 마족 루더만 때도 상당히 위험했었고, 요전의 중급 마족 소동 때도 시가8검인 헤르미나 양이나 성기사들이 있었는데도 간신히 호각이었지.

"영지 안을 마족이나 마물이 휘저은 렛세우 백작령의 영민들과 비교하면, 저희들은 그렇게 대단치도 않아요."

제나 씨는 아무것도 아닌 것처럼 말하지만, 아마 상당한 고난이었을 거다.

렛세우 백작이라면 티파리자와 넬에게 성희롱을 한 데다가 범죄노예로 만든 변태 영주지만, 영민들에겐 죄가 없다. 영지 부흥의 모금 활동이 있다면 넉넉하게 기부를 해야겠군.

"젯츠 백작령의 영지 경계에서는 하급룡하고도 마주쳤어요."

제나 씨가 웃으면서 화제를 바꾸었다.

시가8검인 『비룡 기사』 토렐 경이 하급룡에게 도전하여 아쉽게 패했고, 그 하급룡은 렛세우 백작령의 중급 마족을 쓰러뜨린 미토란 마법사가 굴복시켰다고 한다.

"미토란 사람은 어떤 분인가요?"

조금 흥미가 생겨서 물어봤다.

"검은 머리의 예쁜 여성이었어요. 20대쯤 되는 분인데요. 공중에 마법으로 발판을 만들어서 뛰어다니거나 왕조님의 전설에 있는 것처럼 굉장한 술리 마법을 차례차례 썼어요."

"용사님 같네요."

젊어지는 약이 있는 세상이다. 선대나 선선대의 용사가 살아남았어도 이상할 것 없어.

"—그렇, 네요."

내 말에 제나 씨가 조금 망설이면서 수긍했다.

뭔가, 미토란 마법사에 대해서 비밀로 해야 하는 거라도 있는 거겠지.

미지의 강자는 조금 신경 쓰이지만, 제나 씨 이야기를 들어보니 선량한 상대인 것 같고, 섣불리 캐내는 취미도 없으니 추궁하지 않았다.

"저 가게입니다."

드디어 도착한 목적한 가게를 가리켰다.

"어라? 젊은 나리."

"펜드래건 사작님."

오늘은 아는 사람을 자주 만나는 날이군.

에치고야 상회 세리빌라 지점의 미궁 탐색 부문장인 스미나와 지점장인 폴리나 두 사람이다.

아마 에치고야 상회에서 만든 베리아의 마법약을 납품하러 온 거겠지.

"무슨 난처한 일은 없나요?"

"아뇨. 사작님의 조력 덕분에 영업도 안정되고 있고, 탐색자 학교나 사립 양육원에서 이것저것 발주해주신 덕분에 정말로 도움이 됩니다."

폴리나가 고개를 쭉 내리면서 인사를 했다.

조력이라고 해도, 사토로서 한 일은 매대의 출점 허가 신청을 중개하거나, 몰래 만든 매대를 무상으로 대여하거나, 루루를 파견해서 몇 가지 레시피를 제공한 것 정도다.

그리고, 타마가 간판을 그려주기도 했군.

"대단한 일은 안 했으니까 신경 쓰지 마세요."

그리고, 나도 이것저것 살짝 무리한 일을 부탁하니까 피차일 반이다.

"그렇지 않아요! 사작님이 양보해주신 토마토나 미니 토마토 도 실험 농장에서 순조롭게 자라고 있으니까, 수확할 수 있게 되면 맨 먼저 보내드릴게요."

"네, 기대하고 있을게요."

폴리나가 말하는 실험 농장은 미궁도시 남쪽 외벽 밖에 있었다.

미궁도시의 야채 사정을 개선하고 에치고야 상회 세리빌라 지점의 수입원으로 삼기 위해 만든 장소다.

쿠로의 모습으로 광대한 황무지를 흙벽으로 둘러싸고, 골렘 들을 시켜 일군 다음에 마물의 영역에서 가져온 부엽토를 섞어 서 만들었다. 「계층의 주인」을 토벌한 다음의 대기 시간이 한가

했거든.

토마토와 미니 토마토는 저택의 야채 밭에서 루루를 필두로 재배하고 있던 분량을 매대를 시작했을 무렵에 넬을 경유해서 나눠줬던 거였다.

전에 쿠로의 모습으로 이야기를 들었는데, 재배는 순조롭지만 새나 두더지 같은 해수 구제를 하는 게 고생이라고 했다.

"폴리나, 밀회를 방해하면 미안하잖아."

스미나가 폴리나의 어깨를 두드렸다.

"어머— 죄송합니다. 눈치가 없었네요."

일부러 데이트가 아니라고 항변할 정도도 아니니까 적당히 인사를 하고 두 사람과 헤어졌다.

"미궁도시에는 사토 씨가 아는 사람이 잔뜩 있네요."

"네, 여러 사람들에게 신세를 지고 있어요."

다소 가라앉은 목소리로 말하는 제나 씨의 분위기에 고개를 갸웃거리며 무난하게 답했다.

"어쩐지 사토 씨가 멀리 가버린 것 같아—."

혼잣말처럼 중얼거린 제나 씨가 퍼뜩 입을 막았다.

"죄, 죄송해요! 저도 참, 무슨 말을 하는 건지……."

제나 씨는 절레절레 머리와 손을 옆으로 흔들어 사과한 다음, 하염없이 빨개져 있었다.

그리고 납품한 직후라서 베리아의 마법약을 필요한 만큼 사들일 수 있었다.

제나 씨가 바람 마법 「메아리」로 임무 달성을 보고하는 동안,

베리아의 마법약을 「마법의 가방」에 수납했다.

"—어? 어어어."

내가 「마법의 가방」에 수십 개의 마법약을 수납하는 것을 본 제나 씨가 놀랐다.

"사토 씨, 혹시 『마법의 가방』인가요?"

"네, 용량이 적은 『마법의 가방』이라면 미궁도시에서도 거래되고 있어요."

작은 소리로 물어보는 제나 씨에게 아무것도 아닌 듯이 대답했다.

나는 인연이 없었지만, 마법 도구 관련 이권을 장악한 듀케리 준남작이 준 정보에 따르면 미궁산 「마법의 가방」이 한 해에 수십 개 페이스로 보물 상자에서 발견된다고 한다.

모두 등에 지는 바구니 정도의 양밖에 안 들어가고, 공간 폐쇄가 완벽하지 않은 영향으로 중량 경감도 별로인 물건이지만, 상인들이나 종군하는 귀족들에게 비싸게 팔린다고 했다.

그래서 귀족이나 호상이 가진 걸로 따지면, 마검이나 미스릴 검 정도의 희귀성밖에 없다.

무노령의 원령 요새에서 발견한 물건이나 에므린 선단의 선장들이 가지고 있었던 대용량의 고성능품은 훨씬 비싸고 희귀하다.

"그렇군요. 세류 백작령에서는 보기 드문 물건이라 깜짝 놀랐어요."

제나 씨가 조금 창피한 기색으로 웃었다.

세류 백작령에서는 군이 원정을 갈 때 보급 부대에 대여되는 것 말고는 성의 보물 창고에 잠들어 있다고 한다.

"일단 임무 완료군요."

"네."

수긍한 제나 씨가 나를 바라본 다음 시선을 피했다.

뭔가 물어보고 싶지만 말을 못 꺼내는 느낌이다.

"제나 씨, 아침 식사는 하셨나요?"

"아, 네— 아뇨. 초대장으로 이래저래 벅차서……."

역시 그랬군.

하지만 이미 점심시간도 지났으니, 제대로 된 레스토랑이나 식당은 불을 꺼서 먹을 수 없을 가능성이 높았다.

"매대에서 뭔가 사다가 공원에서 먹을까요?"

나는 그렇게 제안하고 추천 요리인 고기가 들어간 갈레트와 베리아수를 사서 공원으로 갔다.

"길 하나 떨어졌을 뿐인데, 이렇게 넓은 공원이 있네요."

"네, 여기는 유사시에 피난 장소 중 하나입니다."

공원 지하에 대 마물용 피난호가 있다.

"나무 그늘의 벤치가 비어 있으니까, 저기서 먹죠."

나는 벤치에 손수건을 깔고 제나 씨를 재촉했다.

"우후후."

제나 씨의 입가가 풀어졌다.

"왜 그러세요?"

"아뇨, 조금 그리워서요."

제나 씨가 「기억하세요?」라고 말하고픈 표정으로 나를 보았다.

"세류 시에서 도시 안내를 받았을 때가 떠오르네요."

"네."

제나 씨가 웃었다.

"여기는 시원해서 기분이 좋아요."

갈레트를 다 먹은 제나 씨가 공원을 산책하는 사람들을 바라보며 중얼거렸다.

"네, 정말 좋아요."

나무들 사이에서 들리는 작은 새의 지저귐이 귀에 상냥하다.

"사토 씨……."

"네."

내 이름을 부르고 말문이 막힌 제나 씨에게, 이쪽에서 이야기를 꺼내 재촉하지 않고 그저 맞장구를 쳐서 그녀 안의 말이 정리되는 걸 기다렸다.

나뭇잎 틈으로 내리쬐는 햇살을 받은 제나 씨가 나를 보았다.

"사토 씨는 세류 시에 있을 무렵부터, 그게, 귀족이었나요?"

"아뇨, 그 무렵은 보통 평민이었어요."

그걸 물어보고 싶었는지, 내 대답을 들은 제나 씨의 어깨에서 힘이 빠졌다.

세류 시를 떠난 다음에 방문한 무노 남작령에서, 무노 시를 습격한 마물을 격퇴하는 것을 도와 그 공적으로 남작에게 명예 사작위를 받았다고 짤막하게 설명했다.

"……그래서, 그게……. 아까 그 카리나 님 말인데요……."

제나 씨가 어쩐지 말하기 어려워 보였다.

"사, 사토 씨의 그게, 저기, 호, 혼약자인가요?!"

양 주먹을 꼭 쥔 제나 씨가 더듬더듬 물어봤다.

"아뇨, 그렇지 않아요."

"하, 하지만, 멀리 영지가 있는 귀족의 영애가, 미궁도시 같은 위험한 장소에 오다니……."

제나 씨는 카리나 양이 나한테 반해서 쫓아왔다고 오해를 한 모양이군.

"카리나 님의 목적은 제가 아니라 미궁입니다. 전부터 미궁도시에 오고 싶어 했던 활발한 분이죠. 오늘도 오전에는 탐색자 학교에서 강의를 받았을 정도니까요."

이미 방출된 건 카리나 양의 명예를 위해 말하지 않았다.

남작 영애의 목적이 미궁탐색이란 것이 뜻밖이었는지, 제나 씨가 의문스런 표정을 지었다.

"어렸을 적에는 용사의 종자가 되는 게 꿈이었다고 하실 정도니까 강해지고 싶은 거겠죠."

어디서 들었는지는 기억이 안 나는데, 무노 성이나 「용사의 종자」 린그란데 양과 만난 다음 공도 어디선가였을 거다.

"그거, 이해가 가요!"

이해해버리는구나…….

의외로 제나 씨랑 카리나 양은 취향이 비슷할지도 모르겠군.

가슴에 걸린 것이 내려간 제나 씨와 잠시 환담을 나누고, 해가 저물기 전에 마법약을 숙사에 전달했다.

그날 밤은 미궁에서 에치고야 간부 육성용 장소를 보러 간 다음, 「담쟁이 저택」에서 포치랑 타마를 지원하는 간이판 라카 클론 제작을 철야로 했다.

기능을 좀 너무 많이 넣어서 「담쟁이 저택」의 위핵급이 되어 버렸으니, 필요최소한의 기능 말고는 깎아내고 마법회로 압축을 진행해야겠군.

◆

"어서 와요, 펜드래건 경. 그리고 처음 뵙겠습니다, 젊은 아가씨. 세리빌라의 태수를 맡고 있는 아시넨 후작의 처, 레이텔이라고 해요."

이튿날 점심이 지나서 카리나 양을 에스코트하여 태수부인의 다과회에 왔더니, 살롱에 들어가자마자 태수부인이 맞이해 주었다.

제나 씨는 숙사에 태수부인의 아시넨 후작가에서 마차가 마중을 보낸다고 해서 함께 안 왔다.

"─카리나 님."

카리나 양이 경직해버려서, 작은 소리로 인사하도록 재촉했다.

"카, 카리나 무노입─ 무노 남작령, 영주 레온 무노의 차녀 카리나라고 합니다."

순서를 조금 틀리긴 했지만 어떻게 인사를 해냈다.

"이쪽이에요, 카리나 님. 이 자리에 앉으세요."

긴장으로 표정이 딱딱한 카리나 양을 태수부인이 권해준 소파에 앉혔다. 나는 돕기 위해서 그녀 옆 자리에 앉았다.

태수부인이 가문의 격이 떨어지는 카리나 양을 「님」이라고 부르는 건 손님이라서 그렇겠지.

"어머나, 참으로 근사한 옷이군요."

"왕도의 유행일까요?"

과연 태수부인의 살롱에 초대되는 손님이라 그런지 한순간에 그녀가 입은 의상의 출처를 간파해버린 모양이다.

"이 천은 라라기의 붉은 비단이랍니다. 그것도 시장에는 돌지 않는 최고급품이에요."

다과회의 호스트인 태수부인만이 아니라, 추종자인 부인들도 카리나 양에게 스스럼없이 말을 걸었다.

"붉은 비단에 놓은 자수도 근사하지만, 밤하늘의 별처럼 뿌려 놓은 이 작은 보석은, 혹시 『하늘의 눈물방울』일까요?"

"무지갯빛으로 빛나고 있어요. 작긴 하지만 이 정도 물건은 좀처럼 볼 수 없답니다."

"과연 남작이라지만, 펜드래건 사작이 섬기는 가문인지라 훌륭한 드레스로군요."

부인들이 카리나 양의 드레스를 홀린 것처럼 바라보았다.

낯을 가리는 카리나 양은 아까부터 엄청나게 불편해 보였다.

"그보다도 굉장한 것은, 가문의 문장을 본뜬 루비 브로치랍니다. 커다란 루비를 아낌없이 깎아내서 가문의 문장을 양각하다 니…… 무노 남작령은 유복하군요."

어째선지 카리나 양의 용모가 아니라 의상이나 액세서리만 칭찬한다.

이런 때에 용모를 언급하지 않는 암묵의 룰이라도 있는 걸까?

카리나 양은 타고난 낯가림을 발휘해서, 부인들의 화제에 「네」와 「아니오」라고 짧은 대답만 해서 대화의 캐치볼이 이어지 질 않았다.

나도 되도록 대화가 이어지도록 돕긴 했는데, 그때마다 나하 고만 대화를 하려고 하니 곤란하군.

역시 그녀의 낯가림을 고치려면 같은 연배의 여성을 친구로 만드는 것부터 해야 할까?

"카리나 님은 펜드래건 경과 혼약을 하셨나요?"

의상이나 액세서리의 화제가 일단락되고서, 불륜 이야기나 질척질척한 연애 이야기를 좋아하는 랄포트 남작부인이 씨익 웃음을 지으며 그런 화제를 꺼냈다.

카리나 양은 부정도 긍정도 못해서 난처한 모양이라, 「카리나 님은 저 같은 것보다, 훨씬 고귀한 분이 걸맞습니다」라면서 이 야기를 흘려보냈다.

남작부인은 서른이 안 된 5남을 권했지만, 카리나 양이 실언 하기 전에 5남과 모 사작영애가 사귀고 있다는 소문 이야기를 슬며시 흘려서 화제를 바꾸었다.

물론 카리나 양이 옆에서 불만스런 시선을 보냈으니까 제대로 흘려보내지 못한 것 같기도 하지만, 랄포트 남작부인은 만족스럽게 내가 꺼낸 화제에 달려들어주었다.

"카리나 님은 펜드래건 경을 밉지 않게 생각하는 것 아닌가요?"

다른 부인도 그런 추가 공격을 카리나 양에게 가했지만, 연애 방면으로 둔한 카리나 양은 고개를 갸웃거리면서 「아뇨?」라고 대답했다.

아마도, 그녀의 리액션이 어설픈 걸로 봐서 「밉지 않게」의 뜻을 잘 이해 못한 게 아닐까 싶었다.

자리가 조금 이상한 분위기로 흘러가기에, 미리 메이드에게 건네둔 쇼트 케이크와 치즈 타르트를 소개해서 분위기를 달랬다.

—어라?

살롱에 들어온 시녀 한 사람이 태수부인에게 뭔가 귓속말을 했다.

태수부인이 치기 어린 미소를 부채로 반쯤 가리면서 이쪽을 보았다.

이건 놀랄 준비를 하는 편이 좋겠군.

레이더에 제나 씨의 파란 광점이 비치니까 태수부인이 준비한 서프라이즈 게스트를 알고 있었지만, 여기서 담백하게 넘어가 버리면 그녀가 들인 수고가 보답을 못 받는다.

"또 한 사람의 손님이 오신 모양이로군요. 들어오세요."

태수부인의 시녀가 따르는 드레스 차림의 제나 씨가 방으로 들어왔다.

나는 너무 거창해지지 않도록 놀랐다.

"어머나, 언제나 차분한 펜드래건 경이 그렇게 흐트러지다니."

내 태도에 만족한 건지, 태수부인이 깔깔 웃으며 「역시, 이쪽에 진심인 모양이군요」라고 엉뚱한 소리를 중얼거렸다.

"세류 백작 가신, 마리엔텔 사작가의 제나라고 합니다. 아시넨 후작 부인의 존안을 뵈어, 참으로 영광스러운 줄 압니다."

제나 씨가 군인다운 느낌의 딱딱한 인사를 했다.

"어머나, 사랑스러운 데다가 늠름하군요."

태수부인이 호의적인 눈으로 제나 씨를 보았다.

"혹시, 가문의 격이 맞을 법한 제나 님이 펜드래건 경의 혼약자일까요?"

연애 이야기를 좋아하는 랄포트 남작부인이 곧장 매달렸다.

카리나 양의 시선이 제나 씨를 향했다.

"아, 아니에요! 저, 저는 사토 씨와, 아니 펜드래건 사작님의 치, 친구라고 할까요. 가깝게 지내 주시는—."

제나 씨의 눈이 빙빙 돌기 시작했다.

그런 그녀 대신 조금 돕기로 했다.

"제나 씨는 세류 시를 방문했을 때 이래저래 신세를 진 분입니다. 제 동료들의 목숨을 구해준 은인이기도 하죠."

부인들은 어쩐지 내 이야기가 마음에 안 드는 모양이다.

"하지만, 제나 님은 펜드래건 경을 좋아하는군요."

랄포트 남작부인이 묻자, 순정파인 제나 씨가 새빨개졌다.

"풋풋하군요."

듀케리 준남작부인이 제나 씨에게 미소를 지었다.

"제나 님의 드레스는 오유고크 공작령의 비취 비단이 아닌가요? 카리나 님의 붉은 비단도 그렇지만, 이 비취 비단도 시장에 돌지 않는 최고급품이랍니다."

"이 드레스도 카리나 님과 같은 기술자가 만든 걸까요?"

"작기는 하지만, 제나 님의 펜던트도 같은 분의 세공이랍니다."

"사파이어 같은 단단한 보석을 가문의 문장 형태로 연마하다니……."

화제를 바꾼 듀케리 준남작부인의 흐름에 다른 부인들도 올라탔다.

"혹시, 둘 다 펜드래건 경이 선물한 건가요?"

캐는 듯한 눈으로 바라보는 태수부인에게 수긍했다.

"네. 출입하는 상인에게 조달하도록 한 것입니다. 마법으로 가공한 물건이라고 하더군요."

카리나 양과 제나 씨의 브로치에 쓴 보석은 흙 마법인 「석제 구조물」로 부스러기를 융합 변형시켜서 만든 거라 재료비는 대단히 저렴하다.

"마법? 그건 아마도 농담일 거예요."

보석을 좋아하는 부인 중 한 명이 내 말을 부정했다.

"농담, 인가요? 분명히, 흙 마법에는 『석제 구조물』이라는 돌을 가공하는 마법이 있었다고 기억합니다만……."

"펜드래건 경은 박식하군요. 하지만, 공부가 조금 부족하답니다."

나는 사과하면서 그녀에게 부족한 지식의 가르침을 청했다.

"『석제 구조물』로 보석을 가공할 수 있는 건 상급 마법을 쓸 수 있는 일부의 흙 마법사들뿐이죠. 그리고, 그런 마법을 쓸 수 있어도 보석의 투명도를 유지한 채 가공하는 건 대단한 집중력과 기술이 필요해요."

"그랬었군요……."

죄송합니다. 콧노래 흥얼거리면서 몇 초만에 가공했어요.

"흙 마법사가 아닌 펜드래건 경이 모르는 것도 무리는 아니랍니다."

"왕도에 오시면 보석 박물관에 가보면 좋겠어요. 보석 마법사라고 불린 고대의 마법사가 만들어낸 기적의 보석이 전시되어 있답니다."

허어, 그건 흥미롭군.

"꼭 가보겠습니다."

괜찮아 보이는 관광 정보를 준 부인에게 웃으며 대답했다.

"왕도에서 머무를 곳은 정해졌나요? 아직 정해지지 않았다면 우리 가문의 왕도 저택에 머물러도 괜찮답니다?"

"아뇨, 그렇게까지 신세를 질 수는 없죠―."

"우후후, 농담이에요. 그랬다가는 무노 남작을 따돌리게 되어 버리니까요."

태수부인이 치기 어린 미소로 말을 이었다.

"왕도에서 저택을 살 거라면, 우리 가문과 가깝게 지내는 상회가 몇 군데 확보하고 있을 테니까 소개장을 써주겠어요. 파발을 보내면 늦지 않을 거예요."

연말연시는 왕도의 숙소가 어디든지 혼잡하다고 하기에, 태수부인의 소개장을 고맙게 받기로 했다.

"그렇지. 물어보는 걸 잊고 있었는데, 펜드래건 경은 언제쯤 왕도로 출발하나요?"

"폐하께서 특별히 비공정을 내어 주신다고 하셔서, 그걸 타고 왕도에 갈 예정입니다."

본래는 중층에서 「계층의 주인」을 토벌한 제릴 씨 일행이나 그들이 가져온 전리품을 왕도로 옮기기 위한 특별편이었다고 하는데, 마침 딱 좋아서 우리도 편승하게 됐다.

"어머나, 그런가요? 우리들은 연말의 정기편으로 왕도에 갈 예정이니까, 출발이 늦어지겠어요. 내가 왕도에 갈 때까지 난처한 일이 있으면 엠마를 의지하세요. 조금 장난을 좋아하는 구석이 있지만 의지가 될 거예요. 나중에 소개장을 주죠."

엠마 릿튼 백작부인은 왕도의 사교계나 문벌 귀족에게 영향력이 높은 인물이라고 하니, 그런 배경이 있어 주면 마음이 든든하다.

나는 인사를 하는 것과 동시에 릿튼 백작부인의 취향이나 사람 됨됨이를 물어보고, 제나 씨나 카리나 양에게 향하는 관심을 나에게 돌렸다.

그런 느낌으로 마음고생이 많은 다과회와 만찬을 돌파하고, 어떻게 태수부인의 커뮤니티에서 그녀들이 부정적인 평가를 받지 않도록 할 수 있었다.

나를 놀리기 위한 소재로 삼기에는 약하다는 인상을 주었을 테니까, 다음부터는 그녀들을 부르거나 하지 않겠지.

조금 흐뭇했던 건, 용사 이야기라는 공통의 화제 덕분에 카리나 양과 제나 씨 사이에서 대화가 매끄러웠던 점이다.

다소 숙녀의 화제로서는 보기 드문 종류지만, 용사 이야기를 할 때는 낯을 가리는 카리나 양이 대단히 말이 많아진다.

친구가 될 정도는 아니지만, 적어도 지인 레벨 정도는 됐을 거야.

가능하면 제나 씨가 카리나 양의 친구가 되어주면 좋겠는데.

미궁도시의 일상

"사토입니다. 지루한 일상을 지내다 보면, 막연하게 뭔가 특별한 일이 일어나지 않을까 몽상하게 되는 일이 있습니다. 하지만 실제로 비일상을 지내면 일상이 그리워진단 말이죠."

"이제 다과회나 만찬회는 가고 싶지 않군요."

저택으로 돌아오자마자, 카리나 양이 거실의 소파에 몸을 던졌다.

"남작영애니까, 사교를 땡땡이칠 수는 없어요."

"싫다면, 싫은 거랍니다."

"카리나~?"

"불평은 포치가 들어주는 거예요."

타마랑 포치가 카리나 양 곁으로 갔다.

기분 탓인지, 포치가 고해를 듣는 성직자 같은 분위기였다.

"부인들은 막 놀리고, 남성은 저를 빤히 쳐다봐요."

다과회부터 만찬회까지, 상당히 스트레스가 쌓인 모양이군.

"꿀과자 줄게~."

"싫은 일은 달콤한 걸 먹어서 잊는 거예요. 고기 아저씨가 없는 괴로움도, 달콤한 걸 먹으면 잊을 수 있는 거예요. 고기 아저씨, 아아 고기 아저씨. 불고기에서 떨어지는 지방도, 햄버그

선생님의 부드럽고 깊은 맛도, 샤브샤브의 심플한 감칠맛도, 아아 고기 아저씨⋯⋯."

카리나 양을 위로하는 포치의 말 후반이, 고기에 대한 애정이 너무 넘쳐서 완전 꽝이군.

"포치, 침~?"

"아차차, 인 거예요."

타마에게 지적 받은 포치가, 요정 가방에서 꺼낸 만화 고기 무늬의 손수건으로 입가를 닦았다.

전에는 그냥 팔로 닦았을 텐데, 성장했구나―.

내가 그런 생각을 하는 도중에, 포치가 손수건에 그려진 만화 고기 그림을 우물우물 씹으면서 쓸쓸하게 넋을 놓기 시작했다. 내일 저녁에는「고기 금지」도 끝나니까 조금만 더 참으면 돼.

"내일은 꼭 미궁에 가겠어요!"

카리나 양이 갑자기 일어서서 외쳤다.

타마랑 포치가 상대를 안 해주니까 삐쳐 버린 모양이다.

"안 돼요, 카리나 님."

카리나 양의 시녀 피나가 타일렀다.

"그보다도, 기껏 꾸몄으니까 사작님을 뇌쇄해야죠."

"그래요 맞아요! 조금 더 이렇게 가슴의 계곡을 강조하거나!"

피아의 말꼬리에 카리나 양의 메이드인 신입 아가씨가 올라 탔다.

마찬가지로 카리나 양의 메이드인 에리나는「가, 가슴으로 그러는 건 파렴치함다!」라며 의외로 상식인의 발언을 했다.

조금만, 섹시하게 접근하는 카리나 양을 상상해 버렸다.

문득 카리나 양과 눈이 마주쳤다.

"사토 엉큼해요."

카리나 양이 말하고서 방으로 달려가 버렸다.

타마가 따라가고, 피나와 메이드들도 허둥지둥 카리나 양 뒤를 따랐다.

미묘하게 어색한 기분을 얼버무리고자 시선을 이리저리 돌리고 있는데, 아래서 올려다보는 포치와 눈이 마주쳤다.

"왜 그러니?"

"주인님은 엉큼한 거예요?"

그렇게 대답하기 어려운 질문은 난처하단다.

"야한 건 안 된다고 생각하는 거예요."

포치가 손가락을 척 내밀며 말한 다음, 비틀비틀~ 카리나 양 뒤를 따랐다.

"포치도 참, 『고기 금지』가 너무 효과가 좋은가?"

"그렇네. 조금 이르지만 그만 하는 편이—."

걱정스레 말하는 아리사에게 대답하는 도중에, 미아가 꾹꾹 내 소매를 당겼다.

"괜찮아."

미아가 입구를 가리켰다.

문 틈으로 엿보던 포치와 눈이 마주쳤다.

샤삭 사라진 포치를 보니 예정대로 진행해도 괜찮겠군.

"포치도 참 마무리가 어설프다니까."

아리사가 작은 소리로 투덜거렸다.

아무래도 포치의 「고기 금지」를 가엾게 생각한 아리사가 지혜를 불어넣은 모양이다.

자기가 벌을 줘야 한다고 했지만, 마지막까지 철저하지 못한 점을 보면 아리사가 정이 깊다니까.

그날 밤은 카리나 양과 약속한 장비류 제작을 하고, 새벽녘까지 포치랑 타마용 라카 클론의 시행착오에 몰두했다.

아무래도 연속으로 철야를 하면 안 좋은 것 같아서 동틀 무렵에 조금 잤다.

◆

태수부인의 다과회 다음날, 나는 이른 아침부터 미궁문 앞에서 제나 씨 일행 세류 백작령 영지군 미궁선발대를 배웅하러 왔다.

"사토 씨, 배웅하러 와주신 건가요?"

"네, 그리고 이건 선물입니다."

격납 가방에서 꺼낸 소형 파우치를 건넸다.

"귀여워라…… 사, 사토 씨, 이거 혹시!"

놀라는 제나 씨에게 수긍했다.

지금 건넨 파우치는 「마법의 가방」이다.

남쪽 바다를 여행할 때 몇 갠가 얻은 것 중 하나로, 용량이 작은 물품을 개조한 거니까 큰 문제는 없을 거야.

"안에는 마법약이 들었어요. 이 가방에 넣으면 바깥의 충격이 안에는 전달되지 않으니까, 탐색할 때 깨질 걱정이 없어서 편리합니다."

"그건 편리하지만요—."

안의 마법약은 중급 마력 회복약이나 체력 회복약이 5개씩, 용백석으로 만든 만능 해독약이 5개, 그 밖에도 마비 해제약이나 대량의 희석 마법약 2종이 들어있다.

덤으로 미궁산의 만능약도 하나 넣어뒀다. 미궁에서는 무슨 일이 일어날지 모르니까.

"부대의 마법약이 있으니 필요 없을 수도 있겠지만, 부족할 때는 주저하지 말고 써주세요."

제나 씨가 중급 마법약이 듬뿍 들어 있는 걸 보고 눈을 동그랗게 떴다.

라벨에 효능과 주의 사항 같은 것도 적어뒀으니, 나중에 한 번 읽어보라고 말도 해뒀다.

"하지만, 이렇게 비싼 물건은 받을 수 없어요."

"제나 씨, 쓰지 않으면 반환하면 됩니다."

제나 씨는 사양했지만, 옆에서 이오나 양이 대신 받아줘서 문답을 길게 끌지 않을 수 있었다.

"요전에는 미궁도시 안내를 거의 못했으니까요."

"죄송해요, 제 탓에—."

제나 씨를 탓할 의도는 없었으니까, 그녀의 사죄를 가로막고 말을 이었다.

"그러니까, 제나 씨가 미궁에서 돌아오면 새삼 안내를 할게요."

내 말에 제나 씨가 미소를 지었다.

"돌아오면 맛있는 레스토랑으로 안내할 테니까, 기대해 주세요."

"—네."

제나 씨가 사랑에 빠진 소녀 같은 표정으로 대답을 한 탓에, 이쪽을 살피던 사람들이 설탕을 토할 것 같은 표정을 지었다.

제나 씨를 꼬실 셈은 전혀 없지만, 주위에서 그런 식으로 보고 있을 가능성이 높군.

다음부터는 조금 더 생각해서 말을 해야겠는걸.

"제나, 이제 그만 출발한대."

릴리오가 말하면서 뒤를 가리켰다.

그쪽에서 은색의 금속 갑주로 몸을 지키는 탐색자 집단 「은광」의 멤버들이 걷고 있었다. 뒤쪽은 사슬 갑옷이다.

종합적으로 마물 소재의 무구를 장비하지 않는 것과 귀족 계급의 여성들만 있는 것이 특징인 탐색자 집단으로, 사람 수가 많은데 적철의 탐색자가 30퍼센트 가까이 된다.

"전원, 모였나? 동행해주는 『은광』 분들이 왔으니 출발한다!"

대장으로 보이는 젊은 기사가 호령을 하자, 제나 씨의 동료들이 짐을 지고서 서문으로 갔다.

"그럼, 사토 씨. 다녀올게요."

"다녀오세요, 제나 씨. 다치지 않도록 조심하세요."

함께 따라가주고 싶지만, 군사 훈련의 일환으로 미궁에 가는데 외부인이 따라가면 제나 씨의 평판이 내려갈지도 모르니까 자중했다.

동행하는「은광」사람들은 베테랑이고, 그렇게 위험한 장소를 공략하는 게 아닐 거야.

"네, 저는 운이 좋은 편이니까 괜찮아요."

제나 씨, 그런 플래그를 세우는 건 관두죠.

나는 서문 너머로 사라지는 제나 씨를 배웅하면서, 마음속으로 태클을 걸었다.

귀환 일정을 깜빡 안 물어봤지만, 처음부터 며칠에 걸쳐서 공략하지는 않을 테니까 왕도로 출발하기 전까지 레스토랑 예약을 매일 해두면 되겠지.

먹으러 못 가는 날은 카지로 씨나 미테르나 씨한테 평소의 위무를 겸해서 대신 가라고 하면 될 거야.

―그리고 보니.

「돌아오면 맛있는 레스토랑에 안내할게요」라는 것도, 충분하고 남을 정도로 전형적인 플래그라는 걸 나중에 깨달았다.

뭐, 기우겠지만 가끔 공간 마법「멀리 보기」로 안전을 확인하는 정도는 해두자.

◆

"다녀왔어."

"어서 오~."

"어서 오세요인 거예요!"

배웅하고 돌아오니, 타마랑 포치가 카리나 양과 특수 룰의 참참참을 하고 있었다.

방에 있는 무장 메이드는 에리나뿐이고, 피나와 신입 아가씨는 안 보였다.

"어서 와요, 사토."

타마랑 승부에 진 카리나 양이 축 늘어지면서 인사를 했다.

"카리나 약해~?"

"그래서는 안 되는 거예요! 포치랑 타마의 싸움을 잘 보는 거예요!"

타마랑 포치가 「참참참」을 시작했다.

두 사람은 손가락의 움직임을 눈으로 좇을 수 있으니까, 우리 집의 「참참참」은 손가락 움직임을 따라잡지 못하면 진다는 하우스 룰을 채용하고 있었다.

"사토, 한가하네요."

금방 두 사람의 움직임을 따라잡을 수 없게 된 카리나 양이 기분 틀어진 표정으로 한가하다고 호소했다.

"그러면, 타마랑 포치하고 같이 미궁에서 『뜀뛰기 감자』랑 『걷는 콩』을 수확하러 가시겠어요?"

"가보고 싶군요!"

카리나 양이 기세 좋게 일어나서 다가왔다.

오늘 카리나 양은 기성복을 취급하는 가게에서 산 낙낙한 셔츠를 입고 있어서, 가슴 부분이 대단히 다이나믹한 움직임을 보

185

이니까 눈보신이 된다.

참고로, 감자와 콩은 사립 양육원 아이들이 가공 연습을 하기 위한 교재 겸 오늘 밤의 식재료이기도 했다.

"그러면, 별채에 새로운 방어구를 가져다 놨으니까 갈아입으세요."

"알겠어요. 에리나, 도와줘요."

"넵!"

의기양양한 카리나 양과 에리나가 방을 나섰다.

그리고 카리나 양이 돌아올 때까지, 포치랑 타마 둘은 보통 사람은 잔상도 안 보이는 속도까지 가속한 「참참참」의 공방을 벌이고 있었다.

"무기는 가벼운 대검이 좋겠어요!"

탐색자 학교에 병설된 무기고에서, 카리나 양이 전투 사마귀의 검팔로 만든 대검을 골랐다.

크기에 비해서는 가볍고, 검신이 두꺼워서 튼튼하니까 연습용으로 좋다.

카리나 양의 호위로 함께 미궁에 가게 된 호위 메이드 에리나와 신입 아가씨도 새로운 무기를 가지고 싶은 표정이기에, 호위 개미의 칼날 팔로 만든 검을 선물했다.

그리고 시녀인 피나는 두 사람만큼 전투가 특기가 아니라 남는다.

"라카, 카리나 님이 길거리에서 휘두르지 않도록 주의해줘."

『알겠다.』

카리나 양은 포치 이상으로 덜렁이니까, 그녀의 장비품인「지성이 있는 마법 도구」라카에게 부탁해뒀다.

보통은 불평을 할 법한 짓이지만, 카리나 양은 딱히 불만이 없어 보였다.

"주인님, 카리나 님의 수행인가요?"

탐색자 학교에서 나오자, 미궁도시 외곽을 런닝하고 돌아온 리자와 만났다.

"아니, 수행이라기보다는 가벼운 미션을 부탁했을 뿐이야."

리자와 그런 이야기를 하고 있는데, 준비를 마친 타마와 포치가 저택에서 달려왔다.

준비라고 해도 위험한 장소가 아니니까 타마와 포치 둘은 간단한 장비와 지게뿐이다.

"자아, 출발이랍니다!"

"네잉~."

"라져! 인 거예요!!!"

카리나 양의 구호에 타마는 평소처럼 느긋하게 대답했지만, 포치는 평소보다 커다란 목소리로 응답했다.

아까부터 말투가 좀 강하기도 하고, 어쩐지 세상만사 죄다 놔버린 느낌으로 들린다.

이건 고기 단식의 스트레스 때문일까?

전에 생각했던 것처럼 앞으로「고기 금지」는 금기로 해야겠군.

"오늘 저녁은 고기 풀코스 축제를 해줄 테니까, 열심히 하렴."

"구아악! 힘내는 거예요!"

눈동자에 반짝거리는 광채를 되찾은 포치가 양손을 쥐고서 기합을 넣었다.

"풀코~스~?"

"그래. 오르되부르로 세 종류의 로스트 비프로 시작해서, 샤브샤브, 튀김, 데리야키 치킨, 비프 스튜, 그리고 잊어선 안 되는 두꺼~운 스테이크. 물론 햄버그는 정통파 일본풍 서양풍을 비롯한 일곱 종류의 맛이야. 잠시 쉬어가는 타임으로 새우나 게 요리를 끼워 넣고, 스키야키로 마무리하자."

내가 품목을 말할 때마다, 포치의 꼬리가 점점 빠르게 흔들린다.

"아앗…… 너무 기대돼서, 어떻게 될 것 같은 거예요."

"두근두근~."

"참으로 멋집니다. 배를 비우기 위해서도, 오늘 도전자들과의 결투도 열심히 해야겠습니다."

기쁨을 표현하지 못해서 타마랑 같이 빙빙 돌기 시작한 포치에 더해서, 나랑 같이 세 사람을 배웅하는 리자도 고기 축제에 흥분이 되었는지 꼬리로 땅바닥을 찰싹찰싹 때렸다.

고기가 그렇게 좋니.

기합을 넣는 아인 소녀들에게 「힘내라」 하고 손을 흔들며 배웅했다.

카리나 양에게 끌려가는 에리나랑 신입 아가씨는 조금 가엾지만, 고기 축제에는 그녀들도 부를 거니까 열심히 하라고 격려

해두었다.

◆

카리나 양 일행을 배웅하고 돌아오면서, 양육원에 들르자 안뜰에서 아이들에게 악기를 가르치는 미아가 보였다.

미아의 음악에 이끌려 왔는지, 작은 새들이 미아의 머리나 어깨에 올라탄 채 눈을 가늘게 뜨고 있었다.

"아아, 어쩜 이렇게 절묘한 선율이 있을까요."

"악기를 퉁기는 미아 님의 모습을 그림으로 남기고 싶다."

"그러면, 나는 시를 지어서 남기지."

전에 봤던 요정족 소년소녀들이 미아를 향해서 조아리고 있었다. 미아는 찬사를 들어도 「그래」하면서 무관심한 느낌이었다.

오히려 아이들에게 악기를 가르치는 게 즐거워 보이는데.

"사토."

"야아, 미아. 연주를 가르치고 있었니?"

"응."

미아가 나를 발견했기에 그쪽으로 걸어갔다.

"악기."

미아가 말하면서 아이들을 보았다.

"아이들이 연습할 수 있는 악기가 필요하구나?"

"그래."

고개를 끄덕이는 미아에게 악기 조달을 약속했다.

나중에 미테르나 씨한테 말해서 준비해둘까.

"음. 그거다. 조금 더 날을 세우거라. 그러는 편이 힘이 덜 들어간다."

미아 근처에서는 노인들이 아이들에게 목공이나 나무 조각 세공을 가르치고 있었다.

그들은 미아가 연못가에서 열었던 음악회의 단골들인데, 전직 기술자였던 은퇴노인들이다.

"안녕하세요?"

"뭔가, 젊은 나리구만."

"억지를 들어주셔서 감사합니다."

"흥. 인사 따위 필요 없다네."

"연주회의 답례니까 말이야."

"미아 님 부탁은 거절할 수 없지."

아이들의 장래 선택지를 늘리기 위해서, 미아를 통해 그들에게 직업 훈련이랄까, 일요 목공 교실 같은 걸 열어 달라고 부탁을 했다.

그들은 자원봉사지만, 나중에 내가 답례로 명주나 과자 등을 전달할 생각이었다.

그런 목공 교실 너머에서는 루루가 요리교실을 열고 있었다.

"식칼 사용법은 알았지? 다음은『뜀뛰기 감자』해체를 가르쳐 줄게."

루루는 저택의 키친 메이드들과 함께, 뜀뛰기 감자 해체나 가

공을 아이들에게 가르치는 모양이다.

학생들은 여자애가 많았지만, 의외로 남자애도 섞여 있었다.

아이들의 눈빛이 진지하군.

"주인님!"

대략적인 해체를 마친 루루가 나를 발견하고 반짝반짝 빛나는 미소를 지었다.

"요리교실에 뭐 부족한 건 없니?"

"네, 괜찮아요."

루루에게 확인한 다음, 성실하게 요리 교실 수업을 받는 아이들을 칭찬했더니—.

"이담에 크면 루루 님 같은 요리사가 되꼬야!"

"나는 매대로 돈을 벌어서, 언젠가 가게를 가질 거야!"

어째선지 장래의 꿈을 논하는 자리가 되어 버렸다.

어린데도 벌써 장래를 내다보는구나. 믿음직하네.

"나나."

"유생체라고 해줘~."

"나나, 나무 쌓기 하자."

루루와 헤어져서 양육원에 들어가자, 공유 공간에서 유생체 투성이가 되어 노는 나나를 발견했다.

무표정하지만 대단히 즐거워 보였기에, 방해가 안 되도록 주의하여 복도를 나아갔다.

나나랑 아이들이 노는 공유 공간 구석에 무슨 줄이 생겨 있었다.

아무래도, 선풍기— 전에 선물한 자작 냉풍 선풍기형 마법 도구에 마력을 주입하는 줄인가 보다.

"에헤헤, 내 차례다."

아이들이 즐거운 기색으로 마력을 주입했다.

퍼지 선풍기처럼 리드미컬하게 돌리는 게 유행인가 보군.

놀이의 일환으로 몇 번이나 선풍기에 마력을 주입한 탓인지, 얼마 전부터 마력 조작 스킬을 가진 아이들이 나타나기 시작했다.

마력 조작 스킬은 이래저래 도움이 되니까, 스킬을 가진 아이가 더 늘어나기를 기대하면서 마력을 주입하기 쉬운 목검이나 조명 마법 도구 등을 양육원이나 탐색자 학교의 비품으로 추가했다.

"염소!"

복도 옆 벤치를 책상삼아서, 학습 카드로 놀고 있는 아이들이 있었다.

"아니야아. 그건『염소 고기』랬어."

"어째선데! 염소가 맞잖아!"

"그치만, 포치랑 타마도『염소 고기』라고 했는걸?"

흐뭇한 광경이지만, 틀린 걸 그대로 두는 건 조금 켕겨서「염소」가 맞다고 정정해뒀다.

포치랑 타마의 말을 믿고 있던 아이가 눈물을 글썽거리기에,「포치랑 타마를 보면 틀렸다고 가르쳐주렴」하고 부탁했다.

학습 카드로 노는 아이들 근처 벤치에서는, 더듬거리면서도 그림책을 작은 아이에게 읽어주는 조금 큰 애도 있었다.

양육원의 식자율은 순조롭게 올라가고 있구나.

"이리 줘! 내가 읽을 거야!"

"그만해~. 내가 아직 읽고 있잖아!"

아이들의 말다툼이 들리기에 방을 들여다보니, 양육원의 도서실에서 아이들이 책 한 권을 가지고 실랑이를 벌이고 있었다.

"그만해!"

낯익은 목소리가 아이들을 중재했다. 아리사다.

"한 사람당 반 시간까지라고 약속했지? 하무나는 라린한테 책 넘겨줘."

"네에."

"야호, 고마워 아리사."

라린 소년이 책을 받을 때 표지가 보였다.

저건 아리사랑 미아랑 같이 만든 아이들용 마법 입문서다.

현대 일본의 서점에서 흔히 볼 수 있는 「2주일이면 배우는 표계산」 같은 비즈니스 서적을 본받아 만든 책인데, 한 페이지 당 문자 수를 줄이고 도식이나 삽화로 접하기 쉽게 했다.

이론이나 원리 등은 따로 참조한 곳만 적어놨고, 본문은 마법을 쓰는 것에만 목적을 집중했다. 실천 제일주의 책이다.

아이들이 나를 발견하고 「젊은 나리다」라며 입을 모아 말했다.

"어머, 주인님."

아리사가 손짓을 하기에 도서관에 실례했다.

"있지, 주인님. 이 입문서를 양산할 수 없을까?"

"사본하면 될 것 같은데."

인쇄 마법은 만들 수 있을 것 같지만, 구두와 나눈 대화로 「활판인쇄를 금지하고 있는 신이 있다」는 게 판명됐으니 당분간 손을 댈 예정은 없다.

"하지만, 사본 의뢰를 내면 복사되어서 유출되잖아."

기본적으로 수작업으로 베껴 쓰는 것밖에 복제수단이 없으니까, 이 세계의 나라들은 저작권이란 것에 둔감한 사람이 많단 말이지.

"그러면, 일러스트만 밖에 맡기면 되지. 그림만 가지고선 뭔지 모를 테니까."

문장만 베끼는 거면 병렬 사고랑 「이력의 손」 콤보로 사본하는 것 정도는 여유다.

그림도 모사할 수는 있지만, 문자랑 다르게 단순히 귀찮으니까 내가 하기 싫어.

"일러스트만 먼저 회화 공방에 의뢰를 해둘게. 몇 권 정도 필요해?"

"고마워, 주인님. 열 권 정도 있으면 충분하지만, 탐색자 학교 같은 곳에도 두고 싶으니까 넉넉하게 스무 권 부탁할 수 있어?"

열 권이든 스무 권이든 큰 차이가 없으니, 아리사의 부탁을 받아들였다.

"아리사, 영창 연습하자."

"나도 할래!"

"나, 나도 할 거야!"

나랑 대화가 끝난 참에, 아이들이 아리사 주위에 모여들었다.

"여기서는 책 읽는 사람한테 방해되니까 바깥에서 하자. 주인님도 같이 어때?"

모처럼 권해준 거니까, 나도 아이들과 같이 영창의 연습을 했다.

그 흐름으로, 내일부터 아침저녁 연습은 아이들과 함께 하기로 약속을 하게 되어 버렸다.

◆

"하우우, 너무 행복해서 무서운 거예요."

그날 저녁, 미궁에서 돌아온 포치와 동료들에게 약속했던 고기 요리 풀코스를 대접했다.

"배불러~ 불러~?"

"행복합니다."

요즘 포치를 배려해서 고기를 조금 삼갔던 타마와 리자도 오랜만에 고기를 탐닉한 모양이다.

셋 다, 만화의 표현처럼 배가 볼록 튀어나온 상태로 쿠션에 파묻혀 거실에서 굴러다니고 있었다.

표정은 무척 행복하게 풀어져 있었다.

나와 미아는 제1라운드에서 퇴장했지만, 아인 소녀들은 마지막까지 고기 요리를 상대로 싸워나갔다.

"맛있었지만, 한 번에 먹을 양이 아니야."

"응."

남일처럼 말하지만, 아리사도 제3라운드까지 참가했으니까, 아까 소화제를 먹을 때까지는 「너무 먹어서 죽겠어」라며 신음하고 있었다.

"행복하군요~."

"튀김 최고였슴다."

"난 이제 글러먹었어요……."

카리나 양과 호위 메이드 에리나와 신입 아가씨도, 아인 소녀들과 마찬가지로 행복한 표정으로 소파에 몸을 묻고 있었다.

물론 에리나와 신입 아가씨 둘은 「당신들은 조금 자신들의 입장을 파악하세요」라면서 시녀 피나에게 혼났다.

나나와 루루 둘은 배를 채운 다음에 「너무 많은」 고기 요리를 양육원과 탐색자 학교에 나눠주러 갔다.

"주인님도 오늘은 희한하게 잔뜩 먹었네."

"그렇지."

아리사의 지적에 수긍했다.

행복하게 고기를 먹는 아이들이 귀여워서, 나도 그만 이끌려서 좀 과식해 버렸다.

이제부터 무슨 일 때문에 벌을 내릴 필요가 있어도, 먹을 걸 제한하는 벌은 관두자고 마음속으로 다짐했다.

역시, 다 함께 먹는 밥이 맛있으니까.

그날 밤은 배가 불러서 좀 귀찮았지만, 라카 클론의 시행착오를 어느 정도 진행한 다음에 잠들었다.

마법회로의 취사선택은 끝났지만, 내 시험작 장치나 「담쟁이 저택」에 있는 설비로는 휴대성이 나쁜 사이즈까지만 소형화할 수 있다는 게 판명됐다.

보르에난 숲의 엘프들을 의지할지, 루루의 가속포에 쓴 것처럼 대형 장치를 아공간에 두는 수법을 쓸지 고민스럽군.

◆

"상당히, 열심히 하는 모양이네."

이튿날 아침. 포치랑 타마와 함께 미궁 제1구역으로 수행을 하러 간 카리나 양을 배웅하고 돌아오면서, 아리사에게 부탁 받은 입문서 일러스트 발주를 마치고 탐색자 학교 앞까지 와봤다.

교정에서는 제2기생과 제3기생과 함께, 게릿츠 군을 비롯한 귀족 자제들이 땀을 흘리며 훈련에 힘쓰고 있었다.

—어라?

길 너머에서 졸업 실습을 하고 있던 제1기생이 돌아왔다.

예정보다 조금 이르지만, 아이들의 해냈다는 밝은 표정을 보니 졸업 실습을 확실하게 클리어한 모양이다.

"""젊은 나리!"""

나를 발견한 제1기생 아이들이 달려왔다.

"우리들 해내서! 가제르 하씨라게 해내서."

우사사가 자랑스럽게 보고했다.

나는 그들을 칭찬한 다음, 낮부터 졸업식을 할 테니까 목욕하고 오도록 일렀다.

동료들에게 공간 마법 「원거리 통화」로 졸업식 개최를 알리고, 미테르나 씨에게 졸업생들 축하연 준비를 부탁하러 갔다.

아무래도 급하게 준비하는 거라, 축하연 요리는 태반이 식당이나 요정에서 주문을 하게 될 것 같다.

이윽고 대부분의 멤버가 탐색자 학교의 교정에 모였다.

카리나 양의 미궁탐색에 동행했다가 흙빛이 되어 돌아온 신입 아가씨와 에리나는 저택으로 돌려보냈다.

데미 고블린과 연전을 했는지, 「고블린은 이제 싫습니다」라거나 「바위 뒤에서도 천장 틈에서도 나타나아」라면서 잠꼬대처럼 중얼거렸다.

라카의 수호를 받는 카리나 양과 달리 두 사람은 맨몸이니까 꽤 힘들었겠지.

"주인님, 늦었습니다."

마지막으로 돌아온 리자가 오늘의 전리품이라고 하며 화폐가 든 주머니를 내밀었다.

"오늘은 많구나."

"네, 오늘은 왕도에서 유명한 무인들이 왔습니다."

"어떤 식으로 싸웠는지, 식이 끝나고 들어보자."

"네, 주인님!"

나는 한 번 받은 다음에 금화로 환전해서, 새삼 리자에게 「포상」이란 형태로 돌려주었다.

처음부터 안 받고 리자에게 들려놓으면 멋이 없잖아.

"주인님, 학생들 정렬이 끝났어."

아리사가 부르러 왔기에, 나는 교정에 마련된 단상에 올라섰다.

"제군들, 졸업 축하한다—."

이야기가 길어져 봤자 졸릴 뿐이니까, 탐색자 학교에서 열심히 노력한 걸 칭찬하고 앞으로도 생환하는 걸 제일로 삼도록 못을 박았다.

나에 이어서 탐색자 학교의 교장 카지로 씨, 아리사 등이 축사를 하고 마지막으로 졸업 증서를 대신한 물건을 나눠줬다.

"—그러면, 졸업의 증거로 망토를 수여한다."

나는 졸업생 이름을 한 사람씩 불러서 파란 망토를 입혀줬다.

이 망토는 내충격성이 높은 히드라의 피막과 칼날 방어 능력이 높은 와이번의 가죽으로 만든 거니까 레벨 40정도까지는 충분히 쓸 수 있을 거야.

등 뒤에 내 가문 문장을 어레인지한 문장을 염색해뒀다.

"펜드래건 가의 문장하고는 조금 다르도다."

졸업생들의 문장을 본 미티아 왕녀가 중얼거렸다.

저 문장은 아리사가 감수하여 만든 걸로, 양 다리를 쭉 편 통통한 드래곤의 봉제인형이, 창 같은 펜을 어깨에 올린 느낌의 그림을 실루엣으로 만든 것이다.

"약간 간략화했으니까 굳이 따지자면 『펜드라』라고 할 수 있을까?"

아리사가 중얼거린 말이 학생들 사이에 퍼지고, 졸업생들도 싫지 않은 표정으로「펜드라」란 명칭을 말했다.

물론 이때는 그 이름이 탐색자 학교 졸업생의 통칭으로 미궁도시에 퍼질 줄은 생각 못했다.

그 다음에는 탄산이 들어간 주스나 파티 요리 등으로 간단한 축하연을 하고 해산했다.

졸업생들과 담당 교관은 이 다음에 환락가에서 졸업 축하 파티를 한다고 했다.

나도 초청을 받았으니, 나중에 한 번 들를 생각이었다.

"""젊은 나리!"""

탐색자 학교를 나서자마자, 양육원 아이들이 불러 세웠다.

방금 전까지 탐색자 학교의 수풀 너머에서 졸업식을 구경하던 아이들이다.

"나도 탐색자 학교 들어가고 싶어!"

"나도!"

"나는 검도 쓸 수 있어!"

아이들이 입을 모아 탐색자 학교 입학을 애원했다.

그들 나름대로 진지하게 생각한 결과일 테니, 「조금 큰 다음에」라고 애매하게 대답하는 것도 좀 가엾다.

"너희들 희망은 알겠지만, 금방은 무리야. 가르칠 수 있는 사람 수에도 한계가 있으니까."

"그래 맞아. 일단 선발 시험에 붙을 정도가 못 되면, 미궁에서 금방 죽어버릴 거야."

나랑 아리사의 말에, 아이들이 분한 표정을 지으며 「아리사도 할 수 있는데」라고 중얼거렸다.

아마 평소부터 우리 애들을 접하는 탓에, 「아리사가 탐색자니까 우리도 할 수 있어」라고 착각해버린 거겠지.

"딱히 꿈을 포기하라고 하지는 않았거든?"

아이들의 머리를 톡톡 두드려줬다.

"젊은 나리?"

"아까도 말했지?『금방은 무리야』라고. 금방 선생님을 찾아볼게."

내가 말하자 아이들이 밝은 미소를 지었다.

"금방이면 언제? 내일?"

아이들다운 성급한 질문을 하기에「금방은 금방이야」라고 따돌리면서 실행하기 위한 계획을 짰다.

식사배급을 할 때라든가, 한가해 보이는 은퇴 탐색자나 은퇴 병사한테 말을 걸어서 아이들에게 호신술이나 단련의 기초를 가르치는 일을 받아줄 수 없는지 물어보자.

그날 밤은 졸업생의 축하를 한 다음 여성 멤버를 담당 교관인 이르나와 지에나에게 맡기고, 나는 남성 멤버만 데리고 미인 누나들이 있는 가게나 술집을 다녔다. 종족에 따라 가게가 달라서 상당히 재미있었다.

"어디 보자─."

신이 나서 마시러 다니다가 동틀 녘이 되어 버렸지만, 나는 미궁 상층 오지의 한적한 구역에 와 있었다.

뭐, 한적하다고 해도 탐색자만 없는 게 아니다.

마물도 거의 안 남았다는 의미로 한적한 구역이다.

여기에 에치고야 상회의 간부들을 파워 레벨링하기 위한 시설을 만들 생각이었다.

"일단은 마물을 양식할 우리부터 만들자."

나는 흙 마법 「함정 파기」로 깊이 10미터, 직경 10미터쯤 되는 구멍을 같은 간격으로 몇 개 만들었다.

20개 정도 만든 다음에, 흙 마법인 「흙벽」으로 구멍의 벽을 오버행으로 만들고 매끄럽게 가공했다.

"다음은 뚜껑이네."

구멍이 막힐 사이즈의 창살을 금속으로 만드는 게 귀찮아서, 스토리지에 있는 바위 덩어리를 꺼내 수도 끝에 만든 마인을 이용해 1미터쯤 되는 두께로 슬라이스했다.

마지막으로 흙 마법인 「석제 구조물」로 두께를 3분의 1까지 압축하고 경화시켜 강도를 올렸다.

"확인용 창도 있는 게 좋겠지?"

뚜껑에 맨홀 사이즈 구멍을 3개 정도 뚫어서, 수정을 평평하게 만들어 구멍에 융합시켰다.

덤으로 수정창에는 성비의 마법회로를 추가했다.

"지쳤다……."

조금만 더 힘내자.

마지막으로 스토리지에 사장되어 있던 쓸 일이 없는 마물 시체를 투입하고, 그 위에 미궁 중층에서 회수해온 미궁 쥐나 미궁 기름벌레를 몇 쌍씩 개별적인 구멍으로 던져 넣었다.

이제 보름쯤 방치하면 괜찮은 느낌으로 파워 레벨링이 되는 수로 늘어나주겠지.

동족 포식을 해서 수가 줄어들면 안 되니까, 며칠에 한 번 공간 마법「멀리 보기」로 확인해야겠군.

나는 하품을 죽이면서 지상의 저택으로 귀환전이했다.

◆

"오늘은 튀김이 맛있는 개구리를 사냥하러 가고 싶군요!"

카리나 양의 기운찬 목소리가 철야한 내 머리에 울린다.

아침식사를 한 다음, 집무실에서 오늘 예정을 체크하고 있는데 방에 뛰어들어온 카리나 양이 그렇게 말했다.

"나이스~."

"그건 너무너무 좋은 생각인 거예요."

카리나 양 뒤에서 따라온 타마와 포치가 반짝거리는 눈으로 나에게 허가를 구했다.

라카가 있는 한, 개구리 정도에 카리나 양이 큰 부상을 입을 것 같지는 않지만—.

"개구리는 안 돼."

허가하면 카리나 양은 십중팔구의 확률로 연못에 끌려들어가서 흠뻑 젖어 버릴 것 같거든.

다른 험상궂은 탐색자들이 있는 장소에서, 시집도 안 간 아가씨가 그런 창피를 당하게 할 수는 없지.

물론, 개인적으로는 굉장히 보고 싶지만.

"사냥을 할 거면 제4구역 앞의 미궁 개미 지역에 다녀오렴."

미궁 개미라면 껍데기도 부드럽고, 특수한 공격은 위산을 뱉는 것 정도밖에 없다. 피부나 가죽을 녹이는 미궁 개미의 위산도 라카의 수호라면 여유롭게 막을 수 있을 거야.

"개미꿀 피~버?!"

"개미 둥지 안쪽에는 달콤~한 꿀구슬이 잔뜩 있는 거예요!"

타마랑 포치가 미소로 풀린 볼을 양손으로 끼우고서 도리도리 고개를 흔들었다.

카리나 양도 기대 만발이지만, 이건 금지해야겠어.

"얘들아, 미궁 개미 둥지에는 들어가면 안 된다."

"뉴~."

"안 되는 거예요?"

"미궁 개미 둥지 안쪽으로 끌려들어가면 카리나 님이 위험하니까 안 돼."

라카의 수호가 있다고 해도, 둥지에서 미궁 개미와 연전할 수 있을 정도로 카리나 양에게 체력도 마력도 없다.

"적어도 레벨 20 정도 될 때까지는 금지."

"멀고도 끝없는 경지로군요……."

아직 레벨 9인 카리나 양이 어깨를 늘어뜨렸다.

"카리나 힘내~?"

"그런 거예요! 한 걸음 나아가고 두 걸음 물러나는 정신으로 가는 거예요."

포치, 그건 틀렸다. 아마 아리사가 가르친 옛날 가요곡의 프레이즈라고 생각하는데, 그러면 언제까지고 앞으로 못 가.

"알겠어요. 함께 힘을 내겠어요!"

카리나 양이 긍정적이라면 뭐 됐나.

"사토 님, 카리나 님의 탐색 의상을 준비했습니다만, 어느 게 좋다고 생각하시나요?"

그때 카리나 양의 시녀인 피나와 호위 메이드 둘이 묘하게 노출과다의 탐색자풍 의상을 입고서 찾아왔다. 가슴이 성대하게 남아 있는 건 카리나 양의 옷이라 그런 거겠지.

"피나! 그런 창피한 옷은 안 입는다고 했을 텐데요!"

카리나 양이 세로 롤의 금발을 흔들면서 화를 냈다.

옛날 애니메이션이나 게임이라면 있을 법한 복장이지만, 길거리에서 입고 있으면 수치심으로 가볍게 죽을 수 있겠다.

미궁 안은 의외로 추운 장소가 있으니까, 노출과다인 옷은 관두라고 카리나 양을 지원해줬다.

"알겠습니다. 하지만 이 의상을 입은 카리나 님을 조금이라도 보고 싶지 않으신가요?"

피나가 마지막에 조금 붉어진 얼굴로 말했다. 역시 그녀도 창피한가 보군.

물론 프로포션이 빼어난 카리나 양의 에로한 복장이라면 보고 싶지.

그렇게 생각한 다음 순간, 문을 열고 미아와 아리사 철벽 페어가 방으로 뛰어 들어왔다.

"길티."

"파렴치 센서가 엄청 반응하기에 와봤더니! 이번에는 메이드한테 펑퍼짐한 옷을 입히고서 싱글벙글이라니! 그런 플레이를 하고 싶으면 아리사한테 말하라고 언제나 이야기했잖아!"

자기 옷의 단추를 풀려고 하면서 펄펄 화내는 아리사의 머리를 미아가 콩 때렸다.

"진정해."

"그치만~."

"오해야. 카리나 님의 새 의상을 보여주러 온 건데, 미궁에서 입을만한 옷이 아니라 기각한 참이다."

아리사에게 시선을 받은 카리나 양과 피나가 고개를 끄덕여서, 어떻게 내 변명을 믿어주었다.

"퇴장."

"주인님이 혹하면 곤란하니까, 피나 씨랑 메이드들도 옷 갈아입어."

미아와 아리사가 재촉해서 피나 일행이 방을 나섰다.

"그러니까, 카리나 님의 매력은 직접적인 섹시함이 아니라, 틈이 많은 거나 무방비한 점이라니까요."

신입 아가씨가 피나와 에리나에게 주장하는 소리를 엿듣기 스킬이 포착했다.

하룻밤 지나 두 사람의 낯빛도 본래대로 돌아왔다. 굳이 따지자면, 어제 사냥으로 얻은 마핵을 매각한 분배금을 받은 다음부터 기운을 차렸다.

"오늘은 어제보다 잔뜩 사냥하겠어요!"

미궁으로 갈 준비를 마친 카리나 양이 기염을 토했다.

"에이에이~."

"오~ 인 거예요!"

타마랑 포치가 구호에 맞추어, 알파벳의 AAO[#2]를 몸으로 만들었다. 참으로 귀엽다.

그러고 보니 옛날 순정 만화에서 그런 말장난을 본 것 같은데.

"저도 할 거랍니다!"

─오옷.

타마랑 포치가 하면 귀엽기만 한 AAO포즈를 스타일이 빼어난 카리나 양이 하면 비상하게 섹시하군. 몸을 앞으로 굽히는 A 포즈는 평범하지만, 두 번째 A 포즈에서 한쪽 다리를 올리며 등을 휘는 거나, 브릿지로 O를 만들 때 가슴의 아크로바틱함이 끝내준다.

"봐요, 말했잖아요. 무방비함이 카리나 님의 매력이라고."

"으그그…… 옳기는 해도, 그 우쭐대는 표정이 열받습다!"

카리나 양 뒤에 있던 신입 아가씨와 에리나가 그런 대화를 나눴다.

"젊은 나리! 오늘은 미궁임까?"

"안녕하세요? 넬 씨. 저는 배웅을 왔을 뿐이에요."

매대를 후배에게 맡긴 넬이 다가왔다.

#2 AAO 본래는 일본 전국시대부터 내려왔다는 구호. 어원에 대해서는 여러 설이 있으나, 현대에 들어 발음의 유사성 때문에 AAO라고 표기하는 경우가 있다.

"요즘에 귀족 도련님이 안 보이는데, 아프기라도 한 검까?"

"루람 공 말인가요?"

"맞슴다!"

내가 적당히 이름을 들자, 넬이 거창한 리액션으로 기뻐했다.

태수 3남의 추종자인 루람 군은 넬의 매대 단골이니, 매일 다니는 사이에 친해진 모양이다.

"그는 탐색자 학교에서 친구들과 함께 노력하고 있어요."

"그렇슴까. 당분간 안 온다면 도련님 전용 특별 메뉴는 준비안 하는 편이 좋겠슴다. 재료비도 무시할 수가 없으니까."

러브의 기운을 느꼈는데, 기분 탓이었군.

"사작님, 이제 그만 출발하는 검다."

에리나가 부르러 왔다.

"이 사람도 젊은 나리네 사람임까?"

"이 사람 뭘까? 제 흉내는 내지 말아줬으면 좋겠슴다."

그러고 보니 넬이랑 에리나는 말투가 참 닮았군.

"에이, 싸우지들 말아요."

짝짝 손뼉을 쳐서 중재하자, 두 사람이 금방 물러섰다.

말투 말고 성격도 꽤 닮았으니까, 무슨 계기가 있으면 금방 친해질 것 같은데.

나는 에리나의 등을 밀며 서문 앞에 가서, 미궁에 들어가는 카리나 양 일행을 배웅했다.

◆

"이번 두루마리는 번무(繁茂)미궁에서 나온 『벗꽃 눈보라』(체리 블로섬 사워),
『풀 베기』(모우잉),『풀 엮기』(그래스 스핀),『풀 묶기』(홀드 그래스)의 4개 입니다. 대금은—."

이번 두루마리를 가져온 족제비 수인족의 상인이 바가지를 씌우고 있다고 해서, 하나당 금화 10닢을 요구했다고 한다.

"그 가격이면 돼요."

두루마리 현물은 서쪽 길드에서 맡아두고 있기에 대가를 내고 받았다.

"계통이 불명입니다만, 길드에 감정을 의뢰하시겠어요?"

"아뇨. 취미로 수집하는 거니까 필요 없어요."

AR표시를 보면 「벗꽃 눈보라」와 「풀 베기」가 술리 마법, 「풀 엮기」와 「풀 묶기」가 흙 마법이었다.

"그 밖에도 2개 정도 보여 드리고 싶은 두루마리가 있다는 전언을 받았습니다. 연시까지 왕도에 머무른다고 하니, 서두르신다면 연락처를 전달하겠습니다."

지금 받은 4개랑 별개로 한 이유는 잘 모르겠지만, 어떤 두루마리인지 흥미가 있어서 연락처를 받았다.

연말연시는 나도 왕도에 있을 예정이니까 마침 잘 됐어.

서쪽 길드를 나섰을 때, 만신창이의 금속 갑옷 집단을 만났다.

귀족이나 기사가 주체가 된 파티겠군. 이런 사슬 갑옷이나 금속 갑주는 대단히 가격이 비싸니까, 미궁도시의 탐색자들은 별로 안 쓴단 말이지.

　기분 탓인지 상당히 살기를 띤 느낌이다.

　무슨 사건이라도 있었나?

　"소년!"

　오, 릴리오가 있다.

　그렇다면, 이 집단은 세류 시의 미궁선발대 사람들이군.

　제나 씨의 마커가 없어서 눈치 못 챘다.

　—뭐? 없어?

　릴리오가 달려왔다.

　"제나가! 제나가!"

　방금 그 위화감을 긍정하는 것처럼, 릴리오가 나한테 매달리
며 반복해서 말했다.

조난

"사토입니다. 조난이라고 하면 산이나 바다가 떠오릅니다. 다행히 조난한 경험은 없었지만, 무슨 에세이에서 읽은 구조 비용이 고액이라 놀란 기억이 있습니다. 역시 안전제일이군요."

"릴리오 씨, 진정해 주세요. 제나 씨가 어쨌는데요?"

아플 정도로 내 팔을 쥔 릴리오에게 물으면서, 재빨리 맵을 열어 검색 바가 아니라 마커 일람에서 제나 씨를 골랐다.

현재 위치는— 미궁 하층?

어째서, 그런 장소에……

"제나가 미궁에서 행방불명이 됐어!"

"제나 씨가 행방불명이라고요?"

릴리오와 이야기하면서도 맵을 조작하여 제나 씨의 상세 상태를 확인했다.

AR표시가 혼절 상태라서 조금 조바심이 났지만, 체력 게이지(HP)는 줄지 않았다. 큰 부상을 입거나 독이나 석화 같은 위험한 상태는 아닌 모양이다.

물론, 스태미나 게이지가 고갈, 마력 게이지(MP)는 잔량이 미약하니까 낙관시할 수는 없었다.

"제나가 마물한테 잡혀갔어! 소년은 여기저기 인맥이 있지? 부탁해, 제나를 찾아줘!"

릴리오가 필사적으로 애원했다.

펑펑 넘친 눈물이 그녀의 볼을 흘렀다.

지금은 괜찮은 것 같지만 언제까지 무사할지 알 수 없으니까 재빨리 행동하자.

"알겠어요. 찾으러 다녀올게요."

"기다리세요."

옆에 있던 이오나 양이 어깨를 붙잡았다.

그녀의 갑주도 어깨 보호대가 부서져서 어깨가 다 드러나 있었다.

"뭔가요?"

얼른 구조하러 가게 해줘.

"행방불명된 장소나 상황도 안 듣고서 어딜 가려는 건가요."

"그건……."

아차, 너무 서둘렀다. 조금 부자연스러웠군.

변명이 필요하다. 사기 스킬이여, 네 힘을 보여봐.

"사람을 모으러 갈게요. 탐색 계통 마법이 특기인 사람도 아니까 조력을 구할까 해서요. 상황은 나중에 들을 테니까, 먼저 신전의 길드 출장소에서 치료를 받아주세요."

"네, 알겠어요. 제나 씨는 검은 안개 같은 마물에게 잡혀가기 직전에 큰 부상을 입었으니까, 치료를 할 수 있는 탐색자도 확보해 주세요."

―큰 부상?

맵으로 보니 완전회복 상태인데?

그리고 「검은 안개 같은 마물에게 잡혀갔다」고 했는데, 그런 마물은 짚이는 게 없다.

어이쿠, 의문은 나중에 풀자.

나는 릴리오의 의뢰를 받아들여서 길드를 나섰다.

『아리사, 미안하지만 부탁이 있어―.』

나는 달리면서 아리사에게 공간 마법 「원거리 통화」로 연락했다.

『동료들을 모아서 미궁에 들어갈 준비를 해줄래?』

『오케이.』

이유도 안 듣고 즉답이라, 과연 아리사다. 너무 사나이다워.

아리사에게 「제나 씨 실종」 소식을 전하고 더미 구출대를 편제했다.

그리고 사람들 눈이 없는 뒷골목에서 투명 망토를 뒤집어쓰고, 미궁 상층의 제1구역으로 공간 마법인 「귀환전이」로 이동했다.

나는 맵을 열어서, 미궁 하층 제나 씨의 현재 위치까지 최단 경로를 조사했다.

"―어떻게 된 거지?"

어째선지 제나 씨의 현재 위치가 미궁 하층의 「흙 속에 있다」는 생각밖에 안 드는 장소를 가리키고 있었다.

"혹시, 공백지대인가?"

크하노우 백작령 등에 있던 공백지대가 머리를 스쳤다.

하지만, 그건 크하노우 백작이 지배하지 않는 정령 모임터나 마물 모임터였을 텐데─.

"그런 고찰은 나중에 하고."

이번에는 제나 씨의 마커를 목표로, 공간 마법「멀리 보기」를 발동했다.

"─실패했어?"

어째선지「멀리 보기」가 발동 안 된다. 이런 일은 처음이다.

무슨 공간 마법 대책의 결계라도 있는 걸까?

내가 생각하는 것 이상으로, 제나 씨를 잡아간 건 성가신 녀석인 모양이다.

"한시라도 빨리 제나 씨 곁으로 가자."

제나 씨가 있는 장소에 인접한 구역을 목표로 설정했다.

나는 미궁 하층의 맵을 스크롤했다.

"미궁 상층에서 미궁 하층으로 직결된 커다란 구멍으로 갈 수 있는 건 최심부의『태고의 뿌리덩이』가 있는 방을 포함한 일부뿐이구나……."

나는 중얼거리면서 중층의 맵을 조사하여 하층으로 이어지는 경로를 픽업했다.

미궁 중층에 세 군데 있는 하층으로 가는 세로 굴 중에서, 제1구역의 세로 굴로 가는 게 빠르겠다.

─생각보다 사람이 많군.

아마 경로 중간에 제릴 씨 일행이 미궁 중층의「계층의 주인」을 토벌한「시련의 방」이 있어서겠지.

제릴 씨 일행이 토벌을 위해 개척한 안전지대를 거점으로 미궁 중층을 공략하는 게 틀림없어.

"날아갈까—."

그들에게 발견되지 않도록 투명 망토로 모습을 감추고, 빨리 갈아입기 스킬의 도움을 빌어 쿠로의 모습으로 변신해서 천장 부근을 천구로 돌파했다.

조금 바람이 일어났을지도 모르지만, 용서해줘.

길을 막고 있던 거대한 슬라임에게 바람 마법으로 구멍을 뚫고, 밀집해서 나 있는 식인식물의 숲을 「자유 방패」의 바리케이드를 앞으로 내서 분쇄하고, 몇 겹의 강철 실로 짠 둥지를 만드는 살육 거미의 영역을 성검 클라우솔라스로 떨쳐내면서 중층을 빠져나갔다.

그 밖에도 통행에 방해되는 대형 마물을 처리했지만 사소한 일이다.

"—문인가?"

하층으로 이어지는 길을 수수께끼 금속의 문이 막고 있었다.

아무래도 수수께끼로 열리는 문인가 보다.

암호 해독으로는 알 수가 없고, 수수께끼를 생각할 시간이 아까워서 성검 듀란달로 절단하여 억지로 길을 만들었다.

조금 강행돌파지만, 지금은 시간이 아깝다.

"다음은 나선계단이군—."

몇 겹으로 거미줄이 쳐 있는 나선계단을 「자유 검」과 「자유 방패」를 앞세워 고속으로 내려갔다.

이윽고 AR표시되는 맵의 이름이 「세리빌라 미궁: 하층」으로 변화했다.

맵을 열어서 최단 경로를 다시 한 번 확인했다.

미궁 하층은 상층 중층과 조금 다른 구조였다.

식물로 비유하자면, 8개 정도의 거대한 혹 같은 지하 줄기가 있고, 그물눈 같은 회랑이 수백의 작은 줄기를 잇고 있다고 표현할 수 있겠다.

이 지하 줄기에 해당하는 부분이, 상층이나 중층의 구역을 담당한다.

작은 쪽은 평균적인 구역의 10~30퍼센트 정도로 작지만, 8개의 커다란 것은 세리빌라 시가 그대로 들어갈 법한 거대한 구역이었다.

그리고, 회랑 안은 부자연스러운 느낌으로 통로가 끊어진 장소가 몇 군데 있었다.

제나 씨가 있는 공백지대도 그렇게 끊어진 장소 앞부분 중 하나였다.

이 끊어진 장소로 갈 건지, 가장 가까운 통로에서 흙 마법으로 파고들어가야 할지—.

—응?

망설이고 있는 내 시야에, 제나 씨를 가리키는 파란 광점이 이동을 시작한 것이 보였다.

어느샌가 그녀의 상태가 「혼절」에서 「없음」으로 바뀌었다.

광점의 움직임을 보니, 눈을 뜬 제나 씨가 붙잡힌 장소에서 탈출한 모양이다.

나는 최단경로가 되는「가까운 통로에서 흙 마법으로 파고 들어간다」코스를 고르기로 했다.

바로 위에 해당하는 위치에서「함정 파기」의 흙 마법을 연속으로 썼다.

전에 공도 지하미궁에서 탈출할 때도 쓴 마법이지만, 이 미궁에서 통로를 만드는 게 저항이 더 강하고, 그만큼 마력 소비도 컸다.

"─공동?"

나는 거대 지하 공동으로 나왔다.

그와 동시에, 무슨 결계를 빠져나간 것을 느꼈다.

AR 표시의 정보에 따르면「상야성의 결계」였다.

밝은 눈 스킬로 보완된 시야에, 숲이나 밭에 둘러싸인 호수가 보였다. 호수 중심부에는 백아의 성이 있었다.

지오 프런트
지하도시란 말보다, 마계란 말이 어울리는 광경이 눈앞에 펼쳐진다. 어째선지 밤하늘에 별이나 달까지 있었다.

무심코 맵을 확인해 버렸지만, 분명히 미궁 안이다.

달빛이 이 광대한 공간을 비추고 있었다. 아마도 저 달은 마법이나 마법 도구겠지.

"저게 상야성인가……."

나는 불길한 예감을 느끼면서도, 마법란에서「모든 맵 탐사」마법을 발동했다.

역시, 예상대로 제나 씨는 빈 방 하나에 숨어 있었다. 복도를 나아가는 시녀들을 피해 숨어 있는 거겠지.

제나 씨를 뒤쫓아서 이동을 시작한 자는 없는 모양이니까, 지금은 맵 안의 정보를 체크하자.

"이건—."

제나 씨를 잡아간 상대는 맵의 범위 검색으로 금방 알았다.

레벨 69의 흡혈귀(뱀파이어)— 그것도 진조(眞祖)다.

이 세상의 흡혈귀가 내가 아는 흡혈귀와 같은 존재인지는 모르겠지만, 그가 가진 종족 고유 능력란에 있는 「안개화(미스트 폼)」, 「그림자 걷기(섀도우 워크)」, 「속박의 시선(홀드 게이즈)」, 「매료의 시선(참 게이즈)」, 「하위 불사 생물 사역(컨트롤 언데드)」, 「권속 분리: 박쥐」, 「권속 분리: 늑대」, 「권속 동화(머지 애니멀)」, 「혈류 조작(블리드 컨트롤)」, 「피의 맹약(블러드 커비넌트)」, 「피의 계약(블러드 컨트랙트)」, 「피의 종속(블러드 서번트)」 같은 이름을 보니, 방심할 수 없는 상대란 걸 알 수 있다.

가지고 있는 문헌을 검색해 보니, 「피의 맹약」, 「피의 계약」, 「피의 종속」 세 가지가 흡혈귀의 동료를 늘리는 능력인가 보다.

이중에서, 「피의 종속」은 「흡혈귀의 종복(뱀파이어 서번트)」을 만드는 능력이고, 시체에 쓰는 것이었다.

흡혈귀를 늘리기 위한 능력은 「피의 계약」이라고 적혀 있다. 만월 밤마다 세 번의 의식이 필요하다고 했다. 의식을 실행할 경우 「피의 계약: 진행 중」이라는 상태가 된다.

그걸 알고서 곧장 제나 씨의 스테이터스를 다시 확인했지만, 아까 확인했을 때와 마찬가지로 그런 상태는 아니었다.

문헌의 기술을 보니 보통 감정 스킬로는 간파할 수 없다고 하는데, 스킬 레벨 최대인 감정 스킬보다 우수한 메뉴의 상세 정보에 없으니까 틀리지 않았을 거다.

상급 흡혈귀를 늘리는 「피의 맹약」[뱀파이어 로드]에 대해 자세한 사항은 실려있지 않았지만, 「피의 계약」 다음에 쓰는 거라고 하니 제나 씨의 안전을 확인한다는 의미에서는 무시해도 괜찮겠지.

조금 안심했으니, 제나 씨의 구출을 하기 전에 진조의 정보를 조금 더 확인하기로 했다.

진조의 스킬 구성을 보니 마법사에 치우친 마법검사인가 보다.

레벨과 비교해서 많은 스킬을 가졌고, 더욱이 어빌리티— 유니크 스킬에 「일심불란」[콘센트레이션]이란 것이 있다.

맵에 표시되는 진조의 이름은 「반 헬싱」— 지구의 창작물에서 흡혈귀 헌터로 이름 높은 반 헬싱과 비슷하다. 흡혈귀의 이름치고는 좀 잘못된 것 같단 생각이 들기도 하네.

뭐랄까. 명백하게 전생자 같은 이름이다. 상세정보에 「헬싱 백작가문의 개조」라고 되어 있으니 가문 이름은 자기가 붙인 거겠지.

아까 유니크 스킬의 정보와 종합하면, 전생자일 가능성이 지극히 높다.

한순간 「그와 접촉하면 아리사에게 필요한 정보를 얻을 수 있을지도」라고 생각했지만, 두 마리 토끼를 좇다간 한 마리도 못 잡는다는 속담도 있으니 지금은 제나 씨 구출을 우선해서 정보수집으로 돌아가자.

진조는 「햇빛 아래를 걷는 자」란 칭호나 「햇빛 내성」[데이 워커] 스킬이 있으니, 우리들의 이미지에 있는 일반적인 흡혈귀와 달리 낮에도 확보할 수 있을 것 같다.

또한, 상야성의 성 안에는 진조를 제외하고 7명의 상급 흡혈귀와 무수한 소란령들, 그리고 제나 씨를 포함하여 17명의 인간족 여성들이 있다.

신기하게도 상급이 붙지 않은 그냥 흡혈귀는 없었다.

인간족 여성들 가운데, 10명은 「상야성의 시녀」란 직함이 붙어 있으니 성에서 일하는 자들이겠지.

나머지 6명은 노예 소녀들로, 제나 씨가 처음에 있던 방에서 얌전히 움직이지 않는다.

성을 둘러싼 호수에는 사령 물고기나, 뼈다귀 물고기라는 마물이 무수히 헤엄치고 있으며, 성 주위의 숲에는 송장 새나 뼈다귀 늑대 같은 다양한 언데드 계통 마물이 다니고 있지만, 모두 레벨이 한 자리로 낮으니까 위협은 되지 않을 거야.

나는 망원 스킬이나 멀리 보기 스킬을 병용하여 성이나 주위 숲을 눈으로 확인했다.

성 가까운 곳에는 스켈레톤 농부들이 광대한 포도밭에서 작업을 하고, 꼭두각시 인형 같은 리빙 돌이 수확한 작물을 삐걱거리는 움직임으로 성까지 나르고 있는 게 보였다.

연안에서 호수 위의 성까지 구불구불한 다리가 놓여 있고, 호수 위에는 가고일로 추정되는 그림자도 보였다.

더욱이 호수 위에도 탐지 계통 결계가 설치된 것을 AR표시가 알려주었다.

상당히 경계망이 엄중하군.

"그러면, 제나 씨를 어떻게 구출한다—."

정면 입구로 돌격해도 되겠지만, 제나 씨를 인질로 잡으면 난처하니까 몰래 침입하기로 했다.

물론 성주와 직접 만나서 말로 돌려받는 수도 있지만, 지금은 제나 씨의 안전을 최우선으로 삼을 생각이다.

큰 부상을 입었던 제나 씨를 치료해준 모양이니까 악인이라고 장담할 수는 없지만, 누가 뭐래도 흡혈귀다.

제나 씨를 식량으로 보고 있거나, 신부로 삼기 위해 잡아갔을 가능성도 있다.

일단 제나 씨의 현재 상황을 공간 마법 「멀리 보기」로 확인하고 싶지만, 호수 위의 탐지 결계에 걸릴 것 같아서 자중했다.

제나 씨의 마커를 액티브 설정하고, 현재 위치가 시야 안에 AR표시되도록 설정했다.

본래는 퀘스트 등에서 NPC의 위치를 내비게이트 하기 위한 기능이었지만 이런 사용법도 가능하군.

AR표시된 제나 씨의 액티브 마커가 다시 이동하기 시작했다.

—위험해.

제나 씨 진행방향에 광점이 있다.

게다가, 저건 진조다.

아마도 제나 씨를 포박하려는 거겠지.

—위험해!

몰래 침입한다고 할 때가 아니다.

스토리지에서 성검 듀란달을 뽑아 섬구를 써서 일직선으로 상야성에 육박했다.

성의 벽면 직전에서 정지하여, 등 뒤에 「바람 벽」 마법을 써서 전속력의 섬구로 생긴 돌풍을 흩어놓았다.

제나 씨 사이에 있는 벽은 3개.

바람 벽 너머의 미약한 바람이 내 머리칼을 흔든다.

"—핫."

두꺼운 외벽을 단숨에 베어내고, 잔해를 스토리지에 수납했다.

좋아, 제나 씨의 옆모습이 보인다.

제나 씨는 진행방향을 보면서 정지해 있었다 — 아마도 진조와 대치하고 있는 거겠지 — 섬구로 제나 씨에게 급속 접근하여, 그녀가 놀란 목소리를 내는 것보다 빨리 어깨에 짚어지고 간발의 틈도 없이 마법란에서 「귀환전이」 마법을 썼다.

전이 직전에, 놀랐는지 어깨 위의 제나 씨가 **움찔** 몸을 굳혔다.

아까 「멀리 보기」 마법처럼 저해되지 않을까 걱정했지만, 내가 통과하여 결계가 풀렸는지 혹은 안쪽에서 바깥으로는 평범하게 갈 수 있는지, 문제없이 전이할 수 있었다.

조금 아슬아슬했지만, 미션 컴플리트다.

>칭호 「**구출자**」를 얻었다.
>칭호 「**도망자**」를 얻었다.

◆

미궁 별장으로 전이한 뒤, 어깨에 짊어진 제나 씨를 땅에 내려놓았다.

그러나, 제나 씨 상태가 이상하다. —경직된 것처럼 움직이지 않는다.

제나 씨 상태를 상세하게 조사했다.

AR표시를 보니, 「속박」이란 상태 이상이 되어 있었다.

로그를 확인하자, 전이 직전에 나도 진조에게 「속박의 시선」이란 상태 이상 공격을 받았다.

벽면에 구멍을 뚫었을 때부터 전이까지 1초도 안 걸렸는데, 공격을 받을 줄은 몰랐네.

아니, 발동 시간을 생각해서 제나 씨를 속박하려는 장소에 내가 뛰어들었을지도 모르겠다.

내성 계통 스킬이 안 들어왔으니, 이미 가진 내성 스킬 중 어느 것인가 유효했던 모양이다.

일단, 술리 마법 「마법 파괴」로 상태 이상을 해제할 수 있는지 조사해보자.

쿠로의 모습으로 제나 씨를 만나는 건 처음이니까, 먼저 한마디 해두는 편이 좋겠다.

"진정해라. 나는 너를 구하러 온 자다."

제나 씨의 긴장이 조금 부드러워졌다.

아까부터 말이 없는 건 경계를 한 게 아니라, 「속박」의 효과로 말이 안 나와서 그런가 보다.

술리 마법인 「대인 속박」이라면 말하기 어려울 뿐이지 대화는 가능한데, 흡혈귀의 종족 고유 능력은 효과가 조금 다른 모양이군.

"네가 붙잡혀 있던 장소에서 탈출했다. 이제부터 네 상태 이상을 해제한다. 힘을 빼고 기다려라."

제나 씨에게 말한 다음에 마법란에서 「마법 파괴」를 썼다.

아주 약간 저항을 느꼈지만, 문제없이 해제할 수 있었다.

"여, 여기는?"

"미궁 안에 있는 내 거점이다."

경계하는 제나 씨에게 대답했다.

"만약을 위해서 묻겠는데 제나란 것은 네가 맞나?"

"네, 저예요."

"그렇군, 펜드래건이란 애송이의 의뢰로 너를 구하러 왔다."

"펜— 사토 씨가?!"

내 이름을 들은 제나 씨의 표정이 밝아졌다.

"풀네임까지는 모른다. 이제부터 미궁 상층의 제1구역으로 전이한다. 펜드래건 애송이를 만나면, 이걸로 매대의 빚은 갚았다고 전해라."

일단 사토가 넬 일행의 매대를 도와준 일의 빚을 갚기 위해 제나 씨를 구해준 걸로 했다.

"사토 씨가…… 죄송합니다. 인사도 안 했네요. 구해 주셔서 정말 감사합니다!"

"신경 쓰지 마라. 인사는 애송이한테 해둬라."

인사를 하는 제나 씨에게 너그럽게 응답했다.

"저, 저는 세류 백작령 영지군 마법병인 제나 마리엔텔이라고
합니다. 은인의 이름을 물어봐도 괜찮을까요?"

"용사의 종자 쿠로다."

"요, 용사의 종자!"

놀라는 제나 씨를 무시하고, 탈출 준비를 마치기로 했다.

미적거렸다간 지상에서 걱정하고 있는 릴리오 일행한테 미안
하니까.

『아리사, 준비는 어때?』

『전원 집합해서 공개 장비로 갈아입었어. 언제든지 미궁으로
들어갈 수 있어.』

『아니, 미궁에는 안 들어와도 돼. 서쪽 길드 앞에서 대기해줘.』

『제나는 무사히 구출한 모양이네.』

『그래, 이제부터 돌아간다.』

나는 공간 마법 「원거리 통화」로 아리사에게 제나 씨가 무사
하단 소식을 전했다.

"간다—『전이』."

제나 씨에게 한 마디 하고서, 제1구역에 몇 군데 만들어둔 전
이 포인트 중 하나로 「귀환전이」했다.

"무, 무영창?"

전이한 뒤에, 제나 씨가 놀라서 소리를 냈다.

"내 주인, 용사 나나시 님께 받은 『신화 시대의 비보』 덕분이다."

사기 스킬의 도움을 빌려서, 전에 썼던 변명을 말했다.

맞다, 제나 씨한테 호신용 무기를 건네 둬야겠군.

"출구 앞의 대광장까지 바래다주지. 이건 호신용으로 가지고 있어라."

출구까지는 미궁 나방이나 미궁 쥐 정도밖에 없으니까 무기는 필요 없지만, 제나 씨에게 마법의 무기나 고성능 지팡이를 건넬 좋은 기회라서 이용해야겠다.

"소박하지만 예쁜 소검— 혹시 미스릴제가 아닌가요?"

내가 건넨 소검의 재질을 깨달았는지, 제나 씨가 조금 말을 잃었다.

"순수한 미스릴제가 아니다. 표층에만 미스릴을 쓴 싸구려니까 신경 쓰지 마라."

"굉장히 날카롭네요. 데리오 대장이 가진 마검보다도 힘이 느껴져요."

이 소검은 에치고야 상회에서 판매할 예정인 양산형 주조 마검이다.

소검을 칼집에서 10센티미터 정도 뽑아 칼날을 보던 제나 씨에게, 귀족에게 매각하려고 만들어둔 세련된 검대를 떠넘겼다.

"이 검대를 써라. 그 옷으로 허리띠에 끼울 수는 없겠지."

지금 제나 씨는 미궁에 들어갔을 때의 가죽갑옷 차림이 아니라, 얇은 드레스에 펌프스만 신고 있어서 검대가 없으면 검을 찰 수가 없었다.

"저기, 만약 괜찮다면 지팡이를 빌려주실 수 있을까요? 저는 마법병이라서, 호신용으로는 검보다는 지팡이가……."

"좋다, 이걸 써라."

애당초 건넬 셈이었으니까 제나 씨 요청에 응답하여 아이템 박스에서 꺼낸 긴 지팡이를 추가로 건넸다.

산수의 나뭇가지로 만든 지팡이인데, 마법의 집속률과 발동까지 마력 손실 저감을 추구한 물건이다. 미궁처럼 오폭이 두렵고 전투 지속 능력이 필요한 장소에서 쓰는데 적합하다.

제나 씨는 곧장, 자기에게 지원^{버프} 계통 마법을 써서 지팡이의 감촉을 확인했다.

"굉장한 지팡이네요. 지금까지 써본 어떤 지팡이보다도 매끄럽게 마법이 흘러가고, 마력의 소모가 굉장히 적어요."

제나 씨가 마법을 써본 감상을 말했다.

마음에 든 것 같아 다행이다. 지팡이도 스토리지에서 썩어가는 것보다는 써주는 편이 기쁘겠지.

작성자 이름도 공란이고, 쿠로가 건넨 거니까 괜히 출처를 의심하지도 않을 거야.

우리는 입구를 향해서 회랑을 나아갔다.

"쿠로 님, 전방에 빛이 보여요. 다른 탐색자일까요?"

"아니, 저건 미궁방면군의 주둔지다."

여기서부터는 안전지대다.

"문을 통과해서 오른쪽에 있는 통로를 빠져나가 올라가는 계단을 나아가면 미궁문으로 나갈 수 있다."

제나 씨가 나를 올려다보았다.

"왜 그러지? 미궁문까지 바래다줘야 하나?"

"아뇨. 고맙습니다. 쿠로 님—."

제나 씨가 꾸벅 고개를 숙여 인사한 다음, 소검과 긴 지팡이를 반납하려고 했다.

"그대로 가지고 있어라. 누가 물어보면 에치고야 상회의 신제품이라고 선전이라도 해둬라."

나는 그렇게 말하여 반납을 거부하고, 「귀환전이」로 저택의 지하실로 이동하여 아리사 일행의 뒤를 좇았다.

◆

"아! 소년!"

이동하던 아리사 일행과 합류하여 길드 앞까지 오자, 릴리오 주위에 「은광」의 멤버가 모여 있었다.

물론, 치료를 마친 세류 시의 미궁선발대 사람들도 함께.

아무리 그래도 장비품의 수리까지 할 시간은 없었는지, 갑옷의 파손은 그대로였다.

"에치고야 상회로 가는 도중에 운 좋게 쿠로 공을 만나서 제나 씨를 부탁했어요."

"—쿠로?"

"용사의 종자고, 비행이나 전이 술법을 쓰는 분입니다."

걱정하는 릴리오에게 정보를 주었다.

"의지가 돼?"

"네. 미궁에 둥지를 튼 신출귀몰한 미적들을 며칠 만에 퇴치해버린 굉장한 사람입니다."

자화자찬 같아서 조금 켕기지만, 그녀들을 안심시키기 위해서 조금 거창하게 말했다.

"소년은 그런 사람이랑 면식이 있어?"

"네, 조금 인연이 있어서요."

그녀들의 마음을 좀 안정시키려고, 마족화한 루더만과 싸울 때 쿠로에게 도움을 받은 거나 그 답례로 그의 부하들이 가게를 낼 때 도운 일 등을 대략적으로 설명했다.

"귀공이 펜드래건 사작인가? 내 부하를 위해 수고를 끼치는군."

세류 백작령 영지군의 미궁선발대 대장이라는 직함을 가진 젊은 기사 헨스가 인사를 하러 왔다.

헨스 경과 인사를 나누는 사이에, 제나 씨가 미궁문을 통과하여 「죽음의 회랑」을 나아가기 시작한 것을 맵의 광점이 가르쳐 주었다.

제나 씨를 가리키는 광점이 서문 가까운 곳까지 왔으니, 적당히 이야기를 끊고서 제나 씨를 마중하려고 서문 앞으로 나아갔다.

"제, 제나아!"

"릴리오! 다녀왔어!"

서문에서 나온 제나 씨를 보고 릴리오가 달려갔다.

그녀보다 한 발 늦게 이오나 양과 루우 씨 두 사람도 제나 씨가 무사한 것을 축복했다.

"제나 씨, 무사해서 다행입니다."

"사토 씨!"

제나 분대 세 사람에게 끌어안긴 채, 몸의 틈으로 손을 뻗은 제나 씨의 하얀 손을 쥐어 생환을 축하했다.

뒤에서 아리사와 미아가 가볍게 걸어찼지만, 무사한 것을 축하하는 걸 질투하는 건 관두자.

"―용사의 종자 쿠로가?"

"네, 저를 구해주신 분이 그렇게 자기소개를 하셨어요."

나는 제나 씨의 사정 청취에 동행하여 길드장의 집무실에 와 있었다.

제나 씨 구출의 알리바이를 만드는데 협력해준 동료들은 이미 해산했다.

"그래서 너를 잡아간 검은 안개 같은 마물은 그 녀석이 쓰러뜨려 버렸나?"

"아뇨―."

제나 씨는 큰 부상을 입은 뒤에 흡혈귀의 성에서 눈을 뜰 때까지 정신을 잃고 있었는데, 눈을 뜨자 큰 부상은 나아 있었고, 낯선 장소에서 눈을 뜬 다음 방랑하고 있을 때 용사의 종자 쿠로가 구출해줬다고 길드장에게 보고했다.

제나 씨는 내가 쿠로에게 구출 의뢰를 한 사실은 말하지 않았다.

길드장은 제나 씨가 뭔가 비밀로 하고 있는 걸 깨달은 기색이었지만, 그 이상 추궁하지 않았다.

나중에, 쿠로로 변신해서 흡혈귀의 이야기를 하러 길드장을 찾아오면 되겠지.

"제나, 갑옷 수선이 끝날 때까지 며칠은 쉰대."

사정청취를 마치고 길드 홀로 돌아가자, 릴리오가 세류 백작령 영지군 미궁선발대 대장의 전언을 제나 씨에게 고했다.

"그러고 보니 다들 갑옷이 상당히 화려하게 부서져 버렸는데, 대체 뭐랑 싸운 건가요?"

"아아, 뭐였지? 그 엄청 커다랗고 빠른 마물—."

"검부 사마귀입니다."
_{소드액스 만티스}

내 질문에 릴리오가 아니라, 그녀들과 동행했던 「은광」의 여성 탐색자가 대답해주었다.

검부 사마귀란 이름을 보니 팔이 검이나 도끼가 되어 있는 사마귀 마물이겠지.

─그러고 보니.

얼마 전에 귀족 소년 보먼 군의 파티를 괴멸시킨 마물도 사람보다 높은 위치에서 대검이나 도끼 같은 날붙이로 참살을 했지.

어쩌면 그들 파티도 제나 씨 일행과 같은 마물에게 습격을 받은 걸지도 모르겠다.

"미궁 딱정벌레와 싸우는 와중에 다른 마물이 샛굴에서 나타나는 일은 흔히 있지만, 검부 사마귀 같은 위험한 마물이 출현한 건 처음입니다."

미궁선발대 사람들이 너덜너덜해진 건, 흡혈귀들과 조우전을 한 탓이 아닌 모양이군.

그때 제나 씨가 중상을 입고, 직후에 검은 안개 같은 그림자에 잡혀갔다고 한다.

아마 그 검은 안개란 것이 흡혈귀가 「안개화」한 모습이 틀림없어.

"그때는 죽음을 각오했습니다만, 세류 백작령 여러분의 강함에 겁을 먹은 검부 사마귀가 도망친 덕분에 어떻게 살아남을 수 있었습니다. 세류 백작령 영지군의 강함을 소문으로 자주 들었지만, 실물은 그 이상이었어요."

"이야, 그렇게 칭찬하면 쑥스럽네. 안 그래? 제나."

은광 사람이 찬사를 보내자, 릴리오가 싫지 않은 기색이었다.

그 싸움에서 중상을 입고 흡혈귀에게 잡혀간 제나 씨는 좀 불편해 보이긴 했다.

"제나 씨, 식사 약속 말인데요ㅡ."

미궁에서 돌아온 뒤에 함께 식사를 하러 가자고 약속했지만, 제나 씨도 지쳤을 테니까 오늘은 휴양을 권하기로 했다.

"그러면 내일, 제나 씨 일행이 머무르는 숙사로 마중을 갈게요."

"아, 네! 기대하고 있을게요."

나는 저택으로 돌아간 다음, 또 다시 미궁으로 「귀환전이」했다.

흡혈귀들의 성을 재방문하기 위해서다.

상야성(常夜城)

"사토입니다. 흡혈귀만큼 약점이 많은 적도 없지 않을까요? 하지만 약점이 많기 때문에 영웅에게 의지하지 않고 지혜와 용기로 쓰러뜨릴 수 있으니, 이야기의 적으로는 좋을지도 모릅니다."

"어디, 보자. 이번에는 정문으로 방문을 해야겠지."

이번 목적은 제나 씨의 구명에 대한 인사나 불법 침입했을 때 파괴행동을 한 사과를 하는 것도 있지만, 가장 중요한 건 전생자 의혹이 높은 진조와 우호관계를 쌓아서 아리사에게 필요한 「신의 조각」 관련 정보를 얻는 것이었다.

아직 전생자라고 확정된 건 아니지만, 그 가능성은 상당히 높다고 생각한다.

게다가, 천 년 이상 살아온 상대라서 기대가 높았다.

"—악취미네."

정문으로 이르는 회랑은 뼈를 모아서 만든 통로였다.

그리고 여기 오기 전에 확인을 했는데, 상야성 침입에 쓴 구멍은 이미 막혀 있었다.

통로 안쪽에는 얼굴이 셋 달린 문이 있어서 『침입자다』라며 입을 모아 외쳤다.

"문지기인가?"

한 걸음 나서자 뼈가 우글우글 움직이면서 사람 모양으로 변형하더니, 문 옆의 석비에서 반투명한 「원령_{레이스}」과 「망령_{와이트}」이 나타나서 공격해왔다.

호러는 거북하니까 다가오는 게 달갑지 않네.

아무래도 방문하는 곳의 문지기를 섬멸할 수는 없으니까, 봉인해둔 정령광을 해방해서 견제했다. 그걸로도 다가오는 녀석은 성비를 기동해서 쫓아냈다.

징그럽게도 스켈레톤 행세를 하며 섞여 있던 본 골렘들은 마력 강탈로 무력화했다.

내 마력 강탈을 버텨낸 뼈다귀 뱀 형태 골렘_{본 스네이크}은 꽁꽁 묶어서 치워놨다.

『시련은 이루어졌다.』

『문을 열지.』

『강자여, 통과하도록 하라.』

문이 선언하더니 문이 열렸다.

그 너머에는 「상야성의 결계」가 있었다.

마중이 나온 것도 아닌 것 같으니 멋대로 들어가도록 할까.

"실례합니다—."

나는 쑤욱 결계를 빠져나갔다.

오늘 내 모습은 쿠로의 기본 세트에 다른 변장 마스크를 쓴 커스텀 버전이다.

쿠로인 그대로도 좋았지만, 전생자 의혹이 있는 인물을 만난다면 외국인 얼굴의 쿠로보다 일본인 얼굴이 좋을 거야. 그래서 새롭게 만든 변장 마스크를 썼다.

이번 변장 마스크는 외주 디버그 스탭이었던 타나카 씨의 얼굴을 빌렸다. 메타보 씨의 얼굴은 내 체형이랑 안 맞으니까 인상에 남기 어려운 그의 얼굴을 골랐다.

"—어이쿠, 마중이네."

호수 위의 성으로 이어지는 다리 끝에서, 검은 드레스를 입은 두 상급 흡혈귀^(뱀파이어 로드) 여성이 기다리고 있었다.

여성인데도 로드군. 보통은 레이디가 아니냐고 명명한 녀석을 추궁하고 싶다.

종족명이니까 불평을 해도 소용없지만, 무진장 태클을 걸고 싶어지니까 멋대로 흡혈 공주라고 부르도록 하자.

흡혈 공주는 키가 작은 어린 아가씨와 키가 큰 나이 찬 미녀 두 사람이었다.

그녀들은 둘 다 창백한 피부를 하고 있었다. 어두운 곳에서 만나면 새파란 피부색으로 보일지도 모른다.

—파란 사람.

무심코 뇌리에 그 단어가 스쳤다.

『여자는 갖가지 타입의 미녀들뿐이고, 남자도 미남이며 미역처럼 웨이비하고 특징적인 앞 머리를 가졌다.』

그 소문이 떠올랐다.

그러고 보니 「마물의 영역 깊숙한 곳에서 길을 잃으면 만날 수 있고, 이쪽에서 적대하거나 폭언을 내뱉지 않는 한 그쪽에서는 아무것도 안 하지만, 공격하면 가차 없이 죽여 버린다」란 이야기도 들었다.

부디 평화적으로 가자.

"잘 왔다, 강한 자여."

하얀 머리칼에 핑크색 눈동자를 한 어린 쪽 아가씨가 말을 걸었다. 어리게 보이지만 300살이고 레벨이 49나 된다.

그녀 옆에 있는 금발에 붉은 눈동자를 한 글래머러스한 미녀가 100살에 레벨 41이다.

겉모습과 연령이 일치하지 않는 건 픽션의 흡혈귀랑 같구나.

"당신이 바라는 것은 싸움인가요? 아니면 혈주나 월야초 같은 보물인가요?"

금발 흡혈귀가 내 목적을 물어보기에 단적으로 대답했다.

"제 희망은 진조 나리와 면회하는 겁니다."

이번에는 쿠로 어조의 롤 플레이는 안 한다.

"그런가요……. 싸움을 바라지 않는 건가요……."

어째선지 미녀가 낙담했다.

싸우고 싶었나?

"잠시 기다려라."

흡혈 공주의 어린 쪽이 말하더니, 한 손을 박쥐로 변화시켜서 성 쪽으로 심부름을 보냈다.

참으로, 편리하네.
^{판타지}

기다리는 동안 한가해서 잡담이라도 하고자 두 사람에게 말을 걸었다.

어린 소녀는 뚱한 표정으로 대답을 안 해줬지만, 미녀는 질문에 대답하는 게 즐거운지 친절하게 이것저것 가르쳐 주었다. 다만 내가 보기 드문 물건에 흥미를 가질 때마다 「나랑 싸워서 승리하면 대가로 주겠다」라고 하면서, 이상하게 승부를 하고 싶어하는 건 난처했다.

그녀만 보고 흡혈귀가 배틀 중독이라고 단정할 생각은 없지만, 눈빛을 반짝이면서 싸움으로 유도하는 건 관둡시다.

그런 잡담을 하는 동안, 박쥐가 돌아와 어린 소녀의 손으로 돌아왔다.

"주인님이 만난다고 한다. 따라와라."

어린 소녀가 무뚝뚝하게 말하고, 내 반응도 확인하지 않고는 돌아서서 성을 향해 걷기 시작했다.

◆

"상야성에 어서 오시게. 어둠의 권속의 본거지는 어떤가? 시련을 이룬 자여."

피처럼 붉은 액체가 든 와인잔을 한 손에 들고, 진조가 우아하게 인사를 했다.

면회한 진조는 미역처럼 구불거리는 천연 퍼머 보라색 머리칼의 청년이고, 프랑스계 백인의 얼굴에 창백한 피부를 하고 있었다.

그의 특징적인 머리를 보고 확신했다. 미궁 마을이나 탐색자들에게 소문이 도는 「파란 사람」은 그들 흡혈귀였던 모양이다.

『안녕하세요? 진조 나리.』

나는 진조의 일본인 의혹을 확인하고자, 처음 인사를 일본어로 해봤다.

"—뭣이?"

진조가 눈을 크게 떴다.

"검은 머리와 검은 눈에 그 이름. 무엇보다도 평평한 그 얼굴!"

나를 바라보면서, 진조가 세련된 의자에서 일어섰다.

『혹시 일본인인가?』

『그래. 보는 것처럼 일본에서 나고 자랐지.』

진조가 일본어로 확인하기에 수긍했다.

—예상이 맞았다.

그는 전생자인 모양이다. 아리사를 위해 필요한 「신의 조각」 관련 정보를 모으고 싶어서 조바심이 나지만, 내용이 지나치게 나이브해서 일단 신뢰 관계 구축을 우선하고자 생각했다.

"역시, 그랬던 것이군."

시가 국어로 말할 때는 사투리가 아니다. 일본어만 칸사이 사투리 같은 액센트인 건 전생의 출신이 그쪽이라서 그렇겠지. 전생의 본명은 「番」이나 「播」 같은 한자였을까?

"보아 하니 사가 제국의 용사는 아닌 것 같다만, 돌발적 사고를 당한 『길 잃은 자』인가?"

"그 『길 잃은 자』란 말은 모르겠지만, 아마 전이자가 맞을 거야."

지금은 내가 전이자인지 전생자인지 확정되지 않았지만, 검은 머리의 전생자가 없는 것 같으니까 잠정적 전이자라고 해두자.

"허어? 몇 백 년인가 전에 성 헤랄르온 교국이 사가 제국의 용사 소환 비의를 흉내 내어 일본에서 용사를 부르고자 한 일이 있었는데, 또 같은 일을 반복하는 나라가 있나……."

진조가 떫은 표정으로 팔짱을 꼈다.

더욱이 「유괴범 놈들」이나, 「또 소환사나 나라의 중추를 처리해야 하는가」라고 어수선한 말을 중얼거렸다.

그에게 전이자는 곧 소환자인가 보다.

레벨 69의 진조가 레벨 40부터 50 사이의 흡혈 공주들을 이끌고 공격하면 소국 정도는 간단히 멸망하겠어.

무엇보다도 내가 아는 한, 이 대륙에 성 헤랄르온 교국이란 나라는 없다.

얼마 전까지 일본인을 소환하고 있던 르모크 왕국에 대해서는 입다물고 있는 게 좋겠다.

르모크 왕국의 메네아 왕녀를 위해서 한 마디 보태야겠군.

"그럴 것 없어. 이미 상급 마족의 습격을 받아서 소환에 연관된 사람들이 제거된 다음이니까."

"마족도 가끔은 좋은 일을 하는 모양인 것이로군."

진조에게 메네아 왕녀에게 들은 이야기를 전달했다.

그것이 사실인지 아닌지 확인은 안 했지만, 그 시점에서 메네아 왕녀가 거짓말을 할 의미가 없으니 괜히 의심할 필요는 없겠지.

"일본 이야기로 이래저래 흥을 돋우고 싶지만, 먼저 용건을 정리해두지."

"그렇네. 내 용건은—."

처음으로, 제나 씨를 구출했을 때 성을 파괴한 걸 사과했다.

"그 구출은 훌륭했던 것이다. 흙 마법으로 강화된 성벽을 도려낸 검기, 진조인 내『속박의 시선』마저 레지스트하고서 도망친 내성, 그리고 무엇보다도, 미궁의 벽을 파내면서 천장에서 침입하는 기상천외함! 참으로 훌륭했어."

그는 기분 좋게 말했다.

제나 씨를 빼앗긴 것에는 큰 생각이 없는 모양이다.

"부서진 성벽이나 미궁의 벽은 나중에 수선해둘게."

"그럴 필요 없는 것이다. 미궁의 벽은『미궁의 주인』이 멋대로 수선할 거고, 성벽은 성에서 일하는 자들에게 좋은 심심풀이가 된다."

그러고 보니 미궁의 벽은 이미 수복되어 있었지.

"그런데, 어째서 제나— 그 아가씨를 잡아간 거야?"

나는 여기서 본론을 꺼냈다.

그가 제나 씨의 피를 바란 거였다면 같은 일본인이라도 간과할 수 없다.

뭐, 그럴 경우는 선주민인 그를 제거하는 게 아니라, 제나 씨를 미궁도시에서 떨어뜨리는 걸 고를 셈이지만.

"어쩌다가인 것이다."

"어쩌다가?"

단적인 그의 대답에 앵무새처럼 다음을 재촉했다.

그는「조금 길어진다」라고 말해두고 자세히 알려주었다.

"두 달에 한 번, 미궁 상층에 있는 촌락에서 커다란 장이 열린다. 그 장의 대표자가 『녹 점액』^{러스팅 슬라임}이라고 불리는 특수한 마물을 퇴치해 달라고 애원을 했는데, 그걸 토벌하러 가는 도중에 빈사의 아가씨를 발견한 것이다."

진조의 이야기를 들어보니, 제나 씨는 「검부 사마귀」의 일격을 받고서 빈사의 중상을 입은 것을 구했다고 한다.

흡혈귀와 함께라면 그들이 안개가 되어 이동하는 동안은 독의 진행이나 출혈이 멎기 때문에, 이 성까지 데리고 와서 저장해둔 마법약으로 치료해줬다고 한다.

그가 말하는 「안개가 된다」는 것이 어떤 원리인지 흥미가 있었지만, 호기심을 채우는 건 나중에 하자.

"자선사업이 취미야?"

"흠. 오래 살면 한가로움이 최대의 적인 것이다. 눈앞에서 발견한 불우한 자는 변덕으로 구해주고 있지."

그러고 보니 아까도 벽의 수리가 심심풀이가 된다고 했었지.

"그게 아름다운 아가씨라면 손을 뻗지 않을 이유가 없지 않나?"

"하긴 그렇네."

물론 미궁 마을에서 커다란 장이 열릴 때만 미궁 하층에서 나오기 때문에, 제나 씨처럼 목숨을 구하기 위해 성까지 데리고 오는 건 100년만이었다고 한다.

사람 좋은 진조에게 제나 씨의 목숨을 구해준 인사를 하고, 사례로 뭔가 지상에서 조달했으면 하는 물건이 없는지 물어봤다.

"음, 『렛세우의 혈조』를 소망하는 것이다."

싸구려 와인의 이름이다. 필요한 물건이 없다고 할 것 같았는데 뜻밖에 즉답이었다.

그러고 보니 미궁 마을에서 「파란 사람」이 찾는다고 했었지.

바로 얼마 전에 가진 걸 매각해 버렸으니 지금은 가진 게 없었다.

렛세우 백작령의 영도를 중급 마족이 멸망시킨 탓에 미궁 도시에는 재고가 없는 것 같지만, 근처의 도시나 제조원까지 가면 얻을 수 있겠지.

"알았어, 조달해둘게. 아이템 박스랑 전이 마법이 있으니까 생선식품이나 의료품 같은 것도 조달할 수 있는데?"

진조가 주위에 거느린 흡혈 공주들에게 시선을 보냈다.

"유행하는 드레스."

"미스릴, 없으면 강철이나 은의 괴."

"귀여운 소도구."

"종이랑 잉크가 넉넉하게 필요해요."

흡혈 공주들이 입을 모아 말하는 품목을 메뉴의 교류란에 있는 메모장에 기입했다.

품목 수가 제법 되지만, 「렛세우의 혈조」말고는 스토리지에 이미 있는 것들이었다.

당장 건네줘도 되겠지만, 진조용 와인과 함께 건네는 편이 좋겠지. 품목을 읽어서 메모가 틀리지 않은 걸 확인하고, 다음에 찾아올 때 주기로 약속했다.

—맞다.

제나 씨를 구출했을 때 맵 검색으로 발견한 노예 여성들에 대해 물어봤다.

"그녀들은 노예로서 정규 루트로 구입한 자들인 것이다."

어째서 그런 걸 묻는지 신기하단 기색이지만 대답해 주었다.

"정규 루트로 샀다고 하면, 도시까지 나선 거야?"

"설마, 인 것이다. 아까 말한 촌락의 커다란 장에서 노예도 팔고 있다. 거기서 마핵이나 마물 소재를 팔아 얻은 돈으로 출품된 노예들을 산 것이다."

게다가, 단골이라고 한다. 그만 살 수 있는 비싼 노예를 데리고 온다고 했다.

"노예들은 혈액의 공급원으로 기르는 건가?"

그들의 터부를 건드리는 게 아닐까 걱정되지만, 중요한 일이라 조금 도발적인 말투로 물어봤다.

"실례로군. 그녀들은 소중한 성의 사용인이다. 기른다는 표현은 철회해줘야겠다."

예상보다 격렬한 부정의 말이 돌아왔다.

"실례, 방금 한 실언을 철회하지."

"구입한 노예들에게 한 달에 10ml 정도의 피를 제공 받지만, 그것 말고는 성 안에서 시녀의 일을 하고 있을 뿐이다. 억지로 흡혈귀로 만들지도 않고, 폭력을 휘두르는 일도 희롱하는 일도 없다."

혈액의 공급원이라는 건 틀리지 않은 것 같지만, 그녀들의 자유의사를 빼앗지는 않는가 보군.

그는 흡혈귀가 된 뒤부터 차츰 보통 성욕을 잃어갔다고 한다.

흡혈 공주들은 모두 그의 아내들이지만, 끌어안고 입맞춤을 나누는 정도의 관계라고 한다.

유일한 욕구는 하루에 세 번 정도 피를 한 방울 떨어뜨린 와인을 한 잔 마시는 거라고 하니, 내가 이미지하는 흡혈귀하고는 좀 다르다.

뭐랄까, 여성용 소설이나 이야기에 등장할 법한 흡혈귀다.

"희망자는 5년에서 10년 정도만에 해고하지만, 고용 기간에 자활할 수 있는 교양과 기술, 그리고 자신의 가게를 가질 수 있을 정도의 자금을 줘서 노예 해방을 하고 있다."

이 정도 대우라면 고용주가 흡혈귀여도 희망자가 많겠는데.

교양과 기술을 내리는 건 해방한 뒤의 노예들을 자립시키기 위해서라고 하는데, 가장 중요한 건 흡혈 공주들의 심심풀이를 위해서라고 한다.

자선사업이 목적이라고 하기보단 흡혈귀다운 소행이다.

"하지만, 10년이나 여기에 있으면 일광욕도 못하고 건강에 안 좋을 것 같네."

"그 걱정은 필요 없는 것이다. 이 대구역의 변두리에 빛 마법이 특기인 마술사의 암자가 있다. 거기서 시녀들은 하루에 한 번, 일광욕을 하도록 말을 해뒀다."

"흡혈귀의 영역에 빛 마법이 특기인 마술사?"

"그래. 사랑하는 딸을 능욕하고자 한 대귀족의 바보 아들을 피투성이로 만든 죄로 쫓기며 미궁으로 도망쳐온 남자와 그의 딸 부부다. 숨겨주고 식량이나 생활필수품을 제공하는 대가로 일을 시키고 있는 것이지."

과연.

조금 노예들에 대한 배려가 지나친 것 같기도 하지만, 그것에도 그 나름대로 이유가 있었다.

"자칫 학대나 살육을 하면 용사가 찾아오니까. 뭐든지 공존공영, 적당히가 좋은 것이다."

진조는 위악적인 미소를 지으며 너스레를 떨었다.

어느 정도 우호적인 관계가 되었으니, 욕심 부리지 않고 오늘은 이쯤에서 물러나야지. 하는 참에 진조가 나를 붙잡았다.

"모처럼 왔으니 승부를 한 번 하지."

씨익 웃는 진조의 입에서 송곳니 2개가 보였다.

◆

처음에는 접전을 연출했지만, 진조와 벌인 승부는 내 압승으로 끝나겠군.

"―장군."

"기다려라, 그 수는 안 된다."

"하지만, 『무르기』는 아까가 마지막이라고 안 했어?"

"으그그그."

진조가 반상을 노려보면서 신음했다.

그렇다. 승부 내용은 장기다.

진조가 준비한 장기판을 끼고서 승부를 시작했는데, 진조의 실력은 서투르지만 좋아하는 레벨이었다.

　보르에난 숲의 엘프들도 그렇고, 이 세계의 장명종은 장기를 좋아하나 보군.

　"혈주 3개를 줄 테니 한 수만 더 물러 다오."

　"알았어, 이게 마지막이야?"

　"음."

　흡혈귀산 레어 소재가 들어오니까 물러주는 건 좋은데, 엘프를 상대할 때와 달리 그와 장기를 두는 건 약간 스트레스가 쌓인다.

　나는 일 때문에 장기 앱을 만들었을 때 장려회 경력이 있는 메타보 씨에게 지옥의 특훈을 받은 덕분에 초보자치고는 나름대로 강하다.

　게다가 앱에는 난이도 설정도 있으니까 적절하게 봐주는 요령도 잘 알고 있지만, 그래도 진조가 이기게 해주는 건 지극히 어려웠다.

　노골적으로 틈을 만들어도 자폭으로 보이는 수를 둔다.

　몇 번이나 「물러줘」에 응해줘도, 그가 이길 가망이 희박하다.

　장기를 좋아하는 엘프 최약인 미아의 아버지 라미사우야 씨랑 싸워도 연전연패를 할 것 같아.

　"반 님, 힘내!"

　"반 님이라면, 이길 수 있어요!"

　그러나 관전하고 있는 흡혈 공주들에게 승패는 상관없는 모양이다.

그녀들은 진조가 어린애처럼 「물러줘」라고 하며 분하게 신음하는 모습을 보일 때마다 사랑스럽고 자비로운 시선을 보낸다.

뭐, 남들 취향에 뭐라고 말을 하는 건 관두자.

"그렇지, 헬싱 경—."

"반이라도 해도 되는 것이다. 나도 자네를 쿠로라고 부르지."

"알았어, 반에게 물어보고 싶은 게 있는데—."

나는 어느 정도 친해진 타이밍에서, 「신의 조각」에 대해 뭔가 모르는지 물어봤다.

"승부하는 와중에 못난 질문을 하는 것이다."

"그렇네, 미안."

나는 순순히 그에게 사과했다.

"승부를 한 다음에, 잘 아는 녀석을 소개해 주는 것이다. 나에게서 뜯어낸 혈주를 가져가면 얼마든지 이야기를 해줄 거야."

"고마워."

"근심거리를 치웠으니 승부로 돌아가지."

진조가 다음 한 수를 두자, 딱 경쾌한 소리가 상야성에 울렸다.

우리들의 장기 대결은 심야 늦게, 어느 인물이 찾아올 때까지 이어졌다.

◆

"반 님! 쓰러뜨리러 왔어!"

"세메리는 오늘도 기운찬 것이군."

재앙 강철 전갈의 등에 타고서, 티라노사우르스 같은 고륙수와 넝쿨을 팔다리로 삼은 놀이 걸음 촉수를 데리고 온 미녀가 성의 안뜰에서 진조와 대치했다.

창백한 피부에 물결치는 검은 머리가 휘감겨서 참으로 요염하다.

그녀는 진조 반이 흡혈귀로 만든 상급 흡혈귀였다. 그녀가 탄 재앙 강철 전갈이나 호위 마물은 그녀가 흡혈귀로 만들었다.

어째서 그의 부하가 공격해오는지 신기해서 물어봤더니, 「좀 그럴 시기인 것이다」라고 태평한 대답이 돌아왔다.

그들에게는 오락의 일종인 거겠지.

그리고 진조를 쓰러뜨리러 왔다고 하는 세메리가 창백한 피부를 보라색으로 물들이고 있었다.

말과는 달리 사랑에 빠진 소녀의 눈동자다.

"그럼, 오늘 선봉은 누가 하겠나?"

"반 님, 나!"

"아뇨. 이번에는 제가."

"나도 하고 싶어~."

아까 그 금발 미녀뿐 아니라, 붉은 머리와 다갈색 머리의 여성도 손을 들어 자기가 하고 싶다고 주장했다.

아무래도 배틀 매니아는 금발의 그녀만 있는 게 아닌가 보다.

"내 차례."

아까 그 말수 적은 백발의 어린 소녀 흡혈귀가 작게 손을 들어 안뜰로 나아갔다.

어린 소녀가 작은 손가락 끝에서 뻗은 손톱으로 손목을 찢었다. 손목에서 뿜어져 나온 피가 생물처럼 꿈틀거리며 거대한 낫이 되었다.

……흡혈귀답다고 할까, 전형적인 능력이지만 참으로 판타지한 광경이다.

세메리는 마물의 소재로 만들어진 대검을 지고 있었다.

"흥, 하얀 공주가 선봉? 분명히 저기 금발 뚱땡이가 나올 줄 알았는데."

"뚜, 뚱땡이 아니에요! 살짝 풍만한 것뿐이에요!"

세메리가 글래머한 금발을 뚱땡이라고 표현했지만, 마른 체형은 아니지만 뚱뚱하다고 하긴 어렵다.

두 사람의 대화가 안 들리는 것처럼, 안뜰을 나아간 어린 소녀가 커다란 낫을 세메리에게 내밀었다.

"이쪽 선봉은 티라농이야. 가라, 티라농!"

세메리의 미묘한 네이밍 센스에 조금 친근감을 품고 말았다.

그 자리에서 한쪽 다리를 축으로 선회한 고룡수의 꼬리가 어린 소녀를 후려친다.

고룡수는 높이가 6미터나 되는 거대한 티라노사우르스의 모습치고는 무척 몸이 가볍다.

어린 소녀가 거대한 낫으로 고룡수의 꼬리를 가볍게 절단했다.

그러나, 절단되는 건 처음부터 예상한 모양이다.

절단된 고룡수의 상처에서 뿜어져 나온 피보라가 어떤 원리인지 단숨에 타올랐다.

화염방사기처럼 타오르는 피보라를 온몸에 뒤집어쓰기 직전, 어린 소녀가 몸을 안개로 바꾸어 회피했다.

　그러나 세메리도 흡혈귀의 능력을 잘 파악하고 있는지, 고륙수의 피보라는 안개가 된 몸도 태우는 특제였나 보다.

　관전하고 있는 흡혈귀들이 숨을 삼키고, 세메리의 웃음이 짙어졌다.

　"……무른 것이다."

　진조의 입에서 그런 속삭임이 흘렀다.

　내 AR표시로도 어린 소녀의 대미지는 경미하다.

　고륙수의 발치 그림자에서 솟아오른 어린 소녀가 재빨리 고륙수의 양다리를 잘라냈다.

　아무래도 안개가 된 건 페이크고, 본체는 그림자에 녹아들어 이동한 모양이다.

　그림자 마법이 아니라 「그림자 걷기」라는 종족 고유 능력이다. 소지하고 있는 건 진조와 어린 소녀를 포함해서 몇 명뿐이었다.

　나이가 좀 있는 흡혈귀만 쓸 수 있는 능력인지, 170세인 세메리는 없었다.

　이동수단을 잃은 고륙수는 저항할 도리도 없이 그대로 잘게 썰려서 재가 되어 버렸다.

　아무래도 체력 게이지가 제로가 되면 흡혈귀는 재가 되는 모양이다.

　"승자, 하얀 공주 류나."

말수 적은 어린 소녀가 작게 주먹을 쥐면서 남몰래 기뻐한다.

그녀는 우아하게 걸어서 진조에게 다가가더니 그에게 볼을 내밀었다. 진조가 볼에 가볍게 키스를 하자 그녀의 입가가 풀어졌다.

좀 귀엽네.

"이쪽 중견은 롭파! 하얀 공주 연전은 안 된다?"

입가가 풀어진 어린 소녀가 안뜰로 걸어가려는 것을, 짜증난 어조의 세메리가 막았다.

어린 소녀가 진조를 돌아보며 판정을 요구했다.

"음. 원사이드 게임은 즐겁지 않은 것이다."

그 한마디에, 2회전은 로퍼 대 금발 미녀의 싸움이 되었다.

금발 미녀도 어린 소녀처럼 자기 손목을 베어 피로 만든 두 자루 단검을 손에 들고 전투를 시작했다.

종횡무진으로 덤비는 로퍼의 촉수를 인간을 넘어선 재빠른 움직임으로 피하고, 다 못 피한 촉수는 단검으로 받아 흘린다.

이 로퍼의 수액은 아까 고륙수와 달리 타오르진 않는 모양이다.

다만, 점성이 강한 건지 금발 미녀의 움직임이 둔해진다.

로퍼의 촉수 끝에 있는 각질화된 발톱 같은 부분이 미녀의 옷을 스치며 베어낸다. 제법 서비스 정신이 왕성한 마물이군. 더 해라.

"아하하하! 롭파, 잘한다! 그 뚱땡이의 꼴사나운 몸을 다 보여줘!"

"나는, 뚱땡이, 아냐."

세메리의 매도에 반론하면서 호흡이 흐트러진 탓인지, 금발 미녀는 드디어 다 피해내지 못하고 다수의 촉수에 엉켜 사지가 구속된 상태로 공중에 떠올랐다.

—기가 막힌 에로 포즈군.

아무래도 이걸 빤히 바라보는 건 미안해서 뒤로 돌아 시선을 돌렸다.

뒤에서 파지직 전격 같은 소리가 들렸다.

촉수 끝에서 전격 공격이라도 받은 건지, 금발 미녀가 마비 상태 이상에 걸렸다.

이 상태에서는 안개가 되지도 못하는지, 반격도 못하고 금발 미녀의 패배가 확정됐다.

"승부 끝, 승자 로퍼."

결판이 난 것 같아서 돌아섰다.

이게 무슨, 스플래터야……. 몸통이 둘로 나뉘고 사지가 뽑힌 금발 미녀였던 주검이 로퍼의 촉수에 매달려 있었다.

로퍼가 휙 내던진 금발 미녀의 머리를 어린 소녀가 주웠다.

"꼴사납네."

"……분해요."

—으엑.

과연 흡혈귀.

머리만 남아서도 말을 할 수 있구나.

정말로 그녀들은 불사의 몸이군.

"걱정 없다. 피를 좀 뿌려주면, 금방이라도 부활하는 것이다."

경악의 눈길로 말하는 머리를 보고 있으니, 진조가 설명해 주었다.

AR표시를 확인하자 체력 게이지가 서서히 회복하고 있었다. 어마어마한 재생력이군.

"이쪽은 롭파가 연전할 거야. 그쪽은 대장이다!"

세메리가 두근거리는 표정으로 진조를 보았다.

그녀의 시선을 모른 체하는 표정으로, 진조가 나에게 시선을 돌렸다.

"루틴 워크는 나태를 부르는 것이다. 오늘은 취향을 바꾸지. 쿠로, 가디언을 쓰러뜨린 자네의 기술을 보여줄 수 있겠나?"

"아아, 좋아."

적당한 주조 마검을 써서 롭퍼의 촉수를 모두 자르면 되나?

"뭐라고! 이 롭파는 반 님용 특제야. 그런 인간 따위에게 쓸 수 있겠어!"

세메리가 송곳니를 드러내며 외쳤다.

……진조용이라니, 아까 금발 미녀한테도 썼잖아.

어떤 사용법을 할 생각이었는지 물어보기가 좀 무섭군.

"내가 직접 괴롭혀 줄 거야."

롭퍼를 뒤로 물린 세메리가 어깨를 들썩거리며 결투 공간으로 나섰다.

"다치게 만들기 싫은데, 힘조절하는 요령 같은 거 없어?"

작은 소리로 진조에게 물었다.

"인간 주제에 힘조절이라고?! 이 세메리 님을 얕보다니."

흡혈 공주는 귀가 좋은지, 세메리에게도 들려버린 모양이다.

혈관이 끊어질 것처럼 흥분하고 있었다.

"안심하는 것이다. 상급 흡혈귀는 재가 되어도 멸하지 않는다. 재 위에 마핵을 두고 피를 떨어뜨리면 금방 부활하니까 봐줄 것 없이 있는 힘껏 해도 상관없는 것이다."

진조는 즐거운 표정으로 보증했다.

일단 끓는점이 낮아 보이는 세메리를 부추기는 건 관둡시다.

"반 님! 이 녀석을 쓰러뜨려도 조건은 안 바꿔?"

"그래. 세메리가 그를 이기면, 약속대로 다음달까지 너의 포로가 되지. 그러나, 네가 졌을 경우, 너에 대한 명령권을 얻는 건 쿠로가 되는 것이다."

아니, 명령권 같은 거 필요 없어.

나랑 눈이 마주친 세메리의 표정이 일그러졌다.

깊은 계곡을 과시하던 가슴을 끌어안아 내 시선에서 지키는 건 관두자.

참 섭섭하군.

"파, 파렴치한 명령은 안 돼!"

"어머 세메리, 벌써 질 생각이야?"

아까 당한 것의 앙갚음인지, 금발 미녀가 머리만 남은 채 밉살맞은 소리를 했다.

참 초현실적인 광경이야.

"어이, 평평한 얼굴의 흑발! 얼른 준비해!"

세메리가 외쳤다.

목을 잘라내도 안 죽는 모양이니까, 목을 베어서 끝낼까?

나는 격납 가방을 거쳐 스토리지에서 주조 마검을 꺼냈다.

"허어? 심플하지만 상당한 명장이 만든 물건인 것이군."

진조가 내 주조 마검의 감상을 말했다.

양산품이라도 칭찬을 받으니 좀 기쁘군.

"이야아아아아아아아아아아아아아!"

그때 용맹하게 외친 세메리가 가는 팔로 가볍게 대검을 휘두르면서 돌격했다.

일격으로 쓰러뜨리는 것도 흥이 식으니까, 상단에서 다가오는 세메리의 날카로운 참격을 주조 마검으로 받아냈다.

—무겁다.

결투 공간의 돌바닥에 균열이 생기고, 흙먼지를 일으키며 매몰됐다.

곧장 추가 공격인 차기가 오기에 거리를 벌리자, 그걸 기다린 것처럼 옆으로 베는 대검이 좇아온다.

"—헤에."

힘으로만 밀어붙이는 사람인줄 알았는데, 의외로 제대로 된 검술을 쓰는구나.

아류로 싸우면 힘조절을 잊을 것 같아서, 나는 과거에 사가 제국의 용사 하야토에게 배운 「사가 제국 신황류 검술」 스킬을 써서 대응했다.

"허어? 사가 제국의 정통 검술인가? 이건 세메리도 방심할 수가 없는 것이다."

"그, 그렇지 않아, 반 님! 내 오랜 수련은 이런 애송이한테 안 져!"

세메리의 검격 속도가 한 단계 올라간 것 같다.

170세가 되는 동안 한가할 때마다 검을 휘두른 거겠지.

포치의 스승인 포르토메아 양처럼 잘 정돈된 궤적이다.

다만, 엘프 스승들과 비교하면 노련함이 부족하다— 그래서 읽기 쉽다.

덤으로 세메리의 표정이 너무 풍부하다.

포치를 상대하는 훈련 때처럼 상대가 하고 싶은 공격을 하게 해주면서 차츰 궁지에 몰았다.

점점 밀리기 시작한 세메리가, 손목을 베어 흘러나온 피를 써서 바늘을 만들더니 틈을 만들려고 쏘아냈다.

그것을 왼손에 핀포인트로 만든 마력 갑옷의 장갑으로 떨쳐내고, 동요하여 움직임이 둔해진 세메리의 대검을 오른손에 든 주조 마검으로 파괴했다.

"큭, 이게."

세메리가 즉석에서 만들어낸 혈검을 억지로 되돌린 주조 마검으로 받아 흘리고, 몸을 비틀면서 그녀 품으로 파고들었다.

마력 갑옷의 장갑을 해제한 손을 세메리의 명치에 댔다.

손이 닿는 순간에 「마력 강탈」을 써서 단숨에 세메리의 마력을 빼앗았다.

마력의 방어를 잃은 그녀에게, 제로 거리에서 손바닥으로 밀어내며 파고드는 것처럼 손바닥을 내질렀다.

"크악—."

세메리가 숨막힌 소리를 냈다. 흡혈귀도 호흡을 하는 모양이군.

손을 되돌리는 흐름을 타고서, 반대쪽 손에 들고 있던 주조마검으로 목덜미를 베어— 내기 직전에 멈췄다.

아니, 멈추고 말았다.

창백한 피부 말고는 인간으로 보이는 여성의 목을 칠 수가 없었어.

아무리 안 죽는 걸 알고 있어도 생리적인 혐오감이 앞선 모양이다.

"승자, 쿠로!"

그러나 진조는 내 승리로 판단했다.

힘이 빠진 세메리가 땅바닥을 양손에 대고 기침을 했다.

"쿠로, 세메리에게 뭘 바라지?"

진조의 물음에 대답하고자 입을 열기 전에, 세메리랑 눈길이 마주쳤다.

그녀는 분하게 입술을 깨물면서 굴욕에 떨고 있었다.

가학심이 동하지만, 에로 방면의 요구를 할 생각은 없다.

없다면 없는 거야.

"어디보자—."

조금 뜸을 들여 세메리를 두근거리게 만드는 것 정도는 용서해 주세요.

그녀는 천성적으로 놀림감의 소질이 있는 것 같아.

"—미궁 하층의 명소를 안내해줄 수 없을까?"

내 요청이 뜻밖이었는지, 세메리는 맥이 빠진 것처럼 「명소?」라며 고개를 갸웃거렸다.

그것이 마음에 들었는지 진조가 내 어깨를 두드리면서 유쾌한 기색으로 웃었다.

고레벨 흡혈귀의 완력은 보통 사람의 몇 배나 되니까 부담 없이 팡팡 두드리는 건 관둬.

"명소 말이지! 맡겨만 둬. 네놈이 지금까지 본 적이 없는 경천동지의 명소를 보여주지."

아무래도 안내를 내 새로운 도전으로 해석했는지, 세메리가 기합을 넣은 표정으로 팔을 내밀며 나를 가리켰다.

"세메리, 기왕이면 요로이와 무쿠로의 땅도 안내해 줘라."

"오~! 그 녀석들 전쟁은 재미있어."

—전쟁?

아니, 그것보다도 요로이와 무쿠로라는 단어를 신경 써야겠지.

일본어 발음이라고 치면, 갑옷과 주검인가?

갑옷의 기사와 흡혈귀가 아닌 언데드— 「불사의 마도사」나, 「불사의 왕」 같은 게 아닐까 싶은데.

기사도 머리 없는 기사 듈라한 같은 거 아닐까?

"혹시, 그 녀석들도 전생자야?"

"그래, 그런 것이다."

아리사나 「불사의 왕」 젠에 이어서 세 명째 전생자 반을 만났다 싶더라니, 더욱이 요로이와 무쿠로라는 두 명의 전생자와 인연이 생기다니…….

어쩌면 내가 생각하는 것 이상으로 이 세계에는 전생자가 많을지도 모른다.

"반 님, 유이카한테는 안내 안 해도 돼?"

"그쪽은 무쿠로한테 물어보는 것이다. 유이카의 후견인은 무쿠로이니."

……그리고 또 한 명 늘었다.

미궁 하층은 전생자 유인제라도 있나?

그런 생각을 하는 나에게 진조가 말을 걸었다.

"아까 말한 『잘 아는 자』라는 것이, 그 무쿠로인 것이다. 괜히 오래 산 데다가 한가해 죽을 지경일 테니 쿠로의 의문에도 대답을 해주겠지."

"무쿠로는 까다롭지만 세메리가 마음에 든 모양이니 같이 가면 문제없을 것이야."

과연, 진조가 나한테 결투를 권한 건 세메리를 중개역으로 삼기 위해서였나 보군.

상당히 심모원려하군.

"자, 가자, 쿠로!"

성급한 세메리가 일어섰다.

뭐, 동이 트려면 시간이 상당히 남았으니까 미궁 하층의 명소 순방을 해보자.

물론, 세 명의 전생자들도 방문하고.

무쿠로와 요로이

"사토입니다. 과학의 진보와 더불어서 사람들의 자유로운 발상력에 벽이 생긴 것 같아요. 지저인, 뒤집힌 지구, 구름 위에 사는 거인이나 신들. 황당무계하지만, 꽤 좋아한단 말이죠."

"우선 요로이랑 무쿠로한테 가자!"

검은 머리를 등 뒤로 나부끼면서, 흡혈 공주 세메리가 선언했다.

상야성을 출발한 우리는 세메리의 부하인 흡혈귀 로퍼의 등에 올라타 이동하고 있었다.

로퍼의 등에 타는 건 처음인데, 스르르륵 제법 진동 없이 달려서 의외로 승차감이 좋네.

"멀어?"

"롭파라면 금방이야!"

세메리가 자신 있게 대답했다.

나는 맵을 열어서 진행방향을 확인했다.

"―역시, 공백지대 중 하나군."

이제부터 가는 무쿠로와 요로이의 영역도 진조 반의 상야성과 같은 종류의 결계가 지키고 있는 모양이다.

진조에게는 미처 못 물어봤는데, 내 공간 마법이나 「모든 맵 탐사」를 저해하는 「결계」가 어떤 종류의 물건인지 제대로 확인해 두고 싶었다.

"이제 곧 도착해!"

주회랑에서 공백지대로 가는 길에 돌입했다.

—LWOOOOPWWWERRRR.

로퍼가 길을 나아가다가 급정지했다.

그 앞에 「명부의 결계」라는 AR표시가 떴다.

아무리 그래도 정말 명부로 이어지는 건 아닐 거라고 생각하지만, 상당히 돌아가고 싶어지는 이름이군.

"롭파는 여기서 기다려. 가자, 쿠로."

로퍼에서 내린 세메리가 이쪽으로 손을 뻗었다.

"여기서부터는 요로이의 영역이니까 나랑 손을 안 잡으면 못 들어가."

조금 차가운 세메리의 손을 쥐고서 함께 결계 너머로 들어갔다.

아마 그대로도 들어갈 수 있었을 것 같지만, 허가 없이 진입해서 경보가 울리거나 하면 싫단 말이지.

나는 결계를 빠져나간 뒤에 모든 맵 탐사 마법을 썼다.

직접 만나기 전에 무쿠로와 요로이에 대해 조사해둘까 생각했거든.

무쿠로와 요로이라는 것은 통칭이고, 맵 검색에 히트되지 않았다.

맵 안에서 가장 레벨이 높은 게 「주검의 왕」이고 레벨이 72. 주검의 왕은 「금속 창조」, 「몽환 공장」이라는 가슴이 설레는 유니크 스킬을 가졌다. 본명은 「테츠오」라고 하나보다.

그 다음으로 레벨이 높은 게 레벨 53인 「강철의 유귀」란 존재다.

그는 「타케루」란 이름이고, 「혼백 빙의」라는 흉흉한 느낌의 유니크 스킬을 가졌다.

아마 이 두 사람이 진조가 말한 전생자들이겠지.

어지간히 비뚤어진 게 아니라면, 「주검의 왕」 테츠오가 무쿠로고, 「강철의 유귀」 타케루가 요로이가 틀림없을 거야. 미묘하게 무쿠로의 본명[#3]이 헷갈리는군.

—결계 너머에 있는 동굴을 빠져나가자 전장이었다.

"해냈다! 이제 막 시작했나 봐!"

장난감을 본 아이 같은 표정을 지으면서, 세메리가 내 손을 이끌어 전망이 좋은 곳으로 데리고 갔다.

시선 끝에는 콰라라라 소리를 내는 무한궤도가, 두 줄기 골을 새기며 강철의 차체를 전진시키고 있었다.

진지 안의 언덕에 늘어선 4대의 **전차**가 전진을 멈추고 포탑을 돌렸다.

한순간의 공백 뒤에, 포신 끝에 있는 포구와 머즐 브레이크에서 검은 연기가 뿜어져 나왔다.

—무연화약이 아니구나.

포구에서 쏟아져 나간 네 줄기 포탄이 전장을 날아서, 첫 참호를 넘어온 강철 골렘에 박혔다.

#3 무쿠로의 본명 일본어에서 테츠오는 쇠 철(鐵) 임금 왕(王)으로 표기할 수 있다.

포탄은 골렘의 두꺼운 장갑을 돌파하고 그 등 뒤의 지면을 파헤치며 흙먼지를 일으켰다.

일격으로 파괴된 골렘의 몸이 주위에 흩어졌다.

"오, 무쿠로의 단골 대사가 올 거야."

"단골 대사?"

내 물음을 뒤덮는 것처럼, 확성기로 증폭된 커다란 소리가 지하 공동에 울려 퍼졌다.

『뒈져버려어! 판타지이이이이이이이!』

―이보세요.

어느 부유대륙의 사역마가 할 법한 대사잖아.

『또 그거냐! 가끔은 자기 말로 함성을 질러봐라!』

모습이 안 보이는 대전상대가 합성 음성 같은 소리로 매도했다.

이쪽은 아마 요로이 「강철의 유귀」 타케루겠지.

자세히 보니까 전장에는 빨강과 하얀색으로 칠해진 가느다란 철탑이 만들어져 있고, 그 윗부분에 스피커 같은 것이 설치되어 있었다.

아까 들린 음성은 거기서 나온 거겠지.

맵을 확인해 보니, 방어측이 무쿠로 「주검의 왕」 테츠오인 것 같다.

방어측은 아까 본 4대의 전차 말고도 4대의 장갑차와 56개체의 해골 병사가 배치되어 있었다.

공격측은 강철의 골렘이 7대에 점토 병사가 56인 모양이다.

둘 다 장비는 검이나 방패가 아니라, 총검이 달린 소총을 장비하고 있었다.

아까 파괴된 골렘을 포함하면, 딱 맞춰서 64대 64로 싸우고 있는 모양이다.

전쟁이라기보다는 전쟁 게임인가 보군.

"이번에는 무쿠로가 이기겠어."

세메리의 안내를 받아 관전탑이란 장소에서 싸움을 보고 있는데, 처음에 느낀 인상 그대로 진짜 전쟁이라기보다는 전쟁 놀이 혹은 병기 운용실험처럼 보였다.

전투는 매복을 철저하게 한 전차 측이 우세를 유지하며 승리를 장식했다.

딱 한 번 골렘이 접근하여 전차 2대가 파괴되었지만, 일회용 바주카를 든 복병이 골렘의 다리를 파괴해서, 움직이지 못할 때 원거리에서 집중포화로 섬멸됐다.

이 싸움만 보면 현대병기의 승리지만, 골렘들의 움직임이 명백하게 느렸다.

진조의 대구역 입구를 지키고 있던 골렘과 모습은 같았지만, 출력이 부족한 것처럼 「둔중한」 움직임이었다.

만약 그 문지기 골렘이 있었다면 홀로 모든 전차를 이길 수 있었을 것 같다.

무슨 제약이나, 레귤레이션이라도 있는 건지 모르겠군.

"좋아, 무쿠로한테 가자."

기세 좋게 탑에서 뛰어내린 세메리를 따라서 나도 아래로 내려갔다.

현대병기 같은 걸 본 탓인지, 새삼스럽지만 구명줄도 없이 높이 20미터의 탑에서 뛰어내리는 것에 위화감을 느꼈다.

전장 너머에 연구소 같은 하얗고 평평한 건물이 있었다.

2미터쯤 되는 철사를 엮어 만든 펜스 위에 가시가 달린 철조망이 달려있어서, 아리사 식으로 말하면 「판타지 감이 사라져」 같은 구조였다.

세메리는 그냥 통과인지, 문을 지키고 있던 미이라에게 인사를 하자 막힘없이 건물 안으로 들어갈 수 있었다.

"혹시, 콘크리트제인가?"

건물의 재질은 멀리서는 대리석인가 싶었는데, 다가가니 콘크리트라는 걸 알 수 있었다.

마중 나온 미이라의 안내를 받아서 건물 안을 나아갔다.

미이라가 메이드복을 입고 있는 건 못 본 걸로 하자.

안내 받은 곳은 형광등 같은 조명이 비추는 50평쯤 되는 넓은 방이었다.

중앙에 커다란 테이블이 있고, 아까 본 전장을 재현한 디오라마 위에 미니추어 전차나 골렘이 놓여 있었다.

그 테이블을 끼고서, 뭔가 설전을 벌이고 있는 미이라와 금속^{풀 플레이트}갑주^{메일}가 있었다.

AR표시를 보고 이 두 사람이 무쿠로 「주검의 왕」 테츠오와, 요로이 「강철의 유귀」 타케루라는 걸 알 수 있었다.

"음. 세메리군. 반과 싸우는데 전차라도 내놓으라고 하러 왔나?"

"그 쓸모없는 지방 덩어리를 1시간 정도 만지작거리게 해주면 반과 싸울 수 있는 강화외장을 설계해 주겠다만?"

"이, 이 호색 영감들! 전차 같은 못난 걸 가져갔다가 반 님한 테 미움 받으면 어떻게 책임질 셈인데!"

무쿠로와 요로이의 성희롱 발언에 얼굴이 새빨개진 세메리가 팔을 휘두르면서 두 사람을 쫓아다녔다.

세메리에게서 도망쳐다니는 두 사람은 기분 탓이 아니라 즐거워 보였다.

그건 그렇고, 초등학생처럼 괴롭히는 건 괜찮은 건가 싶어.

"그런데, 그쪽 형씨는 누구지?"

성희롱 발언을 잔뜩 해서 세메리를 가지고 논 다음에, 드디어 내 존재를 깨달은 두 사람이 물어봤다.

"세메리의 이거냐? 반을 독점하는 걸 포기했냐?"

요로이가 손가락으로 저질스런 사인을 했다가, 세메리한테 얻어맞아서 투구가 바닥을 굴렀다.

역시 갑옷 안쪽은 텅 비었나 보군.

아리사가 만났으면 『『형』이라고 말해봐』라고 조를 것 같다.

"그럴 리 없잖아! 반 님이 시켜서 안내하고 있어."

"—안내?"

무쿠로가 의심스런 눈으로 나를 보았다.

미이라의 얼굴인데도 의외로 표정이 풍부하군.

"처음 뵙겠습니다. 쿠로라고 합니다. 반 공하고는 동향―『일본인』이라고 하면 이해될까요?"

"우음? 용사가 아닌데 검은 머리의 『일본인』이라고?"

"그 나이에 벌써 영원의 몸을 가지고 싶어졌나? 앞으로 30년 정도 인생을 즐긴 다음에 해라."

"그래. 나처럼 강철의 몸이 되면 안 된다. 이런 금속 갑주의 몸으로는 세메리의 젖을 문질러도 즐겁지가 않거든?"

"내 가슴은 반 님 거야!"

인사를 한 것뿐인데 참으로 소란스럽군.

그건 그렇고 둘 다 게임이라면 최종 보스나 중간 보스가 될 법한 모습이다.

특히 무쿠로는 「불사의 왕」 젠을 만난 적이 없었다면 마물로 착각하여 퇴치해버렸을 지도 몰라.

"그래서, 용건은 뭐냐? 정말로 영원한 몸을 바라나?"

"아뇨. 세메리한테 미궁 하층의 명소 안내를 부탁했더니, 여기가 가장 재미있다며 데리고 오더군요."

"뭐야? 관광이냐?"

"우효효효. 그런 이유로 이 지옥의 도가니 바닥까지 온 호사가는 처음이구만."

용건을 묻기에 솔직히 말했더니 크게 웃었다.

"뭐, 좋다. 지난 천 년 정도 영원한 목숨을 바란다거나, 빼어난 지식을 바란다거나, 살벌한 바람을 가진 녀석만 왔었으니까."

"그리고 우리를 마왕으로 착각해서 토벌하러 왔다가 격퇴된 『용사』나 영웅 지망의 바보들 정도야."

표정은 전혀 읽을 수가 없지만, 지긋지긋하단 기색이 전해진다.

일단 환영을 해주는 모양이니, 선물 대신 스토리지에서 썩고 있던 화약식 대포나 머스킷 총 같은 걸 증정해봤다.

아이템 박스에서 대포를 꺼낼 수 있나 걱정됐지만, 꺼내는 순간에만 입구가 변형되어 꺼낼 수 있었다.

"제법 희귀한 골동품이구만……."

"이건 내가 프루 제국에 있을 무렵에 설계한 대포구만. 마력이나 마법을 흡수하는 슬라임이 대량으로 번식을 해서 말이지, 그걸 퇴치하려고 만든 녀석이다."

요로이 씨는 프루 제국의 기술자였던 모양이다.

분명히, 600년 전인가 700년 전에 오크 마왕 「황금의 저왕」이 멸망시킨 제국이었을 텐데.

내가 사막에서 계약한 도시 핵은 프루 제국 것이었다고 하니까, 무슨 신기한 인연이 느껴지는군.

"이 총은 히히이로카네제로군…… 총에 그렇게까지 강도는 필요 없을 텐데, 어떤 괴짜가 만든 건지."

괴짜라 죄송합니다. 그건 제가 놀이 삼아 만들었어요.

어색한 마음을 「무표정」 스킬로 감추고, 선물을 집어 드는 두 사람을 지켜보았다.

생각한 것 이상으로 선물이 호평이라서, 그 답례로 폐쇄공간에 만들어진 박물관을 견학할 수 있게 됐다.

◆

지탱하는 것도 없이 공중에 떠오른 황금으로 장식된 문을 무쿠로가 통과했다.

문은 전이문이었는지, 무쿠로의 광점이 맵이나 레이더에서 사라졌다.

마커 일람을 조사하자, 현재 위치가 「UNKNOWN」으로 표시됐다.

시험 삼아서 「멀리 보기」 마법으로 보려고 해봤는데, 진조의 상야성을 엿보려고 했을 때처럼 효과가 발휘되지 않았다.

요로이나 세메리에 이어서 황금의 문을 통과했다.

맵을 확인하자 「맵이 존재하지 않는 구역입니다」라고 표시됐다.

전에 한 번 본 적이 있다. ―그렇지, 젠의 그림자 속에 붙잡혔을 때랑 같았다.

안은 어디까지나 이어지는 광대한 하얀 세상이었다.

"왔나― 따라와라."

앞장서는 무쿠로와 요로이를 따라 하얀 공간을 걸었다.

거기에는 높이 50미터쯤 되는 직방체의 건물이 같은 간격으로 늘어서 있었다.

"이건 공간 마법으로 만든 장소인가요?"

"아니, 여기는 유이카가 유니크 스킬로 만든 공간이다. 여기라면 만에 하나라도 신들이 엿볼 걱정이 없으니까."

"정말이지, 바깥 결계만으로 충분할 텐데, 걱정이 많은 영감이야."

요로이가 질린 기색으로 말하자, 무쿠로가 입술을 일그러뜨리며 고개를 돌렸다.

뭐, 분명히 신들은 구름 위에서 하계를 내려다보는 게 일 같은 이미지가 있긴 한데.

─어이쿠.

그런 것보다도 확인하고 싶은 게 있었지─.

"바깥 결계나 이 공간은 유이카 씨란 분이?"

"아아 그래. 상급 마법은 물론이고 신들의 힘조차 튕겨내는 최강의 결계다. 『입구로 설정된 장소에서』, 『정해진 순서로』, 『조건을 채운 자』만 통과할 수 있지. 그걸 만족하지 않으면 **일곱 신들마저도** 통과는커녕 엿볼 수도 없다."

─어? 어떻게 된 거지?

세메리랑 손을 잡고 통과한「명부의 결계」나 문지기를 쓰러뜨리고 문의 시련을 만족한 뒤에 통과한「상야성의 결계」는 뭐 좋아.

하지만 나는 제나 씨를 돕기 위해 정규 입구가 아닌 곳으로「상야성의 결계」를 넘을 수 있었다.

신들마저도 통과할 수 없는 장소를…….

사소한 특기라고 생각했던 내「결계 투과」능력에도, 무슨 비밀이 있다는 생각이 들기 시작했다.

뭐, 내 공간 마법이나 모든 맵 탐사가 안 되는 이유는 알았다.

유이카의 유니크 스킬이라고 하니까, 그런 개인에 귀속된 능력이라면 마족이나 마왕이 가볍게 쓰는 일은 없겠지.

"그야말로 그『용의 계곡의 결계』에 필적할지도 모르지."

"방구석폐인이라 나오는 실력이구만."

요로이가 카하하 웃었다.

"방구석폐인, 인가요?"

"아아, 그래— 언제까지 웃고 있냐!"

무쿠로가 손에 든 석장으로 요로이의 투구를 때렸다.

"유이카란 아가씨는 우리들이랑 달리 인간족이 아니라『소귀인족』^{고블린}으로 태어나서 말이다. 몇 번이나 험한 꼴을 당한 탓에 남을 무서워해서 자기 영역에 틀어박혀 있다."

인외 전생이라……. 그건 제법, 하드모드 전생자 인생이군.

하지만 데미가 안 붙은 고블린은 처음일지도 모른다. —아니, 그 밖에도 초대 용사가 싸웠다는 「고블린의 마왕」이 있었다는 얘기를 들었지.

그러나 여자애가 고블린으로 전생하다니, 너무 가여워서 눈물이 나올 것 같다.

"유이카는 얌전하지만 착한 애거든? 내 연애 상담 같은 것도 받아줘."

세메리가 유이카를 거들었다. 그녀의 성격이라면 유이카가 거절해도 성큼성큼 다가가서 친해졌을 게 틀림없어.

"그렇지, 무쿠로. 나중에 유이카한테 쿠로를 데리고 가도 돼?"

"엉? 이 애송이는 무해할 것 같으니까, 본인이 만난다고 하면 만나게 해줘라."

무쿠로가 나를 바라본 다음, 세메리에게 조건을 달아서 허가를 내렸다.

그건 그렇고, 기왕 유니크 스킬의 화제가 나왔으니까 조금 질문을 해볼까.

"그건 그렇고, 굉장한 결계군요. 과연 신의 힘이 깃든 유니크 스킬이라고 해야 하나요? 사람의 몸으로 『신의 조각』을—."

"쿠로."

무쿠로가 얼음 같은 시선으로 나를 보았다.

방금 전까지 호호 할배 같은 분위기가 날아가 버렸다.

아무래도 그의 역린을 건드린 모양이다.

"누구에게 들었지?"

유니크 스킬이 「신의 조각」에서 유래됐다는 것에 대해서, 일까?

"그건—."

마왕에게 들었다고 대답해도 될까 망설여져서 사기 스킬을 의지하여 얼버무릴까 생각했지만, 말하고자 한순간에 위기 감지가 발동했다.

아마 거짓말이나 얼버무리는 건 무쿠로에게 안 통할 것 같다.

스킬이 아니라, 오래 살며 길러온 인간 관찰안 같은 걸로 간파 당할 것 같은 예감이 들었다.

"—마왕 『구두의 고왕』 나리입니다."

그래서, 사실대로 말했다.

"쿠로. 너 정체가 뭐냐? 그 이름은 가명인가? 아니면 우리를 흔들어 보려고 일부러 명명하고 왔나?"

"무슨 말이죠? 이 이름은 흑룡 산맥의 주인인 성룡에게 받은 겁니다만?"

그리고 정체가 뭐냐고 해도, 대답하기 곤란하다.

"그러면 크로우를— 구두를 만난 건 언제냐?"

무쿠로가 추궁했다.

아아, 구두를 쓰러뜨린 직후에 나타난 「보라색 머리칼의 소년 크로우」랑 이름이 비슷하니까 그런 질문이 나왔구나.

역시, 크로우 소년은 마왕화하기 전의 구두였나?

"불과, 한 소월 전이네요."

"칫, 어느 틈에……."

무쿠로가 혀를 찼다.

"무쿠로, 네 아내가 무슨 말 안 했냐?"

"그 녀석이 나한테 보고할 리 없잖아. 전에 만난 것도 200년 넘게 전이다."

무쿠로의 아내란 사람은 구두랑 아는 사이인가?

맵 검색으로는 그럴 듯한 레벨 높은 사람이 없는 것 같으니까, 별거라도 하고 있는 거겠지.

"그러면, 지금쯤 지상은 살육의 폭풍이…… 비나이다비나이다."

"아니지, 그 재수 없는 구두라면 신전 관계자 살육을 방해하지 않는 한 무시할 게다."

재앙을 피하는 제스처를 하는 요로이에게 무쿠로가 태클을 걸었다.

"혹시, 구두와 친구라거나?"

"설마, 그럴 리가."

"그런 재수 없는 광신자와 친구 따위 사양하겠다."

요로이와 무쿠로가 싫다는 기색으로 신음했다.

"뭐냐. 똑같이 신을 싫어하니까 친하지 않냐?"

"똑같이 보지 마라. 나는 신을 싫어하지만, 그 힘을 깎아낸다고 신을 신앙하는 무지몽매한 녀석을 학살하는 외도는 못 된다."

무쿠로가 싫은 기색으로 내뱉었다.

"무쿠로 공도 신을 싫어하나요?"

"그래. 옛날에 일이 좀 있었어. 『도』라는 건 너도 그런가?"

"아뇨, 저는 딱히 신을 싫어하진 않아요."

신을 죽인 자 칭호는 있지만, 싫어하니까 용신을 죽인 것도 아니고.

"아아, 구두 말이군—."

무쿠로가 납득하여 중얼거렸다.

"혹시 구두 토벌 방법을 알고 싶어서 왔나?"

"도와주지는 못 한다? 우리들은 절대 못 이기니까—."

무쿠로와 요로이가 입을 모아 말했다.

"—무리했다가 죽는 것도, 마왕이 되는 것도 거절한다."

그거야!

"전생자가 유니크 스킬을 지나치게 쓰면 마왕화한다는 건 미신이 아닌 건가요?"

"쿠로, 그것도 구두가 말했나?"

"네. 그런가요?"

"뭐가 잘못 돼도, 다른 곳에서 떠들지는 마라."

"네, 물론이죠."

나는 진지한 표정으로 단언했다.

왜냐면, 이 일이 세간에 퍼져 버리면, 그렇잖아도 불길한 색이라고 여겨지는 머리칼을 가진 전생자들이 마녀사냥 같은 심각한 취급을 받을 것이 눈에 선하다.

"오해를 하셨다면 죄송합니다. 제 동료 중에 전생자 소녀가 있어요."

나는 괜한 속내 캐기는 내팽개치고, 정면으로 정보를 구해보기로 했다.

"그 애가 마왕이 되는 건 보고 싶지 않아요."

"그래서, 유니크 스킬— 아니, 전생할 때 신이 빌려주는 『권능』에 대해서 물어 보고 싶다는 거냐? 그렇다면—."

"기다려라, 요로이."

대답하려고 하는 요로이를 무쿠로가 막았다.

"쿠로, 그 소녀는 너에게 뭐지?"

"소중한 가족 같은 아이입니다."

내 대답을 들은 무쿠로가, 조금 조용히 생각한 다음에 입을 열었다.

"『주검의 왕』테츠오가 묻는다. 너에게 그 소녀는 자기자신과 같거나 그 이상으로 소중한 존재인가?"

—심의관이 하는 「판정」?

"대답해라, 쿠로."

나는 무쿠로의 물음에 「네」라고 대답했다.

"『주검의 왕』테츠오가 묻는다. 너는 그 소녀의 행복을 바라는가?"

나는 「네」라고 즉답했다.

"알았다. 내가 아는 한 가르쳐 주지."

그렇게 말한 무쿠로가 유니크 스킬이나 「신의 조각」에 대해 알려주었다.

그건 내가 예상했던 것을 추가로 확인하고, 또한 내가 몰랐던 것을 보완해주는 내용이었다.

"전생자로 다시 태어날 때, 신이 『권능』을 대여해준다."

그 권능이 유니크 스킬이며, 전생자의 바람을 이루는 형태로 빌려준다고 했다.

그리고, 권능을 내리는 것이 「신의 조각」이라고 했다.

"─그렇지만, 무제한은 아니야."

전생자의 「혼의 그릇」을 넘어서는 「권능」은 가질 수 없다고 한다.

"한계를 넘어서 유니크 스킬을 쓰면 『혼의 그릇』에 상처가 난다. 금이 간 상태라면 본래대로 돌아갈 수도 있지만, 대개는 수복 불가능할 정도로 부서져서 본래대로 돌아올 수 없게 되지. ─그게 『마왕』이다."

"마왕이 되면 이제 돌아올 수 없나요?"

"그래, 무리다. 구두처럼 이성을 유지한 채 마왕이 되는 별종도 있지만, **대부분은 폭주를 시작해 버리지.**"

"신들이라면 그릇을 수복할 수 있다고 하는데, 그 녀석들이 그런 것에 소중하고 소중한 신력을 쓸 리가 없지."

"고위 신관의 기원 마법으로는?"

"무리다. 사람의 힘으로 어떻게 할 수 있을 만큼 물러 터진 게 아냐."

그러니까, 마왕화는 불가역이라고 생각해야 되는구나…….

"그렇게까지 심각해지지 마라. 걱정 된다면 한계를 넘어선 유 니크 스킬을 못 쓰게 하면 되는 거니까."

"그렇지, 용법용량을 지켜 주세요란 거다."

그건 좀…… 의약품 주의사항도 아니고.

"뭐야? 못 믿겠냐? 나는 오래 살아온 만큼 여러 전생자를 봤 다만, 신이 처음에 설정한 사용 회수를 넘지 않는 한, 마왕화한 녀석은 없거든?"

"신이 설정한 사용 회수 말인가요?"

그러고 보니, 아리사의 유니크 스킬 「불요불굴」은 「세 번밖에 못 쓴다」, 「사용 회수는 1개월에 하나씩 회복된다」라는 제한이 있었지.

유니크 스킬인 「전력전개」는 제한을 들은 적이 없으니까 다음 에 확인을 해둬두자.

"죽을 만큼 큰 부상을 입은 녀석이나, 병으로 죽기 직전에 무 리하게 유니크 스킬을 쓴 녀석은 마왕이 되지 않았던가?"

"그러고 보니 우울증으로 마왕화한 녀석도 있었지."

위험해라. 사용회수만 지표로 삼으면 위험했군.

"뭐, 건강이 중요하다는 거야."

"심신을 건강하게 유지하고, 그리고 레벨을 올려서 기초 능력을 올리는 것도 좋지 않나?"

과연, 선인의 지혜는 공부가 되는군.

"그렇지. 그 애한테 일격필살이나 한계돌파 계통의 스킬이 있으면 주의해라. 그건 한순간에 한계를 넘어서 마왕화까지 가버리는 경우가 있다."

—으에엑.

그야말로 아리사의 유니크 스킬 「전력전개」가 해당된다.

"……있는 거냐?"

무쿠로가 요로이와 얼굴을 마주 보았다.

"내 아이템 박스에 『혼의 그릇』을 보호하는 신기(神器)가 있다. 구속구나 서포터 같은 물건이지만, 나름대로 실적이 있는 물건이야—."

"양보해주시는 건가요?!"

나는 조금 과하게 무쿠로의 제안에 올라탔다.

"공짜는 아니다?"

무쿠로가 사악한 웃음을 지었다.

"용의 송곳니 같은 억지는 안 부린다. 용의 비늘 몇 장과 세계수의 가지나 잎, 그리고 새끼 손가락 크기의 『현자의 돌』을 하나—."

"이봐이봐. 애송이 상대로 그건 너무 억지가 지나치잖아. 좀더 현실적인 걸로 해줘라."

무쿠로가 지정한 물건에 요로이가 기겁했다.

그러나 아리사의 마왕화를 예방할 수 있다면, 이 정도는 싼 편이다.

"세계수의 가지나 잎은 어느 정도 필요한가요?"

"가지는 마차 한 대 분량, 잎은 바닥에 깔 수 있을 정도면 된다."

세계수의 가지는 두꺼우니까, 마차 한 대 분량 정도는 여유다.

"알았어요. 여기 꺼내면 될까요?"

"있는 거냐?"

뜻밖이란 표정의 무쿠로에게 수긍하고, 그가 지정한 창고로 이동하여 아이템 박스에서 꺼냈다.

"굉장하군, 정말로 가지고 있다니."

차례차례 꺼내는 아이템을 보고, 요로이가 기겁한 소리를 냈다.

"이건, 뭐냐?"

"용의 비늘인데요? 뭔가 안 좋은가요?"

"이건, 성룡의 비늘이잖아?"

무쿠로가 놀란 소리를 질렀다.

"이 잎도 묘목이 아니라, 제대로 된 가지에서 난 거 아냐?"

비늘은 그렇다 치고 무쿠로가 가지와 잎에 놀라는 의미를 이해 못하겠지만, 대가로서 문제가 없는 모양이니 「현자의 돌」─성수석을 지정한 사이즈로 건넸다.

"이것도 가짜가 아니군. 쿠로, 너 정체가 뭐냐?"

"성룡이나 엘프하고 조금 인연이 있었을 뿐이에요."

"인연이 있는 정도로 세계수의 가지와 잎은 모를까, 귀중한 『현자의 돌』을 인간족에게─."

무쿠로가 말하던 도중에 입을 닫았다.

"뭐, 캐내는 건 관두지."

"그래, 무쿠로. 이런 땅 밑바닥까지 찾아와서 귀중한 소재를 흥정도 없이 내놓을 정도야. 그 애가 어지간히 소중한 거겠지."

아리사는 분명히 소중하지만, 그런 식으로 새삼 말하니 조금 쑥스럽군.

"쿠로, 이게『혼각화환(魂殼花環)』이다. 되도록 머리와 가까운 곳에 장비시켜라."

무쿠로가 작은 꽃이 몇 겹으로 고리를 이룬 브로치 같은 것을 건넸다.

이게「혼의 그릇」을 보호하는 아이템인가 보다.

"일격필살 계통을 쓴 다음에는 반드시, 혼각화환을 확인해. 중심에 있는 자백주(紫魄珠)가 흐려지거나 깨져 있으면 제법 위험한 상태다. 가능한 빨리 엘릭서를 먹이거나, 최고위 신성 마법을 쓸 수 있는 신관에게 보여라."

과연, 그럴 때는 엘릭서를 주면 되는구나.

"엘릭서가 필요하면 반에게 부탁해라. 그 녀석이라면 성의 시녀들을 위해서 언제나 몇 갠가 저장하고 있을 거야."

"배려 감사합니다."

내가 가진 게 있으니까, 진조에게 부탁하지 않아도 괜찮다.

그렇지, 이 기회에 물어보자.

"무쿠로 공,『신의 조각』을 제거하는 건 가능한가요?"

구두는 다른 마왕에게서『권능』을 빼앗은 적이 있다고 했다.

녀석은 불가능하다고 했지만, 빼앗을 수 있다면 제거할 방법도 있을지도 모를까 싶어 물어봤다.

"—엉? 위험한 건 애당초 잘라내자는 건가?"

무쿠로의 물음에 수긍했다.

"리스크를 멀리하고 싶은 마음은 알겠다만—."

"서론이 길어. 얼른 가르쳐 줘라."

요로이가 무쿠로의 말을 가로막았다.

"칫, 시끄러운 녀석이야. 『신의 조각』을 제거하는 건 가능하다. 다만, 제거하면 죽는데?"

역시, 구두랑 같은 대답이군…….

"그건, 권능이 정착되도록 혼의 깊숙한 곳까지 뿌리를 내리고 있다. 무리하게 제거하면 혼이 갈기갈기 찢어져 버리지. 까딱하면 그 자리에서 마왕화 해버리기도 하고, 까딱하지 않아도 혼이 부서져서 두 번 다시 윤회의 고리로 돌아가지 못하게 될 거야."

예상 이상으로 위험한 모양이군.

무쿠로의 말에 따르면 천 년 정도 전에 나타난 마왕이 강탈 계통 유니크 스킬로 다른 전생자의 유용한 권능을 빼앗은 외도였다고 하는데, 그때 희생자들을 보고 알았다고 한다.

"자기 권능을 권속에게 양도한다는 별난 권능을 가진 마왕도 있었지만, 그건 너무 특수해서 참고가 안 될 거야."

무쿠로가 말하고, 「신의 조각」 제거에 관한 이야기를 마무리했다.

무슨 행운이 있어서, 그 양도처럼 「신의 조각」을 노 리스크로 제거하는 유니크 스킬을 가진 전생자를 만나지 못하면, 아리사에게서 「신의 조각」을 제거하는 건 무리인가 보다.

◆

무쿠로에게서 이것저것 들은 다음, 우리는 당초 예정한대로 무쿠로의 박물관을 견학했다.

"쿠로, 느긋하게 박물관 견학을 해도 되는 거냐?'

물어보는 요로이를 돌아보았다.

"지상에서는 구두가 날뛰고 있잖아? 전생자 소녀나 아는 사람이 걱정되지 않나?"

그러고 보니 구두의 부활 이야기를 하는 도중에 다른 화제로 옮겨 버렸었지.

"괜찮아요. 『구두의 고왕』은 이미 토벌됐으니까요."

"토벌? 벌써 구두가 토벌된 거냐?"

"잠꾸러기 용들치고는 나서는 게 빠르군. 신력의 낭비를 싫어하는 신들이 나섰을 리가 없을 거고, 나와도 구두가 가진 권능하고 상성이 나쁘니까 봉인하는 것도 쓰러뜨리는 것도 무리일거야."

내 대답에 요로이와 무쿠로가 고개를 갸웃거렸다.

"아뇨, 신탁에 따르면 용사님이 쓰러뜨렸다고 합니다."

"용사가?"

"바보 같은 소리. 이제 막 마왕이 된 잔챙이라면 모를까, 아신급인 구두를 용사가 쓰러뜨릴 수 있겠나."

사실을 말했는데 두 사람은 믿어주질 않는다.

"파리온 신이 힘을 나눠서 내려주는 용사는 분명히 강하다. 그러나—."

무쿠로가 타이르는 것처럼 나를 보았다.

"—어차피 신력의 일부를 빌려주었을 뿐인 인간이야. 우리들 전생자와 크게 다를 바가 없지. 신들이 직접 나서도 쓰러뜨릴 수 없는 상대를, 그 일부만 빌린 녀석이 이길 수 있을 리가 없다."

뭐, 두 사람 말은 이해가 간다.

내가 아는 용사 하야토는 인류최강이라고 해도 될 정도로 강하지만, 그래도「그와 같은 강함을 가진 인간을 몇 명 모으면 구두를 쓰러뜨릴 수 있을까?」라는 물음에 답이 안 나오니까.

"그러면, 용사에게 신이나 용이 조력한 걸지도 모르죠."

나는 사기 스킬을 활용해서, 그런 무난한 말로 의논을 끝냈다.

"뭐, 구두가 날뛰지 않는다면 됐다. 그 녀석을 생각하는 것보다 세메리의 엉덩이를 보는 편이 만 배는 유익하지."

요로이가 앞을 걸어가는 세메리의 육감적인 둔부에 시선을 주었다.

대단히 동감하지만, 본인에게 들리도록 말하는 건 성희롱 아닐까?

"야! 함부로 보지 마! 내 엉덩이는 반 님 거야!"

"보는 것 정도는 괜찮지 않냐? 닳는 것도 아니고. 쩨쩨하게 굴지 마라!"

"닳아! 뭔지는 모르지만 분명히 반드시 닳아!"

성희롱 아저씨 요로이에게 세메리가 맹렬하게 항의했다.

"어이, 기껏 박물관에 왔으니까 제대로 견학 안 하나!"

"효효효, 괜히 저런다. 보여주고 싶어서 어쩔 줄 모르는 주제에."

이번에는 무쿠로와 요로이가 싸웠다.

—사이가 좋기도 하군.

나는 그 두 사람을 방치하고 박물관 물건들을 견학했다.

어디선가 본 것 같은 권총이나 소총, 서브 머신건이나 박격포에 수류탄— 이상하게 병기가 많군.

이어서 데리고 간 건물에는 단엽이나 복엽의 레시프로 전투기나 전차가 장식되어 있었다. 지상에서 본 전차와 달리, 감정을 해보니 세메리도 고전할 법한 전투력이 있는 모양이다.

"여기 있는 것들은 프루 제국에서 개발한 창염 기관을 쓴다. 창화라는 귀중한 연료를 쓴다니까?"

창화— 성수석을 가공한 화폐를 연료로 쓴다면, 프루 제국의 창염 기관은 엘프들의 성수석 기관과 같은 것이거나 유사품이 아닐까 싶군.

무쿠로 말에 따르면 바깥의 전차는 내연기관을 쓴다고 했다.

"정말이지, 괴짜 아니냐? 연료인 중유를 일부러 미궁 중층까지 가지러 간다니까?"

"옮기는 건 내 권속이야! 티라농이 짐수레를 끌어!"

요로이가 취향 까다로운 무쿠로를 놀리고, 세메리가 자기 권속을 자랑했다.

뭐랄까, 내 안에 있던 「불사의 주민」에 대한 이미지가 점점 무너지는군.

"이쪽은 전함을 모방한 거다! 이 46센티미터 3연장 포탑을 만 드느라 고생 깨나 했지."

200미터급 전함 앞에서, 무쿠로가 즐겁게 해설하는 걸 듣다 가 어쩐지 창 밖에서 발견한 것에 흥미가 생겼다.

"저건 혹시 철도인가요?"

"아, 그래. 내가 신들한테 쫓기게 된 원흉이지."

무쿠로는 3천년쯤 전에 소국의 왕자로 전생했다고 한다.

타고난 유니크 스킬과 군사 지식을 사용해 대륙의 서부에 일 대제국을 만들었다고 하는데—.

"제국의 정보와 유통을 안정시키려고 전파탑과 철도망을 만 들었는데…… 그게 신의 역린을 건드린 모양이야."

곡창 지대를 메뚜기 대군이 먹어 치우거나, 가뭄이 일어나거 나, 지진이나 화산 분화 같은 천재지변이 바겐세일처럼 생겼다 고 한다.

—망겜도 정도가 있어야지.

그런 상태에서도 10년 정도 나라를 존속시켰다고 하는데, 신 탁으로 원흉이 무쿠로가 만든 기술이란 것이 전파되어 제국은 분열되고 그 자신도 암살당했다고 한다.

물론, 암살자가 오는 걸 예상하고 있었기 때문에 「주검의 왕」 이 되기 위한 의식을 준비해 두었다고 한다.

"이 몸이 되어서도 집요하게 『신의 사도』가 노렸지만, 미궁 깊 숙한 곳에 은거하는 걸 조건으로 떼어냈지."

그걸 들은 요로이가 미처 죽이지 못한 웃음소리를 흘렸다.

"이 녀석은 전인류를 인질로 삼았다니까? 핵병기를 산더미처럼 만들고는『인류가 멸망하는 게 싫으면 날 노리지 마라』하면서."

농담인가 했는데, 무쿠로는 기분이 틀어진 듯 콧방귀를 뀌기만 하고 부정하지 않았다.

아무래도 정말인가 보군.

그건 그렇고. 신을 협박하다니 무모하기 짝이 없다. 과연 일대 만에 제국을 만든 남자로군.

그의 이야기로는 신들이 재료가 되는 방사능 물질을 모두 납으로 바꾸는 기적을 썼다고 하니, 지상 부근에서는 채굴이 불가능해졌다고 한다.

그의 유니크 스킬「금속 창조」로는 우란이나 플루토늄을 만들수 없다고 하니까 핵병기는 남은 게 없다고 했다.

―다행이군.

판타지 세계에 핵겨울은 정말 싫으니까.

그건 그렇고 예상과 다른 곳에서 구두의 이야기에 대한 근거를 얻고 말았다.

역시, 문명을 커다랗게 전진시키면 신들이 방해를 하는 모양이군.

그건 그렇고―.

"범선이나 비공정은 되는데, 철도는 안 되는 거군요."

"도시간의 통신이나 유통이 간단해지면 안 되는 모양이던걸? 범선은 마물의 위협을 어떻게 할 수가 없고, 비공정은 양산을 못하는 데다가 연료인 마핵을 무진장 소비하니까."

과연, 비공정의 양산은 어느 정도에서 멈추는 편이 좋겠다.

"그건 그렇고, 이 정도 탈 것이나 기계를 전부 직접 설계한 건가요?"

"그래! 나는 시간이 잔뜩 있는 데다가 공작에 편리한 권능이나 마법이 있으면 이 정도는 쉽지!"

"우효효, 무쿠로의 자존심을 너무 부추기지 말라고. 자랑 이야기가 끝나질 않으니까."

요로이의 말에「시끄럽다」라고 대답하면서, 기분이 좋아진 무쿠로가 내연기관을 비롯한 몇 가지 설계도나 학술서, 더욱이 테스터 등의 계측기기류를 주었다.

받기만 하면 미안하니까, 무쿠로가 가지고 싶어 하는 각종 마법 금속을 대신 제공했다.

이렇게 유익한 방문을 마친 우리는 무쿠로의 박물관을 나섰다.

◆

"오오, 이 탈 것은 이렇게 빨랐구나!"

"우효효효, 자살지망자냐? 나랑 세메리는 산산이 부서지든 떡이 되든 본래대로 돌아오지만, 네놈은 그걸로 끝이잖아?"

"—안전운전이거든요?"

나는 무쿠로에게서 빌린 고기동차 — 타이어나 차체가 커다란 군용 지프다 — 를 운전하고 있었다.

박물관 구경을 하고 돌아오는 길에 발견하여, 무쿠로에게 부탁해서 관광의 다리로 사용하게 됐다.

자동차 운전은 오랜만이지만, 마차를 모방한 골렘차하고는 다른 풍취가 있다.

엔진의 포효를 온몸으로 느끼면서 급커브를 돌았다.

기세가 너무 붙어서 뒷바퀴가 미끄러진다. ―생각보다 그립이 안 좋군. 아래쪽이 돌바닥이니까 어쩔 수 없나?

몰래 「이력의 손」으로 흘러가는 차체를 지탱하면서 드라이브를 즐겼다.

"굉장하다! 요로이나 무쿠로의 운전하고는 전혀 달라!"

뒷좌석의 세메리가 흥분하여 뒤에서 목을 끌어안았다.

유감이지만 시트가 방해해서 행복한 감촉은 못 느꼈다.

"이런 자칭 안전운전 자식이랑 비교하지 마! 이쪽은 뼈대 있는 골드 면허다!"

―자칭은 심하잖아.

반론하고 싶었지만, 말했다간 혀를 깨물 것 같아서 요로이의 실례되는 외침을 흘려들었다.

맵으로 경로를 마킹했고, 공간 마법인 「멀리 보기」로 어둠 앞도 확인할 수 있는 데다가 지형을 입체도로 체크하면서 운전하는 거니까 어떤 의미로 내비게이션을 쓰는 것 이상으로 안전하다.

장애물이나 마물은 선행시킨 술리마법 「자유 검」이나 「자유 방패」로 분쇄하고, 「이력의 손」으로 붙잡아서 스토리지로 보내 처분하고 있으니까 문제없다.

조금 스피드를 너무 내는 기분도 들지만, 시속 100킬로미터도 안 되니까 자살 지망자라고 부르는 건 조금 섭섭하다.

섬구로 이동하는 거랑 비교하면 멈춘 것 같은 속도인데.

〉칭호 「**폭주자**」를 얻었다.
〉칭호 「**어둠 속의 폭주자**」를 얻었다.
〉칭호 「**포탄 자식**」을 얻었다.

힐끔 봤더니 로그 윈도우에 AR표시되는 실례되는 칭호가 신경 쓰였지만, 지금은 기분이 좋으니까 가볍게 무시할까.

그리고 동승한 것은 세메리와 요로이 두 사람뿐이고, 무쿠로는 내가 건넨 전설급의 마법 금속으로 뭔가 공작을 시작했다.

요로이도 프루 제국의 기술자였을 텐데, 무쿠로처럼 연구자 타입하고는 조금 다른 모양이다.

"오오, 이거 절경이네요."

"그렇지! 낙차 1킬로미터의 폭포잖아? 들여다보다가 떨어지지 마라."

광원이 없어서 지옥 끝으로 통하는 나락 같은 느낌이었다.

주변이 천연 수정굴인 것 같으니까 약간 조명을 넣어볼까.

나는 「반딧불이 조종」 픽시 라이트 마법을 써서 폭포를 따라 광원을 하강시켰다.

"우와아아아아아아아! 굉장해, 굉장하다 쿠로! 엄청 예뻐!"

흥분한 세메리가 내 옷깃을 붙잡고서 붕붕 휘둘렀다.

몇 번이나 닿는 가슴의 감촉은 기쁘지만, 조금 너무 휘두르는데.

뭐, 세메리가 흥분하는 것도 무리가 아닐 정도로 환상적인 광경이라고 생각하지만.

다음에 꼭 동료들을 데리고 놀러 와야겠군.

그렇게 결심하고, 다음 관광 스팟으로 이동했다.

"—떠올라 있는 건 슬라임 계통 마물인가요?"

"아니, 저건 그냥 물이야."

우리들의 시선 끝, 검게 빛나는 방 안에 비치볼 사이즈의 물 공이 둥실둥실 변형하면서 몇 개나 떠 있었다.

"여기는 무중력의 방이야."

과연, 원리는 전혀 모르겠지만 무중력을 즐길 수 있는 방인가 보다.

"안엔 들어가지마. 수분이 폐포를 막아서 빠져 죽는 함정 방이다."

"다시 말해서 입을 막고 있으면 되는 거네요."

나는 호기심에 져서 잠깐 들어가 봤다.

—오오.

고궤도의 허공을 부유하고 있을 때하고도, 자유낙하를 할 때하고도 다르다. 참 신기한 감각이야.

몸 주변에 물을 느끼지 않는 수중 다이빙 같다.

"크아아악, 괴로워! 괴롭다고!"

즐거워 보이는 내 모습에 호기심이 생긴 세메리가 안으로 들어와서, 호흡곤란에 빠져 있었다.

허억허억 가쁘게 숨을 쉬는 세메리를 뒷좌석으로 던져 넣고, 우리는 다음 관광 스팟으로 이동했다.

고기동차 덕분에 지하 관광은 순조롭다.

"여기는 『천국의 뜰』이란 이름의 장소야."

엄중하게 봉쇄된 수수께끼 금속 문을 빠져나간 곳은, 빨갛거나 연보라색 꽃이 흐드러진 언덕이었다.

요로이가 「천국의 뜰」이라고 한 만큼 상당히 예쁘다. 광원은 상층의 식물 구역과 마찬가지로 광섬유 같은 식물의 뿌리를 경유한 건가 보다.

"뭐, 마양귀비 꽃이지만 말이야."

요로이 말에 따르면, 400년쯤 전에 마족이랑 결탁한 범죄 길드 녀석들이 재배하던 장소라고 한다.

"태워도 될까요?"

내가 묻자, 「그럼요그럼요」라는 제스처를 하기에 불 마법인 「화염 폭풍」으로 재도 안 남기고 불살라 버렸다.

그런 약간 놀리는 건가 싶은 장소를 포함하여, 우리는 고기동차의 속력을 이용해 단시간에 하층의 명소를 달려다녔다.

"요로이, 최심부도 들를 거야?"

"—뭐야? 그런 곳은 『태고의 뿌리덩이』 정도밖에 없잖아?"

"그 녀석 수액은 맛있는데?"

"그런 걸 빨아먹으려고 하는 건 세메리뿐이다."

매미 같은 발언을 하는 세메리를 보고 요로이가 웃었다.

"안 그래! 하얀 공주도 좋아해!"

"애당초, 닿기만 해도『생명 강탈』을 하는 괴물의 수액을 어떻게 마시는 거냐?"

대드는 세메리에게 요로이가 물었다.

분명히「생명 강탈」은 체력뿐 아니라 젊음이나 레벨까지 빨아들이는 공격이었을 텐데.

"『생명 강탈』로 빼앗긴 분량은 수액을 빨 때 되찾으면 되잖아."

"그런 게 가능한 건 너희들『흡혈귀』정도야."

세메리는 요로이에게 기각 당해서 아쉬운 표정을 하고 있지만, 나도 그런 위험한 상대와 대치하는 건 사양하고 싶으니까 요로이의 손을 들어줬다.

◆

"차는 거기 바위 뒤에 세워둬."

요로이의 지시에 맞추어 차를 세웠다.

여기는 사룡 일가가 사는 구역이었다. 사룡들뿐 아니라, 바질리스크나 불꽃 전갈 등의 마물도 서식하고 있었다.

"여기는 언제 와도 냄새가 나서 싫어."

세메리가 투덜대며 차에서 내렸다.

"이건 유황 냄새인가요?"

"아아, 맞아―. 기대하고 있었다면 미안하지만 온천은 없다."

일본인다운 발상이지만, 미궁 온천이라면 이미 중층에 만들어 놨으니 문제없다.

"의외로 덥네요."

내 말에 요로이가 텅 빈 투구 안에서 씨익 웃는 분위기를 전했다.

나는 외투를 아이템 박스에 수납하면서 요로이 뒤를 따라갔다.

몇 개인가 바위의 문을 통과할 때마다 온도가 올라갔다.

지금까지는 한여름 같은 더위였다. 비키니 같은 의상이 된 세메리의 섹시한 몸이 유일한 오아시스다.

"어때? 제법 괜찮지?"

"가끔은 더운 것도 좋네요."

요로이의 말에 찬동하면서 회랑을 나아갔다.

"이상한 녀석들이야."

세메리가 고개를 갸웃거렸지만, 이해해서 오아시스가 사라지면 난처하니까 조용히 있었다.

물론 요로이도 못난 말은 안 한다. 요로이가 살아있는 몸이었다면 함께 밤의 언니들 가게로 놀러가고 싶을 정도였다.

"저 너머가 목적지다."

마지막 문을 통과해서 드디어 구역 안에 있는 대공동에 도달했다.

"어떠냐? 쿠로. 남자의 로망이 느껴지지?"

"이거 참, 절경이네요."

그곳은 용암이 간헐천처럼 분출되고, 바위들 사이에 급류의 시내처럼 붉은 흐름을 만들고 있었다.

전에 남쪽 바다를 여행할 때 찾아간 염왕의 화산섬하고는 또 다른 맛이 있는 경관이다.

치사성의 가스도 분출하고 있는 것 같아서 「방풍」이나 「기체 조작」의 마법으로 대처했다.

용암의 빨간 빛 사이로 떠오르는 마물들이 제법 괜찮은 분위기를 낸다. 나중에 몇 마리 사냥해서 애들한테 선물해야겠군.

유감이지만, 사룡 일가는 안쪽 화산에서 낮잠을 자고 있는지 모습을 볼 수가 없었다.

"어이, 쿠로. 좋은 거 가르쳐 줄까? 여기엔 용이 살고 있어."

요로이가 나쁜 어른의 얼굴이 된 것 같은 목소리로 속삭였다.

네, 알고 있어요.

"아하하, 괜찮아. 쿠로. 여기 사는 용은 안쪽 용암 호수에 있는 섬 가운데에서 언제나 자고 있으니까. 커다란 소리만 안 내면 괜찮아!"

내가 대답하는 것보다 먼저, 세메리가 부연설명이라기보다 이상한 플래그를 세웠다.

보통은 문제없는 충고겠지만, 포치랑 카리나 양 이상으로 선부른 세메리라면 분명히 무슨 짓을 저지를 것 같단 말이지.

"칫, 겁먹은 쿠로를 보기 전에 떠벌리지 좀 마라."

"정말로, 요로이는 악취미라니까."

허리에 손을 댄 포즈로 타이르는 세메리는 등부터 허리의 라인이 섹시하다고 생각한다.

그런 괘씸한 생각을 하면서 경관을 탐닉하고 있는데, 노랗게 변색된 바위에서 멈춰선 요로이가 아이템 박스에서 도구류를 꺼냈다.

"그러면, 좀 도와라."

요로이가 도구를 한 손에 들고 말을 걸었다.

"광석 채취인가요?"

"아니, 유황이 부족하니까 그걸 보충하는 거야. 보통 광석은 무쿠로가 흙더미에서 만드니까 채굴 안 해도 되지. 가끔 불 광석이 떨어져 있으니까 필요하다면 조심해서 찾아봐라."

호오, 불 광석이라.

염왕의 화산섬에서 대량으로 얻었으니까 그렇게 필요하진 않은데, 기왕 여기까지 왔으니까 좀 모아둘까.

불 광석은 군용 불 지팡이나 마력포의 제조에 필수니까 수요가 참 많단 말이지.

"분명히, 꽤 떨어져 있네요."

맵으로 근방의 불 광석을 범위 지정 마킹으로 검색했다. 반응이 너무 많아서 눈이 아프다.

일정 이상의 사이즈로 재검색해봤다. ─가까운 용암 웅덩이 바닥에 인간 사이즈의 커다란 불 광석이 굴러다니고 있는 걸 발견했다.

너무 다가가면 옷이나 신발이 불 탈 것 같기에, 「투시」와 「이력의 손」 합체기를 써서 회수했다.

불 광석의 상위 소재인 화정주는 용암 호수 깊숙한 장소에 있는 것 같다.

세메리는 자기 혈검으로 바위를 사사삭 잘라내면서, 바위에 부착된 유황을 회수하고 있었다.

"어이, 쿠로. 그렇게 다가가면 떨어진다."

"멋대로 죽지 마! 너를 쓰러뜨리고 부하로 삼을 거니까!"

그들이 보기에는 용암 근처에서 멍하니 서 있는 것 같았는지, 유황을 채취하던 요로이와 세메리가 경고를 했다.

둘에게 사과하고, 나도 유황 채취에 참가했다.

유황은 땅이 갈라진 곳 주변에 노랗게 부착되어 있으니까 모으는 건 간단하다. 금속 집게로 커다란 주머니에 모아서, 일정량이 되면 요로이에게 건네는 걸 반복한다.

첨버덩. 커다란 소리가 나서 돌아보니, 사고 친 표정의 세메리가 있었다.

"미안, 저질렀어."

유황을 잘라낼 때 실수해서 잘라낸 바위 덩어리가 용암에 떨어져 버린 모양이다.

"―위험하군."

"금방 확인할게."

세메리가 한쪽 손을 박쥐로 바꾸어 하늘로 날려보냈다.

세메리의 귀가 박쥐의 귀로 바뀌어 움찔움찔 움직였다.

"역시 깼어. 이쪽으로 오는데."

아무래도 상공을 선회하는 박쥐에게서 정보를 수신한 모양이다.

"꼬맹이 쪽이냐?"

"아니, 부모 쪽―."

세메리가 말한 순간, 굉음과 함께 부채꼴의 불꽃이 하늘을 태웠다. 지금 그건 사룡의 브레스 같았다.

세메리가 날려보낸 박쥐를 노린 모양이다. 한순간에 잿더미로 만들어 날려버리고 말았다.

레이더에 비치는 광점의 움직임을 보니, 사룡 중 한 마리가 이쪽을 향해 오고 있었다.

이윽고, 멀리 바위산 너머에서 붉은 비늘의 사룡이 모습을 드러냈다.

"그다지 크지는 않네요?"

꼬리를 포함해서 50미터 정도다. 사룡은 레벨 80이나 되는데 레벨 68인 흑룡 헤일롱보다 작았다.

사룡은 종족적으로는 하급룡의 일종이니까, 성룡인 흑룡보다도 작은가 보네.

"바보 자식. 무지막지 크잖아!"

"쿠로가 바보 같은 말을 하니까 사룡 녀석이 화났어!"

세메리가 초조한 표정으로 사룡을 가리켰다.

위협하듯 날개를 펼친 사룡이 쿵쾅쿵쾅 용암이 흐르는 바위지대를 걸어서 다가왔다. 속도가 상당하네.

그건 그렇고—.

"어째서 날아오지 않는 걸까요?"

"아아, 그건—."

"전에 무쿠로가 대공차의 표적으로 삼아서 논 탓이야."

세메리가 요로이의 말을 가로막으면서 설명해줬다. 어쩐지 목소리에 여유가 없다.

그건 그렇다 치고, 하늘을 나는 용을 대공전차의 표적으로 삼았구나. 아까 보여준 라인업에는 없었으니까 고기동차를 돌려주러 갈 때 보여달라고 해볼까.

"어이, 언제까지 보고 있지 말고, 도망치자. 세메리, 쿠로."

"그러게. 반 님이나 무쿠로도 없는데 용이랑 정면으로 싸우면 질 거야."

세메리가 기분 좋은 속도로 입구를 향해 달렸다. 요로이는 그 뒤를 철컹철컹 소란스런 소리를 내면서 따라갔다.

검붉은 그림자가 열풍을 헤치면서 내 머리 위를 뛰어넘어 입구 앞에 착지했다.

"으엑, 뛰어넘어왔어!"

대공전차로 요격당한 상처는 이미 치유됐는지, 사룡의 날개에 구멍은 없었다.

아마 날지 못해서 걸어온 게 아니라, 대공전차를 경계하느라 걸어서 접근한 것뿐인가 보다.

적룡처럼 보이지만, 가만 보니 회색 비늘에 용암의 붉은 빛이 반사된 것뿐인가 보다.

"세메리, 조금 시간을 벌어라. 록 골렘으로 갈아탄다."

"엑, 억지 부리지마."

요로이의 말에 세메리가 떨리는 목소리로 항의했다.

"그럼 내가 할게."

「하급」룡에 살짝 흥미가 생겨서, 시간 벌기를 담당했다.

『용이여, 내 이름은 쿠로. 검은 성룡 헤일롱의 붕우다.』

나는 복화술로 용의 성대를 모사하여 용어로 이름을 밝혀봤다.

—GWLORWOOON.

사룡이 헤일롱과 비슷한 포효를 질렀지만, 그냥 외치는 거였는지 의미는 알 수 없었다. 물론 새로운 언어 스킬도 안 들어왔다.

유감이지만 대화는 불가능한가 보다.

조금 떨어진 장소에 있는 세메리가 하얀 공주처럼 혈액으로 붉은 양손 낫을 만들었다.

자세히 보니, 아까 박쥐로 변했던 세메리의 손이 부활했다.

"요로이, 얼른 해."

세메리가 재촉하지만, 요로이는 대답이 없었다.

대신 뒤에서 철컹철컹 금속이 땅에 떨어지는 소리가 들렸다.

한순간 돌아보니 요로이를 구성하던 금속 갑주가 땅에 굴러다니고, 대신 주위의 바위가 쿠르르르 의사를 가진 것처럼 모이는 게 보였다.

그러고 보니, 아까 「록 골렘으로 갈아탄다」라고 했었지.

—GWLORWOOON.

나를 경계해서 사룡이 다시 포효를 질렀다.

어쩐지 고양이가 쥐를 괴롭힐 때처럼 치기가 넘치는 분위기가 느껴진다.

"죽이기는 싫고, 어떡한다—."

불가항력이라지만, 용종은 「용의 계곡」에서 지나치게 죽었으니까.

"—그렇지."

시험 삼아서 칭호를 「용 살해자」로 바꿔봤다.

사룡의 주의가 나한테 모이는 게 느껴졌다. 아까 전까지 어쩐지 느긋했던 분위기가 사라지고, 증오와 비슷한 적의의 시선이 박히는 게 느껴졌다.

칭호 「~살해자」는 상대의 적의를 부추기는 모양이군.

이어서, 칭호를 「용족의 재앙」으로 바꿨다.

더욱이 적의가 격렬해졌지만, 사룡의 눈동자에 겁먹은 기색이 떠오른 것 같다.

칭호 「~재앙」은 상대의 적의를 강하게 부추기고, 공포를 주는 모양이다.

이번에는 칭호를 「용족의 천적」으로 바꿨다.

사룡이 차분함을 잃고 주위를 둘러보며 도망칠 길을 찾는다.

칭호 「~천적」은 상대에게 강한 공포와 경계심을 주는 모양이다.

"지금이다!"

주위를 끌려고 뛰어든 세메리가 사룡이 아무렇게나 한 번 휘두른 손에 맞아 벽에 부딪히고, 바위를 부수며 파고들었다. 보통은 즉사겠지만, AR표시되는 체력 게이지를 보니 괜찮아 보였다.

사룡이 세메리를 처박은 벽을 향해서 「용의 숨결」 예비 동작에 들어갔다.

"못한다아아아아!"

바위 덩어리 같은 록 골렘이 사룡을 후려쳤다.

록 골렘의 이름이 요로이의 본명인「타케루」가 되어 있었다.

―GWLORWOOON.

사룡이 록 골렘이 된 요로이를 꼬리로 후려쳤다.

일격으로 분쇄된 록 골렘이 몇 개의 파츠가 되어 땅바닥을 구르고, 첨벙첨벙 물소리를 내면서 용암에 가라앉았다.

과연 레벨 80. 굉장한 위력이다.

―GWLORWOOON.

이번에는 사룡의 화염 브레스가 나를 향해 뿜어져 나온다.

땅바닥을 태우고, 사룡과 나 사이에 있던 바위를 녹인다.

나는 마법란의「자유 방패」를 써서 브레스를 받아봤다.

흑룡 헤일롱의 브레스는 불과 몇 초만에 두 장의 자유 방패를 날려버렸는데, 사룡의 브레스는 한 장 째 자유 방패를 돌파하는 게 고작이었다.

스토리지에서 꺼낸 암석을 사룡의 이마에 던졌다.

브레스 뒤의 경직 시간을 노린 탓인지 피하지 못하고 클린 히트했다.

성룡과 하급룡의 비교검증은 이 정도면 되겠지. 너무 지나치면 약자를 괴롭히는 게 되겠어.

그렇지. 마지막으로 칭호를「흑룡의 친구」로 바꿔볼까?

"저건, 뭐냐……."

본래의 금속 갑주에 다시 들어간 요로이가 멍하니 중얼거렸다.

"아하하하, 굉장해! 쿠로, 너 굉장하다!"

빨리도 재생을 마친 세메리가 요로이와 같은 쪽을 보며 웃었다.

"쿠로, 뭘 한 거냐?"

"기업 비밀이야."

설마, 사룡이 개처럼 복종의 포즈를 취할 줄은 몰랐다.

그 탓인지 칭호에 「용을 기르는 자^{드래곤 테이머}」와 「용기사^{드래군}」라는 게 추가돼 버렸다.

지금은 칭호를 용기사로 바꾸고, 사룡의 등에 올라타 대공동을 유람비행하고 있었다.

물론, 이 유람비행 광경은 동료들이나 아제 씨에게도 보여주기 위해 「녹화」, 「녹음」 마법으로 촬영하고 있었다.

"쿠로! 저거 봐! 마중이다."

둥지에서 날아오른 사룡 일가를 향해 세메리가 손을 흔들었다.

"굳이 따지자면 요격 아니냐?"

장남으로 보이는 사룡이 공격해왔다. 부모가 훨씬 강해서 그런지, 장남의 브레스를 피한 다음에 꼬리 일격으로 둥지에 떨어뜨렸다.

다른 사룡들은 공격하진 않았지만 경계하는 표정으로 우리들 주위를 선회했다.

―GWLORWOOOOOOON.

우리를 태운 사룡이 하울링처럼 포효를 하자, 다른 사룡들도 차례차례 포효하더니 사룡 뒤를 따라 비행하기 시작했다.

아무래도 사룡 일가의 다른 멤버도 종속을 고른 모양이다.

―GWLORWOOON.

우리를 태운 채 둥지에 착지한 사룡이 뭔가 둥지의 보물을 증정하려고 했다.

기왕 선물을 하는 거니, 금괴나 보물을 받아 그걸「이력의 틀」이나「화염로」를 써서 사룡 사이즈의 왕관이나 팔찌 같은 액세서리로 가공하여 사룡 일가에게 선물해줬다.

—KWLOLIOOOOOOOON.

—KUULOLUUUN.

—KWROLIOOOOM.

사룡들이 몸에 장착한 액세서리를 보면서 황홀해했다.

역시 용은 반짝이는 걸 좋아하나 보군.

"에헤에~. 미안하네, 쿠로."

세메리가 굉장히 부러운 기색이기에, 금괴 일부를 받아서 용들과 맞춘 액세서리를 만들어줬다.

요로이가 조금 쓸쓸해 보이기에, 남은 금괴를 써서 요로이의 갑주에 금속 세공 장식을 추가해봤다.

"우효효효, 어때? 멋있어졌냐?"

"그래! 끝내주는데, 요로이!"

요로이와 세메리가 만족스러워 보인다.

사룡 일가와 두 사람이 진정하는 동안, 맵 검색과「투시」&「이력의 손」콤보 기술로 둥지 주변의 용암에 가라앉은 불 광석이나 화정주 등의 화염계통 레어 소재와 둥지에 떨어진 비늘이나 손톱이나 송곳니 조각 등을 몰래 회수했다.

"어디, 이제 그만 가자."

우리는 사룡 일가의 배웅을 받으며 대구역을 떠났다.

◆

사룡의 대구역을 떠난 우리는 세메리의 「유이카한테 들르자」
라는 한 마디에 진로를 바꾸게 되었다.

유이카라는 건 미궁 하층에 있는 또 한 명의 전생자 이름이었지.

그런 그녀를 만나는 건 거부할 이유가 없고, 무엇보다도 백미
러에 비치는 근사한 난무로 눈보신을 시켜준 상대의 부탁을 거
절할 수 없다.

물론 요로이도 이견은 없었다.

"차는 여기 세워. 꽃밭을 망치면 유이카한테 혼나니까."

"알았어."

"나는 여기서 기다릴 테니 둘이 다녀와라."

"뭐야? 요로이는 안 가?"

"어린 유이카는 또 울 거 아니냐?"

고블린 유이카 씨는 애가 있나?

멋대로 독신에다 방구석폐인인 소심한 여성을 이미지 했었는데.

"아이가 있다면 과자를 준비하는 편이 좋았을까?"

"응? 유이카는 어린애 아냐. 하지만 달콤한 과자는 좋아했을
걸. 준비해오면 또 데리고 와줄게."

어라? 이야기가 어긋나는데.

"아이가 있는 게 아니야?"

"없는데? 유이카는『다중인격』같은 거라고 반 님이 그랬어."

"다중인격하고는 좀 다르다. 유이카는 견딜 수 없을 정도로 괴로운 일이 있으면, 유니크 스킬을 써서 오래된 인격과 기억을 버리고 새로운 인격을 만들어내 교대한다. 만화 같은 이야기지만 사실이다."

오래된 인격은 배후령처럼 방관하는 것밖에 못하는 모양이다.

세메리 이야기를 들어보니, 주인격인 유이카가 잠들거나 기절하면 빙의해서 겉으로 나온다고 했다.

옛날에 본 명작 만화나 애니메이션에 자주 나온 설정이군.

어떤 의미로 보르에난 숲의 하이 엘프들이 세계수를 써서 하는 일을 단독으로 실행하는 것이 아닌가 싶다.

요로이를 뒤에 남겨두고, 우리는 천장에서 희미한 빛을 쬐는 꽃밭으로 걸어갔다.

물론 이 색색의 꽃들이 흐드러진 화원을 짓밟는 취미는 없으니까, 세메리를 옆구리에 끼고서 천구로 지표 아슬아슬한 곳을 날아갔다.

"쿠로, 저기 보라색 꽃이 육망성을 그리고 있지? 그 중심에 착지해."

세메리의 지시에 따라 지상에 착지했다.

아마도, 이 근처에 무쿠로의 박물관이 있는 구역 같은 장소가 있는 거겠지.

"그래서, 어디로 들어가는데?"

"못 들어가. 좀만 기다려."

세메리가 커다랗게 숨을 들이쉬기에 재빨리 귀를 막았다.

"유이카!"

예상대로 커다란 소리로 샤우팅을 시작했다. 시끄럽군.

그 외침이 인터폰 대신이었는지 육망성을 그린 꽃이 빛나기 시작하고 빛 속에서 여섯 장의 반투명한 문이 떠올랐다.

문에는 지구의 문자가 그려져 있는데, 그 중 다섯 개는 「꽝」, 「지옥행」, 「함정입니다」, 「들어오면 안 돼」, 「DEATH」라고 적혀 있었다.

그리고 나머지 하나가 「웰컴」이다.

개인적인 감상을 논하자면, 모두 함정인데……. 내 「위기 감지」 스킬이나 「함정 발견」 스킬이 「웰컴」의 문만 안전하다고 가르쳐준다.

"그러니까, 분명히 이게 정답이야!"

세메리가 자신만만하게 고른 건 「지옥행」의 문이었다.

문을 통과하려는 세메리의 목덜미를 붙잡아 막았다.

"뭐 하는 거야!"

"거긴 꽝이야."

"어떻게 아는데?!"

나는 대답하지 않고, 세메리를 데리고 「웰컴」의 문을 통과했다.

"오오, 정말로 정답이다! 쿠로, 굉장하네!"

들뜨는 세메리에게 평소에는 어떻게 하는지 물었더니, 성공할 때까지 반복한다는 대답이 돌아왔다.

실패하면 안개나 박쥐가 되어 도망쳐 오는 걸 반복하는 모양이다.

불사신인 흡혈귀다운 트라이 & 에러의 돌파방법이군.

"평소에는 네 번째 쯤에 성공하는데."

세메리가 이해하기 어려운 식으로 분한 기색이었다.

"저쪽에서 마중 나와주지는 않고?"

"유이카는 『히키니트』니까 절대로 안 나온다고 했어."

방구석폐인이니까 히키는 그렇다 치고, 니트족이라기보다는 은퇴자 아닐까?

그건 그렇고, 여기는 내가 예상한 것처럼 무쿠로의 박물관과 같은 「맵이 존재하지 않는 구역」이었다.

모든 맵 탐사로 이 구역 안을 조사했는데, 우리들 말고는 아무도 없다.

"아무도 없는데?"

"아아, 유이카는 겁이 많아서, 이 문을 앞으로 여덟 번 통과해야 도착할 수 있어."

과연 히키코모리. 조심성이 많군.

전부 감으로 돌파하려고 하면, 6의 9승 분의 1— 1천만분의 1 정도 확률인가?

우리는 합계 아홉 번 문을 통과해서 유이카가 있는 공간으로 이동했다.

거기는 밭과 죽림이 인접한 일본 가옥이 있었다.

툇마루 쪽 안뜰에서는 닭이 모이를 쪼고, 처마에는 양파나 무가 매달려 있었다.

참으로 슬로우 라이프가 어울리는 광경이군.

뭐랄까, 오랜 전통의 일본 시골을 재현한 모형 정원 같은 인상을 받았다.

여기는 지상하고 시간대가 다른 건지, 하늘에 태양 같은 것도 안 보이는데 낮처럼 밝았다.

"저게 유이카의 집이야. 평소에는 밭에 있는데, 어디 갔지?"

세메리가 주위를 둘러보는 사이에 「모든 맵 탐사」 마법을 써서 유이카의 정보를 획득했다.

무쿠로가 말한 것처럼, 유이카의 종족은 「고블린족」이었다. 하이 고블린 같은 상위 종족을 기대했는데 평범하군.

참고로 「고블린족」은 판타지에 흔히 나오는 「요마」가 아니라, 엘프들과 마찬가지 「요정족」이다. 다른 요정족처럼 수명이 긴지, 연령이 무쿠로와 반의 중간 정도로 고령이었다.

히키코모리답게, 칭호가 「은자」인 것은 무시해도 되겠지.

레벨은 의외로 50밖에 안 된다. 「요리」나 「생활 마법」 같은 일상계통 스킬은 딱히 괜찮은데, 그녀의 유니크 스킬이 상궤를 벗어났다.

이 공간을 만들어낸 「모형 정원 창조」를 비롯해서, 실로 15종류— 구두와 비교해도 두 배 가까운 수의 유니크 스킬을 가졌다.

인플레이션이라고 해도 지나치잖아.

나는 마음속으로 이 세계의 신들에게 욕지거리를 했다.

"그렇지. 유이카는 겁이 많으니까 갑작스런 행동으로 놀라게 하지 마. 나도 처음 만났을 때 놀라게 만들어서 나락의 바닥에서 납작해져서, 나오는데 엄청 고생했으니까!"

납작해져도 본래대로 재생할 수 있다니 부럽군.

"그건 그렇고 어딨지~."

주위를 찾아보는 것에 질린 세메리가 한 번 투덜거린 다음에 커다랗게 숨을 들이쉬었다.

"유이카아아아! 나 왔어! 유이카아아아아아아아아아!"

세메리가 큰 소리로 외쳤다.

잠시 지나자, 일본 가옥에서 부스럭거리는 소리를 엿듣기 스킬이 포착했다.

세메리도 그 소리가 들렸는지, 외치는 걸 멈추고 일본가옥으로 갔다.

"세메리? 맛있는 단무지가 완성됐어. 반 오빠한테 가져다 줘."

"엑, 단무지는 안 돼. 반 님의 미모가 노랗게 될 거야."

장지문을 열고 나온 유이카가 나이에 안 맞는 청량한 목소리로 세메리에게 말을 걸었다.

―미소녀라니?!

하얗고 투명한 피부에 바닥까지 뻗은 비단실처럼 윤이 나고 쭉 뻗은 밝은 연보라색 머리칼.

루루 정도는 아니지만, 아리사나 미아에게 필적할 정도로 미형이다.

엘프처럼 끝 부분이 조금 뾰족한 귀와, 관자놀이 근처의 이마에 있는 짤막한 뿔 2개가 없었다면 인간족으로 보였을 거다. 날 씬하고 가녀린 몸은 엘프들처럼 기복이 빈약했다.

그러고 보니, 무노 남작령에서 만난 코볼트나 오유고크 공작령 공도 지하에서 만난 오크도 고블린인 그녀처럼 사람이나 엘프에 가까운 모습이었지.

장지 너머에서 나타난 그녀의 의상은 처음에는 일본가옥에 맞춘 기모노처럼 보였지만, 미니스커트처럼 옷자락이 짧은 기모노에 니삭스를 맞춘, 절대영역을 좋아한다면 견딜 수 없을 물건이었다.

"에이, 일본 어머니의 맛이니까 반 오빠도—."

유이카의 붉은 눈동자가 나를 포착했다.

드디어, 유이카가 나를 발견한 모양이다. 세메리의 임팩트 있는 존재 탓에 눈치를 못 챘단 말이지.

한순간 기쁜 표정을 지었지만, 표정이 웃음 그대로 얼어붙었다.

—어라? 딱히 남자를 싫어한다는 이야기는 못 들었는데?

뻐끔뻐끔 작게 움직이는 입술이 「이치로」라고 한 것 같았다.

그러나 실제로 내 귀에 들린 것은—.

"꺄아아아아아아아아아아아!"

—괴물을 본 것 같은 유이카의 비명이었다.

최강의 전생자

"사토입니다. 옛날에 고전 아동문학을 읽었을 때 고블린이 괴물이 아니라 장난을 좋아하는 요정이라고 적혀 있어서 놀란 기억이 있습니다. 지금 고블린의 이미지는 가정용 게임의 영향일까요?"

"오지 마아아아아아아아아아아아아!"

나를 보고 비명을 지르는 유이카의 몸 주변에서 보라색 빛이 몇 번이고 깜빡였다.

―위험해.

저 보라색 빛은 유니크 스킬 발동의 조짐이다.

위기 감지 스킬이 전례 없을 정도로 격렬하게 반응한다.

"유, 유이카?"

세메리가 초조한 목소리를 내는 게 들렸다.

"진정해! 나는 너를―."

말을 거는 도중에, 나는 유이카 주변에 작은 검은 점이 나타난 걸 깨달았다.

―위험해.

그렇게 생각하는 것보다 빨리, 축지로 단숨에 거리를 벌렸다.

무수하게 증식하는 검은 점이 수축되어 비즈 구슬 정도 크기인 칠흑의 탄환이 되어 일제히 나를 덮쳤다.

—위험해, 위험해, 위험하다.

초고속으로 날아오는 칠흑의 탄환을 연속 사용한 축지로 계속 피했다.

"기이에에에—."

세메리의 비명이 중간에 끊어졌다.

도망치는 게 늦은 세메리가 칠흑의 탄환에 닿은 순간, 작은 탄환 안으로 빨려 들어가듯 소멸했다.

"—진짜냐?"

세메리가 사라지는 방식으로 상상은 되었지만, AR표시가 그 정체를 의사적인 마이크로 블랙홀이라고 가르쳐 주었다.

축지를 발동하는 게 조금이라도 늦었다면 세메리랑 같이 빨려 들어갔을 게 틀림없어.

아무리 그래도 맨몸으로 블랙홀에 떨어지는 건 사양하고 싶어.

아마 아까 세메리가 말했던 「나락의 바닥에서 납작」이란 건 이 블랙홀 탄을 말하는 거겠지.

전에도 무사히 부활했다고 하니까, 일단 사태를 수습하는 동안 세메리는 잊자.

나중에 불평을 하겠지만, 세메리라면 맛있는 음식이나 마검 같은 걸로 용서해줄 것 같거든.

"우와아아아아아아아아!"

유이카가 쏘아내는 블랙홀 탄의 기세가 늘어났다.

나는 축지로 피하면서 다가오는 블랙홀 탄 앞에 「자유 방패」

를 꺼내봤지만, 한순간에 구멍투성이가 되어서 아까 세메리랑 마찬가지로 빨려 들어가 사라져버렸다.

이래서는 자유 방패로는 몇 겹을 겹쳐도 블랙홀 탄은 못 막는다.

새로운 주문인 「풀 묶기」로 움직임을 막고자 했지만, 팔을 한 번 휘두르자 흩어져 버린다.

"맞아줘어어어어어어어!"

이유는 모르겠지만, 유이카는 패닉을 일으킨 모양이다.

덕분에 조준이 어설프고, 블랙홀 탄으로는 뒤쫓아 따라오는 식으로 쏘니까 축지를 쓰면 피하는 건 간단하다.

내가 피한 탄환이 땅바닥에 명중해서 거대한 크레이터를 파헤치고, 등 뒤의 밭이나 가옥을 집어삼켰다.

블랙홀에 대해 자세히는 모르지만, 일정량의 물질을 삼킨 다음 소멸하는 걸 보고 마음속으로 가슴을 쓸어 내렸다.

뭔가 블랙홀은 물질을 빨아들이면서 제한 없이 규모가 확대될 것 같은 이미지가 있단 말이지.

"유이카!"

대화로 어떻게 하고 싶지만, 칠흑의 탄환이 내는 소음에 묻혀서 소리가 전달되지 않는다.

아까부터 공간 마법 「원거리 통화」로 불러보고 있지만, 이 마법은 전화랑 같아서 상대가 거부하면 안 통한단 말이지.

상급 공간 마법인 「강제 원거리 통화」를 갖고 싶군.

—쩌적.

그런 소리가 나면서, 유이카의 모형 정원 세계에 균열이 갔다.

"이대로는 안 좋아."

나는 다가오는 블랙홀 탄을 피하면서, 술리 마법 「마법 파괴」
로 지워봤다.

"어떻게 지울 수는 있는데—."

내가 「마법 파괴」로 지울 수 있는 범위에 한계가 있다.

유감이지만, 저쪽이 탄환을 만들어내는 속도가 더 위다.

상대가 마왕이라면 중급 공격 마법인 「광선」이나 「폭축」으로
선제할 수 있지만, 박복해 보이는 미소녀를 상대로는 그렇게 못
하지.

"탄환도 무한인가……."

보통은 이제 그만 마력이 떨어질 무렵인데, AR 표시되는 그
녀의 마력 게이지는 일정량에서 줄었다 늘었다를 반복하고 있
었다.

아마 그녀의 유니크 스킬인 「마력 순환」, 「마력 우물」이 마력
의 효율화와 마력 공급을 하고, 「무한 연쇄」 같은 유니크 스킬
이 블랙홀 탄의 연사를 지탱하는 게 틀림없다.

"우아아아아아아아아아!"

유이카의 몸 표면에 더욱이 보라색 빛이 깜빡였다.

아직 뭔가 더 할 셈인가 보다.

—이 치트 녀석.

대체 유니크 스킬을 몇 개나 병행 발동할 셈이야?

아니, 그것보다도.

저렇게 무리를 해서, 그녀의 「혼의 그릇」이 괜찮을까?

마왕화하지 않을까 걱정이다.

얼른 그녀의 패닉을 막아야 되는데.

"이제 그만 도망치는 편이 좋아."

조바심을 느끼는 내 귓가에 세메리의 목소리가 들렸다.

시선을 한순간 돌리자, 어깨에 콩알 사이즈의 박쥐가 달라붙어 있었다.

어째선지 얼굴 부분만 세메리의 얼굴이었다.

흡혈 공주는 예상 이상으로 끈질긴 모양이군.

"쿠로."

미니 세메리가 다시 한 번 내 이름을 부르고, 박쥐의 날개 끝으로 뭔가를 가리켰다.

"유이카의 세계가—."

그 방향에는 아까 생긴 균열이 있고, 그건 모형 정원 세계를 둘로 깨뜨릴 만큼 퍼져 있었다.

"—부서진다."

세메리의 목소리와 동시에 모형 정원 세계가 유리처럼 깨지고, 우리는 꽃잎의 눈보라가 피어오르는 장소로 튕겨나갔다.

"여기는—."

완전히 변해서 알기 어려웠지만, 여기는 유이카의 공간으로 이어지는 문이 있던 꽃밭 광장이다.

피어오르는 꽃잎 눈보라 속에 유이카가 서 있었다.

흐트러진 긴 머리칼이 얼굴을 가려서 표정이 안 보인다.

―그렇지!

나는 마법란에서 「벚꽃 눈보라」를 썼다.

"……벚꽃?"

시야를 가릴 정도의 벚꽃 눈보라에 유이카의 주의가 흐트러졌다.

―찬스다!

벚꽃 눈보라에 섞여서 유이카의 품까지 축지로 뛰어들었다.

유이카를 기절시키려고 때려 박은 손바닥이 딱딱한 마력의 벽에 막혔다.

그녀의 유니크 스킬 「자동 방어^{가디언}」가 만든 거겠지.

어쩐지 감촉이 낯익었다.

나나의 장비에 달아준 「성채방어^{포트리스}」 기능에 가깝다.

―그렇다면 약점도 아마.

유이카의 마력 벽에 가볍게 손을 댄 상태에서, 더욱이 몸을 비틀어 파고드는 것처럼 힘을 때려 넣었다.

더욱이 때려 넣은 찰나에, 순수한 마력 덩어리로 추가 공격을 겹쳤다.

〉「갑옷 침투」 스킬을 얻었다.
〉「마력격」 스킬을 얻었다.

"크악."

유이카의 입에서 괴로운 소리가 흘러나오고, 그녀의 몸에서 힘이 빠졌다.

이판사판으로 해봤는데 내 생각이 옳았는지, 유이카의 의식을 빼앗는데 성공한 모양이다.

◆

—팡 하는 소리가 들렸다.

쓰러지는 가녀린 유이카의 손을 잡았다.

—어디서지?

인형처럼 힘없이 무너지는 유이카의 손을 끌어당겨서, 몸을 지탱하고자 반대쪽 손을 뻗었다.

—사락.

그런 가벼운 소리가 난 것 같다.

시야 구석에서, 그녀의 허리띠가 풀리는 게 보였다.

그리고 그 허리띠가 고정한 기모노 또한, 가볍게 자유를 되찾아 바람에 나부꼈다.

휘날리는 벚꽃잎과 투명할 정도의 하얀 피부가 짜낸 환상적인 아름다움에 한심하게도 눈길을 빼앗기고 말았다.

그렇지만 그대로 감상하는 것도 미안하니까, 나는 신사답게 기복이 빈약한 몸에서 눈길을 돌렸다.

풀썩 허리띠가 땅에 떨어지는 작은 소리가 멈춰 있던 장소를 재기동시켰다.

기절해 있던 유이카의 눈동자가, 확 부릅뜨였다.

"이 엉큼한 자식이이이이이이이이이이이이!"

외침과 함께 뿜어진 주먹을 종이 한 장 차이로 피했다.

방금 전하고는 완전히 다른 사람처럼 용맹하군.

기절하면 「오래된 인격」이 겉으로 나온다고 세메리가 말했었지.

그러고 보니 세메리는 어디 있지?

어느샌가 어깨에 매달려 있던 세메리가 사라졌다.

아마 모형 정원 세계가 부서졌을 때 떨어진 게 틀림없을 거야.

"피하지 마라아아아아아!"

보라색의 파문이 유이카의 몸을 돌고, 아까하고는 천지 차이의 주먹이 날아왔다.

아마도 유니크 스킬인 「호완 무쌍」^{버서크 그래플러}을 쓴 것 같은데, 가볍게 연발하는 건 그만두자.

정말이지, 유니크 스킬을 너무 써서 마왕이 되면 어쩔 셈이야?

문자 그대로 바위조차 부수는 일격필살의 주먹의 비를 나는 「수 읽기: 대인전」 스킬로 피했다.

—어라?

50이었던 유이카의 레벨이 55가 됐다. 가정적이었던 스킬 구성도 절반 정도가 격투 계통 스킬로 변했다.

인격이 바뀐 거라고 생각했는데, 레벨이나 스킬이 변화할 줄은 몰랐네.

가만 보니, 칭호도 「은자」에서 「권의 왕」으로 바뀌어 있었다.

—그렇지만, 이제 그만 깨달아주라.

조금 거리를 벌린 타이밍에서, 나는 내 가슴부터 하복부를 손가락으로 스와이프하는 제스처를 했다.

내 동작을 본 유이카가 자기 가슴에 시선을 내렸다.

새하얗던 유이카의 얼굴이 한순간에 새빨갛게 물들었다.

만화였다면 머리에서 김이 뿜어져 나올 느낌이었다.

유이카가 황급히 바깥 공기에 노출된 노브라의 가슴이나 하반신의 속옷을 가렸다.

"으그그그그……."

수치심에 표정이 일그러지고, 한손으로 가슴의 천을 누르면서 분한 듯 신음했다.

좋아. 드디어 움직임을 멈췄으니까 어떻게든 대화로 몰아가자.

"이거 써라."

나는 아이템 박스에서 꺼낸 자락이 긴 망토를 유이카 쪽으로 던졌다.

하늘에 펼쳐진 망토가 유이카를 뒤덮어 가렸다.

"크크크크크."

망토 그림자에서 들리는 유이카의 웃음소리.

펄럭 소리가 나면서 망토를 떨쳐냈다.

그 뒤에서 아까와는 다른 칠흑의 드레스가 나타났다.

이른바 고딕 롤리타 드레스다.

그녀의 하얀 피부나 밝은 연보라색 머리칼이 돋보이는군.

그녀의 붉은 눈동자가 빨강과 파랑의 오드아이로 변했다.

그리고, 또 유이카의 레벨이 변했다. 레벨이 52로 떨어지고,

격투 계통이었던 스킬이 어둠 마법을 비롯한 마법 전사 계통이 되었다.

"······하하하."

유이카는 손가락을 펼치고 한 손으로 얼굴을 뒤덮어, 고개를 숙이며 계속 웃었다.

—설마, 마왕화의 조짐인가?

손가락 틈으로 안광을 반짝이면서 유이카가 천천히 고개를 들었다.

날카로운 시선은 나를 꿰뚫는 것처럼 고정되어 있었다.

"하—앗핫하하하!"

마지막으로 몸을 뒤로 젖히면서 드높이 웃었다.

—삼단 웃음이라고?!

네가 무슨 유명 격투 게임에 나오는 비주얼 락 격투가냐!

내 경악을 짐작한 것처럼, 유이카가 얼굴을 가리고 있던 손을 척 내밀면서 자기소개를 시작했다.

"나는 핍박 받는 어둠의 후예, 천마(天魔)의 무녀(巫女)이며 고블린족 최후의 왕족."

포즈를 바꾸어, 조금 뜸을 들였다.

"내 이름은 포이르니스 라 벨 피유! 사람들은 나를 경외하며, 이렇게 불렀다! 『칠흑의 미희 다크 라 프란세스』라고!"

······뭐야. 중2병이었군.

그건 그렇고 프랑스어랑 영어를 뒤섞는 건 관두자. 어감을 보니까 독일언가?

부정하면 성가실 것 같으니까 편승하자.

"처음 뵙겠습니다, 『칠흑의 미희』포이르니스 라 벨 피유 공. 저는 반과 무쿠로의 친구인 쿠로라고 합니다."

내가 자기소개를 하자, 중2병 유이카는 그것에 코웃음을 쳤다.

"반과 무쿠로의 친구라고? 용사의 칭호를 가진 자가 어둠의 동포들과 친구라 칭하는가!"

붉은 눈동자에 불꽃같은 환영을 만들면서, 유이카가 흥분해 외쳤다.

"—용사?"

"시치미 떼도 소용없다! 내가 신에게 받은 권능 앞에서 어떠한 은폐도 무의미함을 알라!"

유이카가 자신만만하게 외쳤다.

그녀는 내가 비표시로 해놓은 칭호가 보이는 모양이군.

그럴 듯한 유니크 스킬은 안 보인다. 공격 계통의 마안인가 생각했던 「신파조신(神破照身)」인가?

"흥, 가명 퍼레이드로군. 트리스메기스토스에 미켈란젤로, 에치고야, 이치로, 헤파이스토스— 유명인의 이름을 얼마나 칭할 셈이냐?"

아니, 본명이 섞여 있는데요. 그야 뭐 이름이 같은 유명인도 있지만.

그리고 가명을 쓰는 건 중2병 유이카도 마찬가지다.

"남말은 못하잖아? 유이카."

"그, 그것은 세상에 숨겨야 하는 진명! 신들의 저주를 받은

『유이카(唯一神)』의 이름을 말해선 안 된다! 내 이름은 포이르니스 라 벨 피유다!"

아차, 자중하고 있었는데 그만 태클을 걸어 버렸다.

그러나, 스테이터스에는 「신들의 저주」 같은 칭호나 상태 이상은 없으니까 이것도 「자칭」인가?

뭐, 상태 이상에 표시되지 않는 저주도 있는 것 같으니까 정말일지도 모르긴 하지만.

"나야말로 수많은 마왕과 용사를 처치해온 최강의 마법전사! 세대교체로 왕년의 절반 정도 레벨밖에 없지만, 레벨 차이가 전력의 결정적인 차이가 아니란 것을 가르쳐주마!"

아니아니, 6배의 레벨 차이는 「결정적」인 차이라고 생각해.

우리 애들의 성장을 지켜본 경험으로 말하자면, 레벨 10 차이의 상대하고 싸우는 게 한계다.

레벨이 20 떨어지면 장비나 스킬 구성에 어지간히 어드밴티지가 없는 한 제대로 싸우지도 못한다.

―응?

팔을 옆으로 뻗은 포즈를 하는 유이카의 등 뒤에 빛의 파문이 나타났다.

무슨 유니크 스킬인가―.

"으에엑."

파문에서 나타난 전봇대보다 굵은 봉 같은 무언가가 굉장한 속도로 공격해 온다.

나는 축지를 써서 그걸 피했다.

저건 넝쿨이다.

내 옆을 지나친 넝쿨이 속도가 느려지지 않고 미궁의 땅속 깊숙한 곳으로 파고들었다.

"―이건."

넝쿨 표면에 AR 표시가 팝업되고, 그 정체가 미궁 최심부에 있던 레벨 99인 「태고의 뿌리덩이」라는 걸 알려주었다.

넝쿨에 닿은 바위가 분쇄되고, 풀과 꽃이 급속히 갈색으로 변하며 말라버렸다.

「태고의 뿌리덩이」가 가진 「초진동」이나 「생명 강탈」 같은 종족 고유 능력이겠지. 그 밖에도 「재생」이나 「의사(擬死)」, 「권속 창조」 등도 있다.

내 뇌리에 공도의 대괴어 사건에서 「생명 강탈」을 당해 레벨이 내려가고 노화한 샤로릭 제3왕자의 모습이 스쳤다.

"직접 닿으면 『생명 강탈』로 레벨이 내려가겠네."

투덜거리는 내 눈앞에서, 넝쿨 끝부분이 땅바닥을 꿰뚫으며 나타났다.

그대로 나를 향해 다가온다.

명중하면 굉장히 아프겠어.

나는 마법란에서 빛 마법 「광선」을 골라 다가오는 넝쿨에 쏘았다.

레이저가 명중한 넝쿨 표면에 어마어마한 불꽃이 튀었다. 아무래도 넝쿨 표면에 있는 마력 벽 때문에 확산되어 버린 모양이다.

그대로 돌진하는 넝쿨을 축지로 피하고, 곁눈질로 넝쿨을 관찰했다.

넝쿨의 표면이 탄화됐으니까, 레이저 자체는 제대로 닿은 걸 알 수 있었다.

공중에서 빙글 고리를 그린 넝쿨이 위쪽에서 공격해온다.

축지로 피하는 내 시야에 불길한 것이 보였다.

비 오는 날의 물웅덩이처럼, 빛의 파문이 차례차례 늘어났다.

그리고, 그 파문에서 시야를 뒤덮을 정도의 넝쿨 비가 공격해 왔다.

—위기 감지

정면의 넝쿨 비가 아니다.

뒤쪽을 향해 축지로 뛴 내 눈앞에 칠흑의 탄환이 지나쳤다. 유이카의 블랙홀 탄이다.

유이카 쪽을 돌아보니, 거기에 넝쿨에서 도망치는 유이카의 모습이 보였다.

눈앞으로 다가오는 넝쿨을 수도 끝에 만들어낸 보라색 빛의 검 으로 베어낸 유이카가 어깨를 들썩이며 헉헉 숨을 쉬고 있었다.

"네가 불러낸 수환수가 아닌 거야?"

의문스러운 생각에, 넝쿨의 비에서 도망치며 유이카에게 물 었다.

"내가 저런 악취미인 부하를 가질 것 같은가!"

유이카가 외쳤다.

아무래도 「태고의 뿌리덩이」를 소환한 빛의 파문은 그녀가 한 게 아닌 모양이다.

유이카가 절단한 넝쿨이 마수의 형태가 되어 그녀를 습격하는 게 보였다.

"그러면, 누가?"

유이카에게 되물으며, 다섯 손가락 끝에 만들어낸 마인에서 마인포를 쏘아내 넝쿨 마수를 격멸했다.

"아—『미궁의 주인_{던전 마스터}』이다!"

유이카가 넝쿨 마수의 잔해를 눈으로 좇으며 외쳤다.

쏟아져 내리는 넝쿨의 비를 회피하느라, 유이카가 처음에 말한 「미궁의 주인」의 이름은 듣지 못했다.

"그 녀석은 생각이 없는 바보니까, 나한테 가세한답시고 불러낸 거겠지."

"너까지 공격하고 있잖아?"

"그러니까 생각 없다고 했지 않나!"

과연. 넝쿨의 비 중에서 몇 할인가가 유이카를 좇는 이유가 그거군.

"이 녀석!"

유이카가 블랙홀 탄으로 넝쿨을 요격하고, 탄막을 빠져 나온 넝쿨의 촉수를 보라색 빛의 검으로 탄화시켰다.

미처 피하지 못하는 공격은 유니크 스킬 「호완 무쌍」으로 비껴내는 모양이다.

아니, 비껴낸다기보다는 때리고 차는 반동으로 피하는 느낌인가?

유니크 스킬에 의지하는 거긴 하지만, 레벨이 50가까이 차이나는 강적을 상대로 이 정도 선전할 수 있을 줄은 몰랐다.

"굉장한 체술이네."

나는 유이카에게 찬사를 보내며 「폭렬」이나 「폭축」으로 넝쿨을 해치우고, 끊어진 넝쿨 파편에서 나타난 넝쿨 마수를 「화염 폭풍」이나 「빙설 폭풍」^{아이스 스톰}으로 섬멸했다.

"흥, 그대가 말해도 칭찬 같지가 않다!"

유이카가 그렇게 대답하면서, 씨익 웃으며 계속해서 넝쿨을 격멸했다.

마치 나랑 경쟁하는 것 같군.

"줄지를 않네……."

아까부터 하이페이스로 넝쿨을 쓰러뜨리고 있는데, 새로운 파문에서 보충되는 것에 더해, 탄화된 끝에서도 재생하여 재습격해오기 때문에 줄어들 생각을 안 한다. 「태고의 뿌리덩이」는 레벨 99치고는 귀찮은 적이다.

넝쿨이 나타나는 파문을 자세히 보니 파문 안쪽에 마법진 같은 기하학 무늬가 그려져 있고, 그것 자체가 빛나는 게 아니라 공간을 왜곡한 건너편의 빛이 투과되는 것을 알 수 있었다.

술리 마법인 「마법 파괴」로 부술 수 있지만, 부수면 그 두 배의 새로운 파문이 생기니까 중간에 파문을 공격하는 걸 관뒀다.

"이 녀석은 말단에 지나지 않는다."

본체는 직선거리로 몇 킬로미터 떨어진 장소에 있으니, 여기서 공격하는 건 조금 어렵다.

"이쪽에서 쳐들어갈까?"

"그럴 필요는 없겠다."

숨을 가다듬는 유이카와 등을 맞댄 자세에서 말을 나눴다.

내 등 뒤, 유이카의 시선 끝에 한층 거대한 파문이 생기고, 거기서 넝쿨로 만들어진 구체 같은 본체가 나타났다.

"저쪽에서 쓰러지러 와주는 모양이네."

내가 그렇게 말하면서, 대괴어를 처리한 「집광」과 「광선」의 콤보를 뿜었다.

극대 레이저는 오존 냄새를 뿌리면서 거대한 넝쿨의 구체를 가로세로로 절단했다.

AR표시에 나타난 「태고의 뿌리덩이」의 체력 게이지가 제로가 됐다.

"해치웠나?"

"무쿠로와 반은 무한하게 재생하는 괴물이라고 했다만, 아무리 그래도 이 정도 상식을 벗어난 화력이라면 쓰러뜨렸을—."

우리들 시선 끝의 탄화되어 타오르는 잔해에서, 새로운 넝쿨이 뻗어 공격해 온다.

"안되나 보네."

제로였던 체력 게이지도 절반 정도 회복됐고, 지금도 굉장한 속도로 회복되고 있었다.

그러고 보니 「재생」이라는 종족 고유 능력이 있다고 AR표시에 떴지.

"강하네……."

"옛날에 무쿠로와 반이 『미궁의 주인』이나 노란 옷과 함께 『신을 죽일 수 있는 마물』을 만들고자 마개조한 녀석이니 말이다."

유이카가 말하고서, 싫다는 기색으로 탄식했다.

"죽일 수 있었어?"

"당연히 무리지. 300년의 시행착오를 하고서도 『신의 사도』를 쓰러뜨리는 게 고작이었다고 한다. 이쪽 세계에는 신계에서 그림자를 떨구기만 하는 상대를 이길 수 있을 리가 없지."

신은 상당히 강한 모양이군.

유성우로 쓰러뜨릴 수 있을 정도니까, 마왕보다 좀 더 강한 정도라고 생각했는데 근본 부분이 다른 모양이다.

"제2라운드로 가보자, 쿠로."

"그렇네, 포이르니스."

유이카라고 불리는 걸 싫어하는 모양이니, 그녀의 중2병 네임으로 대답했다.

아까랑 같은 기술은 재주가 좀 빈약하지.

전반은 선봉으로 뛰어들었던 유이카의 서포트에 주력하고, 그녀가 적당히 공격을 마치고서 물러나는 타이밍에 공세로 나서봤다.

마법으로는 끝이 없으니까, 마력 과잉 충전 성탄을 가속진과 사출의 합체기로 쏘아냈다.

꾕음과 함께 「태고의 뿌리덩이」 본체에 커다란 구멍이 뚫렸다.

그 여파로 대공동의 반대쪽 벽에 거대한 구멍을 파헤쳐 버렸다.

구두 때는 사막이었으니까 신경 안 썼는데, 저왕 때랑 달리 위력이 몰라보겠군.

"뭐, 뭐냐! 지금 그 공격은!"

"아껴둔 거야."

놀라는 유이카에게 윙크하면서 대답했다.

그 여유의 표정이 이어진 것은 탄화된 본체를 찢으면서 녹색 넝쿨이 돋아나 공격해올 때까지였다.

"효과가 없나?"

마왕조차 쓰러뜨린 마력 과잉 충전 성탄으로도 못 쓰러뜨리다니⋯⋯.

질량 차이라는 것을 조금 얕보고 있었나 보군.

"이 녀석은 군체(群體) 같은 거다. 한 번에 모두 파괴하지 않으면 재생한다."

"그러면, 죄다 파괴해볼까―."

잔탄이 300발 정도 있으니까, 일단 10발 정도 쏴보자.

파란 빛의 비가 끝나자, 대공동에는 탄화된 「태고의 뿌리덩이」의 검은 안개나 바위가 증발한 위험한 가스가 충만해 있었다.

"이 생각 없는 바보놈! 폐쇄 공간에서 무슨 짓을 하는 것이냐!"

옆에 있던 유이카가 짖었다.

"미궁이 붕괴되면 어쩔 테냐!"

너무 거창하다고 말하고 싶었지만, 맵에 표시되는 지형이 참 굉장한 상태였다.

더 이상 하면 그녀의 염려가 맞을 것 같군.

"그리고, 쓰러뜨렸나?"

유이가가 물었다.

시야는 막혀 있지만, 맵 정보를 보니 「태고의 뿌리덩이」의 체력은 제로가 되었다.

"아아, 아마—."

괜찮을 거라고 말하던 도중에 깨달아 버렸다. 아까랑 똑같이 「태고의 뿌리덩이」의 체력이 회복되고 있다.

나는 「풍압」 마법으로 대기중의 부유물을 날려버리고, 시야를 확보했다.

숲 안에서 신록색의 넝쿨이 또아리를 틀어 올리고 있었다.

아무래도 마왕급으로 끈질긴 모양이군.

나는 스토리지의 성탄을 손바닥에 꺼냈다.

"아무래도 제3라운드 개시 같아."

"—기다려라."

유이카가 나를 말렸다.

"진심으로 미궁을 붕괴시킬 셈이냐!"

나는 아까 맵으로 확인한 참상을 떠올리고 동작을 멈추었다. 공격력이 높은 것도 생각해볼 일이군.

저 녀석이 조금 더 작았다면 함께 사막으로 전이를 하겠지만, 아무래도 저 질량을 데리고 전이하는 건 불가능하겠지.

전이가 가능하다고 해도, 땅속에 남은 뿌리에서 재생하여 처음으로 돌아갈 것 같았다.

"쿠로!"

유이카가 나를 불렀다.

"녀석을 여기서 끌어낸다면, 쓰러뜨릴 자신이 있느냐?"

"아아, 할 수 있어."

진지한 눈동자로 물어보는 유이카에게 힘차게 대답했다.

"그러면, 시간을 벌어라! 내가 최고의 무대를 준비해주지."

사납게 웃는 유이카에게 미소로 대답하고, 나는 「태고의 뿌리덩이」에게 덤벼들었다.

폭렬, 폭축, 화염 폭풍, 빙설 폭풍에 전격 폭풍.

썬더 스톰

나는 몇 종류의 중급 공격 마법으로 「태고의 뿌리덩이」를 깎아냈다.

중간부터 단순한 공격 마법에 질리기 시작해서, 「풀 묶기」, 「풀 베기」, 「풀 엮기」 같은 최근에 얻은 마법도 써봤다.

"―웃, 쓸만하네."

술리 마법인 「풀 베기」는 단발의 「광선」 이하의 효과밖에 없었지만, 흙 마법인 「풀 묶기」로 넝쿨을 엉키게 만들거나, 넝쿨 마수의 다리를 「풀 엮기」로 실처럼 찢어 행동불능으로 만드는 공격은 시간 벌이에 최적이었다.

몇 번인가 마력이 떨어졌지만, 스토리지에서 꺼낸 마력이 충전된 성검 배터리에서 마력을 보충했으니 문제없다.

그런 느낌으로 유이카를 지키면서 시간을 벌었다.

그 사이에 대공동 벽에서, 보라색 빛이 몇 번이나 가로세로로 달리는 게 보였다.

"기다렸구나, 쿠로!"

유이카의 목소리가 들렸다.

"간다! 칠흑의 미희 포이르니스 라 벨 피유의 위업을 그 눈에 새기도록 하라! 『모형 정원 창조』.

세상이 하얀색과 보라색으로 물들었다.

다음 순간, 눈에 비치는 경치가 무한히 퍼지는 하늘과 초원으로 변했다.

"—이, 이건?"

유이카의 은신처였던 일본가옥의 공간이나 무쿠로의 박물관이 있던 하얀 공간과 비교해도 훨씬 넓었다.

반사적으로 연 맵에도 「맵이 존재하지 않는 공간입니다」라는 표시만 나오니까, 넓이는 알 수가 없었다.

"내가 창조한 나만의 세계다. 금주인 『이계』마저도 넘어서는 독립된 작은 세계인 것이지!"

"굉장하군……."

그야말로 옛날이야기에나 나올 법한 마법이다.

아니, 오히려—.

"너는 신, 창조신인가?"

"아니다. 나는 『신의 조각』을 받은 계집아이에 지나지 않는다."

내 물음에 유이카가 부정했다.

"행성 하나의 공간도 안 된다. 고작해야 나라 하나 정도— 그러나, 그 정도 있다면."

"아아, 문제없어."

나는 씨익 웃으며 대답했다.

시선 끝에는 우리랑 같이 온 「태고의 뿌리덩이」가 초원을 일구면서 몸의 대부분을 땅속으로 숨기고자 꿈틀거리고 있었다.

"땅속에서 끌어내야 할 것인가?"

"할 수 있어?"

"어려울 것 없다—."

유이카가 팔을 휘두르자, 「태고의 뿌리덩이」 주변의 흙더미가 위쪽으로 낙하했다.

아마, 중력 마법을 쓴 거겠지.

「태고의 뿌리덩이」는 땅에 매달리고자 넝쿨을 뻗었지만, 땅과 함께 공중으로 떠오르고 말았다.

"—오래는 못 버틴다. 30초 안에 처리해라."

"그렇게 많이 필요 없어."

나는 「이력의 손」으로 공중에 떠오른 과충전 상태 성탄을, 가속진을 무수하게 늘어놓아 만든 가상포신에 사출했다.

파랗게 빛나는 비가 공중에서 몸부림치는 「태고의 뿌리덩이」를 날려 버렸다.

꽝음과 섬광과 진동이 유이카의 작은 세계에 가득 차고, 「태고의 뿌리덩이」와 함께 이 작은 세계에서 사라졌다.

"어마어마한 위력이군……."

중력 마법을 해제한 유이카가 떨리는 목소리로 질색하며 중얼거렸다.

일본 가옥이 있던 작은 세계처럼, 내 성탄의 비를 받은 세계에 금이 갔다.

"돌아가기 전에, 만약을 위해서 소독을 해두지."

유이카가 그렇게 말하며 손가락 끝에서 보라색 안개를 뿜어

냈다.

안개는 나비로 바뀌어, 공중에 부유하는 「태고의 뿌리덩이」가
탄화된 재를 소멸시켰다.

◆

"새삼 묻겠다! 수많은 이름을 가진 이름 없는 용사여!"

작은 세계에서 미궁으로 돌아오자, 유이카가 힐문했다.

어째선지 보라색의 빛을 띠고서 임전태세다.

"그대의 목적은 무엇인고!"

—목적?

이 경우는 유이카의 집을 방문한 목적이겠지.

"세메리를 따라서, 『옛』 동향의 여자애한테 인사하러 온 것뿐
이야."

"뭐라고? 용사인데 나를 토벌하러 온 것이 아닌 건가?"

유이카의 어깨에서 힘이 빠졌다.

방금 전까지 같이 싸웠는데, 다음은 나랑 전투가 기다리고 있
다고 생각한 모양이네.

"우리 애들한테 위협을 가할 두려움이 없는 상대라면, 설령
상대가 마왕이라도 문답무용으로 토벌할 생각은 없어."

실제로 구두도 세라나 무녀장에게 위협을 끼칠 생각이 없었
다면 적대할 일이 없었을 거야.

"—믿을 수가 없군. 내 스킬이 네놈의 말이 사실이라 고하고

있다…….”

말을 잃은 유이카가 자세를 풀고, 몸을 감싸고 있던 보라색 인광을 지웠다.

후우, 이걸로 한 건 낙찰인가?

―아니, 또 하나.

“포이르니스, 아까『태고의 뿌리덩이』를 만든 자들 중에『노란 옷』이란 인물을 들었는데 너랑 아는 사이야?”

“왜 알고 싶어하지?”

내 물음에 유이카가 눈썹을 찌푸렸다.

“요즘에 자주 들은 이름이라서―.”

나는 조금 망설인 다음 덧붙였다.

“―역시 노란 피부의 상급 마족이야?”

“뭐야? 알고 있었나?”

유이카가 긍정했다.

“친분이 있어?”

만약 그렇다면, 미궁 하층의 전생자들과 거리감을 다시 생각해야 한다.

“바보 같은 소리를 하는군.『태고의 뿌리덩이』개발에 제멋대로 나섰을 때가 마지막이다.”

유이카가 관자놀이를 꿈틀거리면서 잘라 말했다.

“쿠로, 노파심으로 한 가지 충고를 해두마―. 마족에게 마음을 허락하지 마라. 놈들은 전생자를『마왕의 알』정도로밖에 생각하지 않는다. 듣기 좋은 말을 하며 다가오는 악마와 똑같지.”

혐오감을 드러내면서 유이카가 말했다.

"용케 그런 녀석이랑 같이 마물 개발 같은 걸—."

"개발이 막혀 있던 무쿠로의 마음의 틈을 찌른 거다."

그리고, 유이카는 「너도 마족에게 결코 틈을 보이지 마라」라고 말을 이었다.

"고마워. 명심할게."

나는 유이카의 충고에 인사를 했다.

일본에서 살 때 같은 무른 면이 듬뿍 남아 있는 내 마음에는 틈이 많을 것 같으니까, 마족은 앞으로도 서치 앤 디스트로이의 스탠스로 가야겠군.

◆

"오랜만이군, 유이카. —아니, 그 표정은 포이르니스로군."

"그래, 나의 동포이자 어둠의 귀공자. 진조 반도 건승해 보이니 다행이다."

유이카와 화해한 다음에 숨어 있던 요로이와 탈출할 때 떨어진 세메리와 합류하고 유이카의 후견인인 무쿠로의 성으로 갔는데, 그때 어떤 요리 이야기를 한 탓에 모두 다 진조의 성으로 오게 되어 버렸다.

세메리는 「반 님한테 꼴사나운 모습을 보일 수 없어」라며 돌아가 버렸으니, 여기에는 없다.

"히키코모리인 포이르니스 정도는 아니지만, 무쿠로와 요로이까지 오다니 드문 일인 것이다."

진조가 동행한 멤버를 둘러본 다음, 나에게 설명을 요구하는 시선을 보냈다.

"이것은 어떤 취지의—."

"들으라! 내 동포이자 어둠의 귀공자, 진조 반이여!"

진조가 말하는 도중에 유이카가 외쳤다.

물론 중2병인 그녀답게 거창하게 망토를 떨치는 액션을 붙여서.

"내 말을 가로막다니, 고블린족 최후의 공주이며—."

유이카의 태도에 맞춘 진조가 괜히 기나긴 말로 무례함을 탓했다.

그러나 유이카는 짧은 지팡이 같은 지팡이를 휘둘러서, 다시 한 번 진조의 말을 가로막아 버렸다.

"흐흥. 내 이야기가 『잊혀진 3종의 비보』 중 하나를 발견했다는 것이라도, 그런 태도를 유지할 수 있을까?"

진조가 아연한 표정으로 굳었다.

그 모습에 유이카가 씨익 미소를 지었다.

제법 멋진 느낌이군.

물론 그녀가 손에 든 건 짧은 지팡이가 아니라 킨타로 사탕 스틱이었으니, 멋지기보다는 유감스러움이 떠돈다.

뭐, 달콤한 걸 먹고 싶다는 그녀에게 킨타로 사탕을 선물한 건 나지만.

"설마!"

"그래, 그 설마다!"

유이카가 거창한 동작으로 아이템 박스를 열었다.

"보라! 이 세상의 기적을!"

거기서 나타난 것은 부채꼴로 커팅된―.

"지, 진짜로 피자……."

아연해진 진조가 뻗은 손을 유이카가 재빠른 백스텝으로 회피했다.

"아, 안 된다. 이건 내가 쿠로에게 받은 거다."

빼앗길 수는 없다고, 그 피자를 본래대로 아이템 박스에 수납했다.

그 피자는 한 장만 스토리지에 보관했던 야식용이다. 식으면 맛없으니까 따뜻할 때 먹지 그래.

"쿠로, 어떻게 된 것이냐?"

진조가 충혈된 눈으로 다가섰다.

"토, 토마토를 발견한 것인가?!"

괜히 단정한 얼굴을 바짝 대는 진조를 밀어냈다.

"그래, 시가 왕국 동부의 시골 마을에서 재배하고 있었어."

굉장한 힘이군. 이런 걸로 흡혈귀의 괴력을 발휘하지 마.

레벨이 낮은 사람이면 큰 부상을 입었을 거다.

"뭣이! 그 근처의 땅은 몇 년에 걸쳐서 탐색을 했을 텐데……."

그 근처는 동방의 나라들에서 이민이 많다고 하니까, 진조가 탐색했을 무렵에는 아직 토마토를 재배하지 않았을지도 모른다.

"토마토 현물이라면 있는데, 필요해?"

"뭣이!"

대가로 귀중한 혈주를 내놓으려는 진조를 말리고, 바구니 한 가득 토마토와 미리 만들어둔 케첩 항아리를 내놓았다.

토마토의 산지인 푸타까지는 「귀환전이」 마법과 섬구 스킬의 합체기로 금방 갈 수 있으니까, 대량으로 베풀어도 문제없다.

덤으로 토마토의 씨앗도 선물해봤다.

"씨앗인가?"

"묘목이 있으면 좋겠지만, 지금 가진 게 없어서."

내 스토리지는 뿌리가 달린 식물을 수납할 수가 없단 말이지.

"상관없다. 씨앗부터 키우면 되는 것이니."

진조가 자신 있게 대답하고, 등 뒤에 대기하던 시녀장인 중년 여성을 불렀다.

그녀는 이 상야성에서 가장 늙은 외견이었다.

"이 토마토의 씨앗을 최우선으로 키우도록."

"알겠습니다."

아무래도 키우는 건 남한테 맡기는 모양이다.

"그러면, 우리도 흙 마법으로 도울게요."

"토양은 여러 종류 준비를 하고— 쿠로, 토마토는 어떤 땅에 서 자라지?"

진조의 「최우선」이란 말을 들은 흡혈 공주들이 시녀장을 도우러 나섰다.

아무리 그래도 미지의 식물을 키우는 건 어려울 거라고 생각 해서, 토마토 재배법을 적은 종이를 건넸다.

이건 남쪽 바다의 낙원섬에서 토마토 밭을 만들 때 푸타에서 배워온 지식이다.

덤으로, 푸타까지 가는 간단한 지도를 그려줬다.

"—그러면, 준비하겠습니다."

"그래. 좋은 소식을 기다리는 것이다."

이것저것 받아 든 시녀장과 흡혈 공주들이 방을 나섰다.

덤으로 미궁도시 교외의 실험농장에서도 토마토를 키우고 있으니, 내년부터는 정기적으로 신선한 토마토를 수확할 수 있다고 전했다.

"그러면, 실험농장을 해수 놈들에게서 지키기 위해서도, 권속인 붉은 박쥐나, 혈염 늑대를 파견하여 소탕과 수호를 해야겠군……."
          루쥬 배트   블레이즈 울프

"적당히 부탁해."

정말이지, 토마토 정도로 자중을 너무 버리네.

이런 먹보 캐릭터였다니 뜻밖이다.

"쿠로! 얼른 본론으로 들어가라!"

조바심 난 표정의 유이카가 외쳤다.

"그래—."

"본론?"

"반의 성에는 빵을 만드는 돌가마가 있다고 들었거든. 피자를 굽는데 빌려줄 수 있을까?"

"물론, 대환영인 것이다. 가능하다면 내 성의 요리장에게 피자의 레시피를 전수해주면 좋겠다는 것이다."

"물론이지."

흙 마법으로 즉석 가마를 만들어 구워도 되겠지만, 역시 길이 든 돌 가마로 구워야 맛있단 말이지.

나는 상야성의 요리장과 함께 2시간 정도 걸려서 피자를 구워냈다.

이상하게 시간이 걸린 건 요리장에게 가르치려고 반죽이나 토마토 소스부터 피자를 만들었기 때문이다.

뭐, 돌 가마의 온도를 올리는데 시간이 걸린 것도 있지만.

"맛있구나아아아아아아아아!"

"그러니까, 가끔은 자기 말로 외치라고 하지 않나."

피자를 먹은 무쿠로가 요리 만화나 요리 애니메이션처럼 외치고, 마찬가지로 피자를 깨문 요로이가 태클을 걸었다.

미이라인 무쿠로가 피자를 먹을 수 있는 건 어떻게 이해가 가는데, 갑주 안이 비어 있는 요로이가 치즈를 끌면서 피자를 맛보는 건 굉장히 신기한 느낌이다.

뭐, 불사의 몸이 되어서 미각을 잃었다는 하드한 세계가 아니라 다행이야.

"왜 그러느냐, 내 어둠의 맹우 진조 반이여! 피자는 고귀한 어둠의 권속의 입에 맞지 않느냐?"

"말 걸지 마라. 지금, 나는 또 다시 피자를 만난 감동에 잠겨 있는 것이다."

"그렇군, 미안하다."

유이카의 물음에 진조가 눈을 감은 채 대답했다.

한 입 깨물고서 움직이질 않기에 뭔가 실수했나 싶었다.

"역시, 돌 가마로 만든 피자가 맛있군."

탄산음료를 한 손에 들고 피자를 우물우물 먹고 있던 유이카가 나를 보고 방긋 웃었다.

"쿠로! 이세계에서 피자를 먹을 수 있는 날이 올 줄은 몰랐다. 다음은 콜라도 재현해다오."

"콜라는 레시피는커녕 재료도 모르니까 무리야."

"재료는 콜라 열매가 아닌가?"

콜라 열매라니, 그런 열매는 들어본 적이 없어.

"연구는 해볼게."

유이카의 말에 적당하게 대답을 해뒀다.

"탄산 한 잔 더. 다음 피자는 데리야키 치킨 맛이 좋겠다. 틀리면 안 된다, 폭신폭신 두꺼운 반죽이다. 테두리에 치즈가 들어간 게 좋다!"

한 장 다 먹은 유이카가 상야성의 시녀들에게 다음 피자를 주문했다.

나랑 남성진은 바삭한 식감을 즐길 수 있는 얇은 반죽을 좋아하는데, 유이카는 쫄깃한 식감의 두꺼운 반죽이 좋은가 보군.

아마 얇은 게 술에 잘 맞으니까 그런 것 같아.

나랑 무쿠로는 요정 포도주, 요로이는 시가주, 진조는 처녀의 피를 한 방울 떨어뜨린 「렛세우의 혈조」라는 와인을 마시고 있었다.

참고로, 유이카가 마시는 탄산음료는 과즙과 설탕으로 맛을 낸 달콤한 거다.

과즙은 멜론, 복숭아, 오렌지, 베리아의 네 종류를 준비했다.

"쿠로."

유이카가 나에게 말했다.

"아까는 제일 새로운 유이카가 실례했다."

"이제 됐어. 아까도 사과했잖아."

다음 피자를 기다리는 사이, 한가해졌는지 유이카가 얌전하게 말을 걸었다.

만나자마자 맨 처음 유이카가 블랙홀 탄으로 선제공격을 한 게 틀림없다.

어쩐지 좀 헷갈리니까, 처음 만난 유이카를 유이카 1호, 두 번째 격투 유이카를 유이카 2호, 지금 대화하는 중2병 전개 유이카를 유이카 3호라고 하자.

"뭐야? 동포 포이르니스가 넘어뜨리기라도 했나?"

"어둠의 권속인 내가 그런 엉큼한 짓을 할 리가 없지 않나!"

진조의 놀림은 나를 향한 것이었지만, 어째선지 유이카 3호가 얼굴이 빨개져서 팔을 붕붕 휘두르며 부정했다.

"그 모양이니 아무리 시간이 지나도 『강철의 처녀』인 게지."

"부, 부끄러운 말을 쓰지 마라! 야마토 나데시코는 순결을 소중히 한다!"

아니, 「강철의 처녀」는 고문 기구 이름이잖아.

"반도 요로이도, 어린애를 너무 놀리지 마라."

무쿠로가 두 사람을 타일렀다.

지금까지 본 인상으로는 무쿠로도 같이 놀릴 것 같았는데─.

그러고 보니 그는 유이카의 후견인이라는 게 새삼 떠올랐다.

유이카 1호가 분쇄한 정원도 새롭게 창조한 공간에 무쿠로의 부하 미이라들이 재건하고 있으니까.

"어린애 아니다! 애당초 너희들이 새로운 유이카에게 『용사는 위험하다』고 과하게 불어넣어서, 쿠로의 칭호를 본 유이카가 패닉을 일으킨 거다!"

"무슨 말이냐? 과거에 우리들 앞에 나타난 용사는─ 잠깐만, 지금 『쿠로의 칭호를 본 유이카가 패닉을 일으켰다』고 했겠다."

"아아, 분명히 들었다."

유이카 3호의 말을 들을 무쿠로와 요로이가 느릿하게 일어섰다.

어쩐지, 굉장히 험악한 분위기다.

용사란 칭호에 나쁜 기억이 있는 모양이군.

"기다리는 것이다. 쿠로는 내 친구이자 상야성의 손님. 그를 해친다면 우리 일족 모두가 적이 됨을 알아라."

진조도 무쿠로와 요로이와 함께 적의를 드러낼 거라고 예상했는데, 오히려 나를 감싸고 두 사람 앞을 막아섰다.

귀족의 긍지가 있는 걸지도 모르지만, 조금 기쁜 것 같기도 하군.

"효효효. 반, 노망이 났구나."

"우신(愚神) 파리온의 꼭두각시 용사 측에 선다면, 용서 안 한다."

아무래도 두 사람이 싫어하는 건 파리온 신이 소환한 용사 한

정인가 보군.

그러면―.

"잠깐!"

나는 오해를 풀고자, 진조 앞에 끼어들었다.

"오지 마라, 쿠로. 요로이는 몰라도 무쿠로는, 레벨 50 정도로는 상대가 안 된다."

진조가 충고해 주었다.

쿠로의 공개 레벨을 감정 스킬로 안 거겠지.

"요로이는 몰라도는 괜한 말이야."

그걸 들은 요로이가 불만스러워 보였다.

"그래, 무쿠로는커녕 전성기의 내가 덤벼도 한 방에 찍 뭉개져 버릴 거다."

""""뭐야?!""""

유이카 3호의 말에 세 사람의 시선이 나를 보았다.

그녀는 내가 레벨 311이라는 걸 아는 모양이군.

"사람의 한계에 도달한 전성기의 유이카를 찍 뭉갠다고요?"

"설마― 너는 신인가!"

요로이가 반신반의로 기겁하고, 유이카 3호의 말을 들은 무쿠로가 아까랑 비교가 안 되는 진심의 살기와 독기를 뿜었다.

"아니야. ……포이르니스?"

내가 부정한 다음에, 유이카 3호가 보증해 주었다.

"그래, 쿠로의 종족은 인간족이다. 이름이나 스킬은 가짜지만, 종족은 거짓이 없다."

"덤으로 말해두는데, 나는 파리온 신에게 소환된 용사가 아냐."

내가 이 세계에 어떻게 왔는지 아직도 잘 모르겠지만 그건 단언할 수 있다.

왜냐면, 내가 용사의 칭호를 얻은 건 세류 시의 「악마의 미궁」에서 상급 마족을 쓰러뜨렸을 때니까.

"그러면, 누가 소환한 용사란 거냐?"

"용사 칭호를 얻은 건 이 세계에 온 다음이야. 나는 일본의 기억이 있지만, 전이인지 전생인지도 모르겠어. 정신이 드니까 유니크 스킬 같은 걸 받고서 황야에 서 있었지."

신을 죽인 거나 유성우 같은 건 본론에서 벗어나니까 생략했다.

일단 소환 용사가 아니라는 걸 알자 무쿠로와 요로이의 분노가 사라졌다.

"『자수성가』였군. 미안하다, 쿠로."

"미안해, 쿠로."

무쿠로와 요로이가 사과했다.

아무래도 위기 상황은 넘긴 모양이군.

"이 미궁 하층까지 오는 파리온의 용사는 어느 놈이고 우리들을 퇴치하려고 나타난 녀석들뿐이라서."

요로이가 살기의 이유를 가르쳐 주었다.

그러고 보니 「계층의 주인」과 싸우기 전에, 서쪽 길드에서 세베르케아 양이 「주검의 왕」, 「심연혈왕」, 「강철의 왕」, 「소귀 공주」 같은 마왕이 있다고 하자, 우샤나 비서관이 창작이라며 부정한 게 떠올랐다.

그 이야기를 진심으로 받아들인 용사가 퇴치하러 온 거겠지.

"뭐, 겉모습이 이러니까 어쩔 수 없긴 하다만."

"무슨 말이야! 나는 이토록이나 사랑스런 모습인데, 뿔을 보자마자 『고블린의 마왕!』이라고 외치면서 유니크 스킬을 전개하며 공격해 왔다."

"어쩔 수 없는 것이다. 파리온의 용사들은 동포 포이르니스의 칭호가 보이니까."

유이카의 불평을 진조가 흘려들었다.

그러고 보니, 유이카는 인격이 바뀌면 유니크 스킬 말고 스킬 구성이나 레벨뿐 아니라 칭호까지 바뀌는 것 같은데, 지금 그녀의 칭호는 상당히 굉장하다.

감정 스킬로 알 수 있는 건 유이카 1호도 있었던 「은자」뿐이지만, AR 표시되는 그녀의 칭호는 더 여러 가지가 있었다.

주요 칭호만 봐도, 내가 마왕을 쓰러뜨렸을 때 얻은 「진정한 용사」나 아까 유이카가 말한 「고블린의 마왕」 말고도, 「소귀 공주」, 「사람의 한계에 다다른 자」, 「고블린족 최후의 아이」 등이 있다.

마지막 칭호는 제법 묵직하지만, 흥미 삼아서 물어볼 일이 아니니까 못 본 걸로 하자.

"포이르니스는 마왕이야?"

"엉? 아아, 『고블린의 마왕』 말인가? 딱히 유니크 스킬을 너무 써서 『혼의 그릇』이 부서져 『마왕』이 된 게 아니다. 바보 같은 용사나 이름을 날리려고 공격해오는 기사나 귀족의 군대를 해치웠더니, 그런 식으로 불리게 되고 깨닫고 보니 칭호가 되어 있었지."

마찬가지로 「소귀 공주」 같은 칭호도 늘었다고 한다.

참고로 그녀는 아제 씨가 말했던 「고블린의 마왕」과는 다른 사람인가 보다.

조금 슬픈 표정을 짓고 있으니 가족이나 아는 사람이었을지도 모른다.

"이 녀석은 마지막에 마왕까지 해치웠다니까."

요로이가 유이카 3호의 머리를 톡톡 두드리며 말했다.

"그만 못할까! 그 바보 마왕 덕분에 한때는 칭호가 『진정한 용사』가 되어 버렸단 말이다."

"마왕을 해치웠다니, 굉장한 거 아냐?"

아까 「태고의 뿌리덩이」랑 싸우는 걸 돌이켜 보면, 그것도 가능할 거라고 수긍이 간다.

"옛날에는 레벨이 99였으니까, 레벨 80 정도의 마왕 따위는 대단한 것도 아니다."

이길 수 있는 게 당연하다고 말하면서도, 유이카 3호의 표정은 어쩐지 우쭐거리고 있었다.

"아까 요로이가 말했던 『사람의 한계』라는 건 레벨 99를 말하는 거야?"

기왕이니 아까 신경 쓰인 걸 물어봤다.

"그래. 레벨 99가 됐을 때 『사람의 한계에 다다른 자』란 칭호가 늘었다."

유이카 3호의 말로는 그 다음에 레벨 98에서 99가 됐을 때 필요한 경험치의 2배를 벌어도 레벨이 안 올랐으니, 사람에 속하는 종족— 적어도 고블린족의 한계는 레벨 99라고 생각한다고 했다.

"어라? 하지만 지금은 레벨 52밖에 안 되는데, 무슨 위장용 스킬이나 장비 같은 거야?"

"아니다. 지금 나는 레벨 52다."

"레벨이 내려가기도 해?"

옛날에 본 PC게임의 속편처럼, 게으르게 지내서 레벨이 내려가는 건가 생각하여 물어봤다.

"그럴 리가 있느냐! 새로운 나를 만들어내서 대를 넘기면, 그 대가로 30퍼센트 정도 레벨이 내려간다."

이건 「심신대사」라는 말장난 같은 이름의 유니크 스킬의 능력을 이용한 건가 보다.

새로운 인격이 되면 스킬이나 칭호를 잃는다고 하는데, 새로운 인격으로 전에 가지고 있던 스킬을 얻을 때 필요한 스킬 포인트가 내려간다고 한다. 물론, 새로운 인격이 스스로 설정할 수 있다.

주인격에서 본체의 조작권을 받으면 스킬 구성이나 칭호가 본래대로 돌아간다고 하는데, 레벨은 오래된 인격만큼 돌아가기 어려워진다고 했다.

"레벨이라면, 아까 재미있는 말을 했었지— 유이카?"

무쿠로가 유이카 3호에게 물었다.

아마, 전성기의 자신이라도 나를 이길 수 없다고 말한 거겠지.

"그러니까."

"이 녀석의 레벨은 얼마야?"

시치미 떼는 유이카 3호에게 무쿠로가 거듭 물었다.

"쿠로의 레벨은―."

유이카의 시선이 물어보기에 고개를 옆으로 저었다.

"―비밀이다."

아무래도 유이카는 내 레벨에 대해 말하지 않고 입다물어주는 모양이다.

"말한 거나 마찬가지다. ―잠깐 기다려. 아까 우리한테 왔을 때 구두가 이미 토벌됐다고 했었지―. 그러면, 그때 말했던 용사라는 건 너 자신을 말한 거군……."

무쿠로가 나를 보기에 수긍해뒀다.

"그 광신자가 되살아난 건 처음 들었다만, 이미 토벌됐다면 문제없는 것이다."

"크로우는 어둠의 미학을 이해하는 녀석이지만, 신을 너무 싫어하는 것이 결점이다. 무쿠로랑 둘이서 신의 악담 대회를 시작하더니 언제까지고 끝날 줄을 몰랐지."

진조나 유이카 3호도 구두 토벌에 생각하는 바는 없는 모양이다.

뭐, 지금까지 몇 번이고 토벌되었다가 부활하는 걸 반복한 모양이니까, 그 정도로 희한한 일도 아닌 건가 보군.

"효효효. 구두를 이길 수 있는 용사가 있을 줄은 몰랐다."

"정말 그렇군. 최소한 레벨 120, 어쩌면 레벨 150 같은 괴물일지도 모른다."

미안합니다. 그거보다 배 이상입니다.

"좋지 않은가? 쿠로가 우리를 해칠 거란 생각은 안 든다. 그리고 우리들은 끈질기다. 진심으로 도망치면 우리를 좇을 수 있는 자는 신들 중에도 없는 것이다."

진조가 보증을 해주었다.

한나절 정도 교류했을 뿐인데, 어째서 그렇게까지 신뢰를 해주는 걸까?

"이래봬도 오래 산 만큼, 사람을 보는 눈이 사치스러우니까."

내 시선을 깨달은 진조가 머리칼을 훌쩍 넘기며 윙크를 했다.

흡혈 공주들은 질투의 시선을 보내는 건 좀 그만두세요.

그건 그렇다 치고—.

"사토야."

나는 변장을 풀고 사토의 모습으로 돌아왔다.

신뢰에는 신뢰로 답하려고 한 거다.

"젊구만……."

"그게 본명인가? 사토(佐藤)?"

"본명은 스즈키야. 하지만 여기 왔을 때 이름이 사토가 되어 있었으니까, 스즈키보다는 사토가 본명 같은 느낌인가?"

"쿠로는 쿠로면 되는 것이다."

"뭐, 이름은 기호일 뿐이니까."

그러고 보니 무쿠로나 요로이도 본래 이름이 아니었지.

"그런 의미로 말한 게 아닌 것이다. 쿠로, 내 성의 시녀들은 시간이 지나면 지상으로 돌아간다. 내 친구에게 불리해질 일을 시녀들이 말할 것 같지는 않지만, 모르는 편이 귀찮은 일이 적어서 좋다. 여기에 드나들 때는 쿠로의 모습과 이름으로 있는 것이다."

이미 나이 지긋한 시녀장은 봤는데요?

"페드라르카는 걱정 없다. 상야성에 뼈를 묻는다고 하는 데다가, 만에 하나 떠나더라도 절대 입을 열지 않는다고 단언할 수 있다."

내 시선을 깨달은 진조가 보증했다.

시녀장은 새침한 표정이었지만, 굉장히 자랑스러운 느낌이었다.

다른 멤버도 이견은 없는 모양이라 쿠로의 모습으로 돌아왔다.

"알았어. 그러면 미궁 하층에서 내 이름은 쿠로로 가겠어."

나는 그렇게 말하고 진조들에게 고개를 끄덕였다.

그 다음에 피자가 다 떨어졌을 즈음 초밥 축제나 무차별급 장기 대회가 열릴뻔했지만, 이제 그만 동이 틀 무렵이라서 나는 상야성을 떠나기로 했다.

"잠깐 기다려라. 잠깐 새로운 나와 교대하마."

유이카 3호가 말하고 눈을 감더니, 다시 눈을 뜨자 표정이 일변했다.

"저기이, 그때는 흐트러져서 죄송해요."

유이카 1호가 엎드려 고개를 조아리며 나에게 사과했다.

미소녀가 엎드려 조아리는 모습이란 건 상당히 폭력적이다. 사과를 받는 내가 나쁜 놈으로 보이겠어.

"아니, 벌써 3호한테도 사과를 받았으니까 됐어."

나는 유이카 1호의 어깨를 가볍게 두드려서 고개를 들도록 했다.

"……3호 라구요?"

어이쿠, 이래선 뜻이 안 통하지.

"포이르니스 라 벨 피유 혹은 다크 라 프란세스라고 했던 애야."

"아아! 초대 님 말이군요!"

유이카 1호는 3호를 초대라고 부르는가 보군.

"초대 님이 저를 말려주신 거군요? 당신이 공격하지 않는 건 깨달았는데, 무서워서 공격을 멈출 수가 없었어요."

그녀들은 꿈속에서 교류할 수 있는지, 서로의 정보를 어느 정도 아는 모양이다.

"그렇지, 쿠로―."

나와 유이카 1호의 이야기가 일단락되고, 그대로 작별 인사를 하려고 했을 때 무쿠로가 말을 걸었다.

"신에게 쫓겨 지상을 떠나게 되면 힘이 되어 주마. 하지만, 그것 말고는 하층엔 자주 오지 마라."

"뭐냐? 쩨쩨한 영감이구만."

투덜대는 요로이의 투구를 무쿠로가 찰싹 두드렸다.

"쩨쩨하다거나 그런 게 아냐. 독기는 지하에 모인다. 하층은 맨몸인 자에게는 좋지 않다."

그러고 보니 미궁 도시의 독기가 짙었을 때 독기 중독이 된 사람들이 많았지.

독기시로 확인해 보니, 여기가 그때 미궁도시보다도 짙었다.

"특히 내 영역은 독기가 짙다. 유이카처럼 독기를 마력으로 변환하는 유니크 스킬 같은 게 없으면 너무 위험하다."

"그런 것이다. 내 성의 신입 시녀들도 내성 스킬이 생길 때까지는 독기가 적은 정화실로 피난시켜두는 것이다."

과연, 제나 씨나 시녀가 되기 전의 노예들이 있던 방은 그런 장소였던 모양이군.

"효효효, 우리들은 독기가 필요하니까 정화해줄 수도 없지."

정령광을 전개하거나, 성비로 정화하는 건 NG인가 보다.

"쿠로, 무쿠로는 저렇게 말했지만 내 상야성에 친구를 거절하는 벽은 없다. 언제든지 놀러 오도록 해라."

장기 상대를 하러 오란 거지?

"내 구역도 독기는 짙은 편이다. 여기서 뭔가 맛있는 것을 먹을 때라면 언제든지 불러라. 세메리를 데리고 놀러 오지."

"뭐, 초밥이 있다면 나도 놀러 와주지. 반이나 요로이 같은 약골이 아닌 사람과 장기를 두는 것도 즐겁겠지."

"우효효효, 영감의 츤데레 따위 수요가 없는 짓을 하는군."

"시끄럽다!"

무쿠로와 요로이가 장난치는 걸 무시하고, 유이카 1호와 진조를 보았다.

"아, 초대 님이랑 교대할게요—."

유이카의 표정이 유이카 3호의 것으로 바뀌었다.

"뭘 신경을 쓰고 있는지."

미묘하게 할머니 같은 말로 유이카 3호가 투덜거렸다.

"나는 당분간 동포 반의 성에 신세를 질 거다. 다음에 만날 때
는 얌전한 나라고 생각하지만, 사이좋게 지내다오."

"아아, 다음에는 이것저것 선물을 가져올게."

아까 피자 파티 때도 말했지만, 유이카의 주거지가 재건되는
동안 진조의 상야성에 세들어 살 모양이다. 무쿠로나 요로이의
거점이 아닌 건 괴물들이 무서워서 싫다고 한다.

흡혈귀도 충분히 괴물이나 요괴의 범주 같은데, 여기는 보통
사람도 잔뜩 있으니까 지내기 좋은 거겠지.

식객 취급이 아닌 이유는, 체재비 대신 토마토 재배에 최적인
공간을 유니크 스킬로 만들게 되었기 때문인가 보다.

나도 재배 공간 하나 나눠주면 좋겠다.

부탁하면 만들어줄 것 같지만, 지금 부탁하면 협박하는 것 같
으니까 나중에 좀 더 친해진 다음에 해야겠는걸.

"쿠로, 와인도 잊지 않는 것이다."

"『렛세우의 혈조』말이지? 못 찾으면 제조원까지 한 번 다녀올게."

나는 진조가 못 박는 것에 웃으며 대답하고, 유쾌한 전생자
투성이 미궁 하층을 등졌다.

에필로그

"사토입니다. 등잔 밑이 어둡다란 말이 있습니다만, 아무리 찾아도 단서조차 찾을 수 없던 일이 제3자의 손에서 굴러 떨어지는 일이 종종 있다고 생각합니다. 인맥이란 건 중요하네요."

"어서 와, 주인님."

"우웅, 아침에 왔어."

저택으로 돌아온 나를 미아와 아리사 둘이 맞이해 주었다.

타마랑 포치는 목장을 돕고, 리자와 나나는 미궁도시 외곽 런닝, 루루는 메이드들이나 미테르나 씨와 주방에, 카리나 양 일행은 아직 꿈나라인 모양이다.

"에이, 미아. 주인님은 미궁 하층을 조사하러―."

"향수."

나를 커버해 주려던 아리사였지만, 미아가 태클을 걸자마자 쿵쿵 내 로브에 코를 묻고서 냄새를 맡기 시작했다.

"여러 가지 향기가 나. 설마―."

퍼뜩 고개를 든 아리사가 다시 로브에 얼굴을 묻었다.

"길어."

얼굴을 부비부비 해대는 아리사의 머리를 미아가 콩 때렸다.

"미안미안, 그래서 주인님? 미궁 하층의 조사를 한다고 하고서는 사실 바람을 피운 건 아니겠지?"

"아제 씨에 걸고 맹세하는데, 그런 일 없어."

"응— 우음."

한순간에 생긋 웃는 표정이 되었던 미아가, 뭔가 마음에 안 드는 걸 깨달은 것처럼 볼을 부풀렸다. 어린애는 어렵군.

"그러면, 미궁 하층에 여자가 있었어?"

"그건 이야기가 좀 길어지니까, 아침 먹고 나서 얘기하자. 일단 미궁 하층에 있는 전생자들은 대체로 우호적인 상대였어."

"대체로?"

"이쪽에서 적대하면 가차 없이 제거하겠다는 느낌이던데."

무쿠로에 이르러서는 신들한테도 싸움을 걸려는 녀석이었으니까.

◆

"주인님, 왔어."

아침 식사 뒤, 아리사만 집무실로 불렀다.

"나만 불러도 돼?"

"그래, 아리사한테만 전해줘야 하는 말이 있으니까."

"유니크 스킬 말야?"

아리사의 물음에 수긍했다.

"조금 길어질 텐데, 내가 들은 대로 전할게."

아리사 같은 전생자는 신에게서 권능을 「신의 조각」이라는 형태로 부여 받아서 유니크 스킬을 쓸 수 있다는 것.

그 「신의 조각」을 담고 있는 것이 「혼의 그릇」이며, 유니크 스킬을 한계 이상으로 사용하면 「혼의 그릇」에 상처가 나서, 자기 수복이 불가능할 정도로 파손되어 버리는 상태가 되는 일을 「마왕」화라고 부른다.

그리고 「신의 조각」을 억지로 꺼내려고 하면 영혼이 갈기갈기 찢어져서 사망, 혹은 소멸해버린다는 것도 전했다.

이어서 주의사항을 전달했다.

회수 제한이 있는 유니크 스킬은 그 제한을 지키는 한 기본적으로 위험이 없다는 것.

정신 상태나 몸 상태가 열악할 때 유니크 스킬을 쓰면 위험성이 늘어난다는 것.

아리사의 「전력전개」 같은 일격필살 계통이나 한계돌파 계통 유니크 스킬은 조절을 잘못하면 한순간에 한계를 넘어서 마왕화까지 가버릴 수 있는 대단히 위험한 것이라는 것.

"그렇구나아. 그러고 보니 전생할 때 신이 지나치게 쓰면 안 된다고 주의를 해줬어."

진지한 표정으로 듣던 아리사가 말하며 웃었다.

"그렇게 주의를 해줬어?"

"응. 그 밖에도 행복하고 충실한 인생이 되라고 축복해줬어."

아리사를 전생시킨 건 마신이라고 예상했는데, 혹시 다른 건가?

아니면 신화에서 마신은 마물을 만들고서 다른 종족에게 심술을 부리는 민폐 되는 존재로 묘사되지만, 그건 다른 신들이 비틀어 전달한 에피소드일지도 모른다.

예를 들어 마족이나 마물을 만들어내는 존재는 따로 있다거나, 마족이나 마물에게 우리들이 아는 것 말고 뭔가 중요한 역할이 있다거나—.

"그리고…… 어, 주인님?"

"아아, 미안 미안. 조금 이상한 거 생각하고 있었어.

정보가 너무 부족하니까 보류해둘까.

"어떤 거?"

"마족이나 마물은 뭣 때문에 만들어졌을까? 그런 거?"

"흐~응, 재미있는 주제네. 이번에 왕도에 갈 테니까, 왕립 학원의 교수에게 질문을 하거나 왕성의 도서관을 조사해보는 것도 재밌겠어."

본래의 용건은 왕국 회의나 옥션이나 왕도 관광 정도였지만, 학술적인 조사도 포함하면 즐거움이 늘어나겠군.

"괜찮겠다. 태수부인이랑 만났을 때 왕립 학원에 소개장을 써 달라고 부탁해둘게."

왕성의 도서관은 용사 나나시로 놀러 갔을 때 임금님한테 부탁하거나, 쿠로의 모습으로 에치고야 상회의 지배인이나 티파리자에게 입관 허가증 준비를 해달라고 하면 되겠지.

"조금 이야기가 틀어졌지만, 이거—."

나는 아이템 박스에서 꺼낸 물건을 아리사에게 건넸다.

"귀여운 브로치네."

"그건 다른 전생자들이 양보해준 『혼각화환』이란 건데, 『혼의 그릇』을 보호하는 기능이 있어."

아리사에게 『혼각화환』의 기능이나 보호 상태 확인 방법 등을 알려주고, 함께 엘릭서를 건네줬다.

전에 보르에난의 마을에서 자작한 고품질 엘릭서다.

"이건 아리사의 아이템 박스 안에 넣어놔."

"괜찮아? 분명히 하나밖에 못 만들었지?"

"그래, 문제없어. 중간 소재 제작에 시간이 걸리는 거니까 지금 당장은 못 만들지만, 3개월쯤 지나면 양산할 수 있을 거야."

"그렇다면, 맡아둘게, 고마워— 주인님."

아리사가 내 볼에 스칠 정도로 키스를 했다.

"주인님이 달아줘."

새빨개진 아리사가 『혼각화환』을 내밀기에, 가슴에 달아줬다.

"에헤헤~ 어울려?"

"어울려, 어울려."

"모두에게 보여줄게!"

내가 수긍하자, 그렇게 말하며 달려가 버렸다.

열어젖힌 문으로, 자랑하는 아리사의 목소리가 들렸다.

그럼, 오늘 밤에는 브로치 만들기가 확정됐나?

◆

"주인 나리, 손님이 오셨습니다."

모두에게 「혼각화환」을 자랑하러 간 아리사와 교대하듯 메이드장인 미테르나 씨가 찾아왔다.

레이더 표시를 보니 손님은 제나 씨였다.

"마리엔텔 님이라고 하셨습니다만, 아는 분이신가요?"

"아아, 소중한 친구야. 무슨 급한 용건이라도 있는 거겠지."

내객 예정 리스트에 없는 이름이라 미테르나 씨가 의문스러워했다.

전화가 없는 이 나라의 경우 귀족 저택을 방문하는 건 사전에 편지로 예고하는 게 기본이니까.

"응접실이야?"

"죄송합니다. 병사 같은 복장이라 문 앞에서 기다리시도록 했습니다."

"알았어. 그럼 내가 마중을 갈 테니까 미테르나 씨는 차 준비를 부탁해."

"아, 알겠습니다."

내가 문까지 마중 나가는 게 뜻밖이었는지, 미테르나 씨가 놀란 소리를 흘렸다.

그러고 보니 손님을 문까지 마중 나가는 건 처음일지도 모르겠다.

"사토 씨."

문으로 다가가는 나를 발견한 제나 씨가 안도한 표정을 지었다.

미테르나 씨가 말한 것처럼, 오늘 제나 씨는 세류 백작령 영지군의 군복을 입고 있었다.

제나 씨와 외출하는 건 오늘 낮 예정이었는데, 뭔가 급한 임무가 들어온 걸지도 모르지.

"안녕하세요? 제나 씨."

"아, 아침 일찍부터 죄송해요."

철 격자의 문을 열면서 말을 걸자, 제나 씨가 부웅 소리가 날 것 같은 기세로 고개를 숙였다.

"딱히 상관없어요. 어서 들어오세요."

제나 씨가 문에서 움직이려고 안 하기에 내가 권했다.

—어라?

어쩐지 제나 씨가 긴장한 표정이다.

"사, 사토 씨."

제나 씨가 진지한 표정으로 내 이름을 불렀다.

눈이 촉촉하고 볼이 조금 홍조된 탓인지, 마치 지금부터 고백하는 여고생처럼 보였다.

미묘하게 새큼한 분위기가 쑥스럽군.

"들어주세요, 사토 씨."

"네."

주먹을 쥐고서 기합을 넣은 제나 씨가 나를 올려다보았다.

잠시 침묵한 다음, 제나 씨가 입을 열었다.

"저, 사토 씨를—"

■작가 후기

안녕하세요? 아이나나 히로입니다.

이번에 「데스마치에서 시작되는 이세계 광상곡」 제 14권을 집어주셔서 정말 고맙습니다!

4개월만에 간행입니다.

작년 12월에 12권, 올해 1월에 Ex권, 올해 3월에 13권이라는 하이 페이스였기 때문에, 오랜만에 신간이란 이미지가 있습니다만, 11권까지는 거의 4개월마다 간행이었으니 통상운행으로 돌아온 느낌입니다.

애니판 TV 방영도 무사히 끝났습니다만, 인터넷 동영상 스트리밍 사이트에서는 아직도 볼 수 있으니 놓치신 분은 꼭 봐주세요.

블루레이판도 4권까지 발매중일 테니, 그쪽도 부디 잘 부탁드립니다.

여기에는 「데스마치에서 시작되는 현대 광상곡」이라는 총 페이지수 210페이지쯤(한 권 당 25~56페이지)의 외전 스토리가 붙어 있습니다.

제나 씨나 동료들이 스즈키 이치로(사토)가 있는 현대 일본에 오는 이야기로, 판타지 세계의 동료들이 현대에서 일으키는 좌충우돌을 즐길 수 있습니다.

도쿄 근처의 관광지를 무대로 골랐으니, 실제로 가보며 사토 일행의 족적을 따르는 것도 재밌을지도 모릅니다.

　그럼, 화제가 조금 애니쪽으로 기울어졌으니 이제 그만 본권의 볼거리를 논해볼까요.

　표지에 짜잔 나와 있는 제나 씨의 일러스트로 이미 깨달으셨을 거라고 생각합니다만, 세류 시에서 헤어진 제나 씨가 2권 라스트에서 12권만에 본편에 재등장했습니다!

　뭐, 애니판에서는 준 히로인급으로 나왔고, 지난 두 권 정도는 본편 마지막에 제나 단편을 게재했으니 오랜만이란 느낌은 적을지도 모르겠군요. 그렇지만, 제나는 정말 좋아하는 캐릭터 중 한 명이라 오랜만에 잔뜩 쓸 수 있어서 만족하고 있습니다.

　그리운 사람과 재회도 했고, 따끈따끈 전개의 에피소드로 한 권 분량을 채우고 싶었지만, 그럴 수도 없습니다.

　왜냐하면, 지난 권에서 쓰러뜨린 구두의 마왕이 이것저것 불온한 발언을 했기 때문입니다.

　「4개월 전에 읽은 이야기 따위 기억 안나!」라는 분을 위해서 조금 복습하자면, 「아리사 같은 전생자에게는『신의 조각』이 내포되어 있고, 그『신의 조각』이 원인이 되어 마왕화에 이를 가능성이 있다」라는 느낌의 발언을 했던 것입니다.

　그래요. 「신의 조각」이란 것은 마왕을 쓰러뜨렸을 때 나오는 보라색 빛입니다. 사악한 기색의 발언을 하는, 신검으로만 처리할 수 있는 녀석인 겁니다.

WEB판의 사토는 그다지 신경 쓰지 않았지만, 서적판의 사토는 그런 것이 신경 쓰이는 모양입니다.

그가 아리사를 위해서 어떤 일을 하는지, 제나 씨 일행과 재회하는 이야기와 병행하여 즐겨주세요.

또한 스포일러가 되니까 자세히 쓰지는 않지만, 본권의 라스트에서는 사토가 어느 캐릭터와 함께 강적을 상대하는 신규 장면이 있으니 WEB판과 전개가 같은가? 라고 생각하여 중간에 읽는 것을 멈추면 분명히 후회하시게 될 겁니다. 꼭, 마지막까지 독파해주세요.

너무 스포일러를 쓰면 혼나니까 제14권의 내용에 대해서는 이쯤에서 마무리를 하죠.

인사를 하기 전에 잠깐 공지입니다.

아야 메구무 씨가 그리는 코미컬라이즈판 「데스마치에서 시작되는 이세계 광상곡」의 제7권, 그리고 세가미 아키라 씨가 그리는 코미컬라이즈판 「아리사 왕녀의 이세계 분투기」가 다음달에 발매예정입니다. 이번에는 동시 발매가 아니니까 주의해 주세요.

전자는 소설 3권 후반 마법약 납품편의 클라이맥스를, 후자는 「데스마치 Ex」에 게재된 아리사 외전 단편을 코미컬라이즈한 것입니다.

둘 다, 따끈따끈하고 멋지게 완성됐으니 꼭 봐주세요.

원작 소설의 삽화로 그려지지 않은 캐릭터를 볼 수 있어서 2중으로 이득입니다~.

그러면 늘 하는 인사를!

담당 편집자 A 씨와 I 씨 두 분의 지적과 개고 조언으로 갖가지 장면의 가독성이나 이야기의 완급이 올라갔습니다. 작가가 미처 못 본 포인트를 적절하게 지적해주시기만 해도 대단히 도움이 됩니다. 앞으로도 오래도록 지도편달을 부탁드립니다.

또한, 매번 근사한 일러스트로 데스마치 세계를 선명하게 채색해주시는 Shri 씨에게는 아무리 감사해도 모자랍니다.

현시점에서는 표지 러프와 신 캐릭터의 설정화밖에 못 봤지만, 둘 다 완성판을 기대하지 않을 수 없는 멋진 일러스트였습니다. 분명히 완성판은 머릿속으로 이미지하고 있는 것 이상으로 멋질 게 틀림없어요. 어쩌면 발매를 누구보다도 기대하는 것이 작가일지도 모릅니다.

그리고, 카도카와 BOOKS 편집부 여러분을 비롯하여, 이 책의 출판과 유통, 판매, 선전, 미디어믹스에 연관된 모든 분께 인사 올립니다.

마지막으로, 독자 여러분에게 최대급의 감사를!

본작품을 마지막까지 읽어주셔서 정말 고맙습니다!

그러면 다음 권, 미궁도시 출발 편에서 만나요!

아이나나 히로

불초 역자. 오랜만에 데스마치로 돌아왔습니다. 우연찮게도 작가의 스케쥴과 비슷하군요. 지난 데스마치 Ex와 13권 이후로 다른 작품들이 꽤 끼어 있다가 14권 작업이 들어왔으니까요. 12권과 Ex 사이에도 텀이 제법 있습니다만, Ex와 13권은 11월 12월에 이어서 나왔기 때문에 더 오랜만인 느낌이군요.

이렇게 얘기하니까 마치 실제로는 텀이 좀 좁은 것 같지 않습니까? 하하하하. 그렇지만 실제로도 진짜로 오랜만에 나왔죠. 빨리 낼 수 있게 노력하겠습니다.

그래도 역자가 노는 게 아닙니닷! 최근 들어서 쉬지도 않고 열심히 일하고 있어요. 인터넷 서점 들어가서 역자 이름으로 검색해보면 동시선집이— 아, 그건 다른 분이고. 아무튼 검색해보시면 열심히 일했다는 걸 알 수 있습니다.

그렇게 열심히 일하고 있는 역자는 요즘 고민이 있습니다. 생활 패턴이 너무 규칙적인 것이죠. 아니 그게 무슨 문제냐고요? 오후에 일어나서 새벽 2~5시까지 일하고 오전 5~8시까지 게임하다가 잠들기 때문이죠. 음하하하! 어쩌다가 이렇게 된 것일까요!

이상하단 말이죠. 분명히 9시쯤, 늦어도 오전 11시에 일어나서 늦어도 오후 10시쯤까지는 모든 일을 마치고 늦어도 오전 3

시까지는 자는 게 목표였는데. 그래야……. 그래야 말이죠.

매치 메이킹이 잘 된단 말야.

젠장. 너무 늦은 시간이라 게임 파티 매치 메이킹이 안 됩니다. 나도 여러 사람들과 함께 파티 짜고 미션을 하고 싶어. 역자가 혼자서도 잘 놀기는 합니다만 그래도 가끔은 쓸쓸해집니다.

확 이렇게 된 거 외팔이 늑대가 되어 미소년 주군이라도 구하러 갈까 싶어요. 솔로 플레이 게임이잖아요. 사실 이게 일본어 번역가한테 참 좋은 게임이기도 하거든요. 여러 스트리머들이 게임을 하면서 스토리를 보여줬지만 일본 전국시대 문화에 대한 지식과 이해가 부족하기 때문에 플레이하고서도 제대로 이해 못하는 부분들이 상당히 많습니다. 게다가 한자어를 따로 표기 안하고 음독으로 한글 표기를 한 게 많아서 몇몇 용어들은 이해하기가 어렵기도 하죠. 그거 제대로 이해하고 해설하려면 설정 언어 일본어로 해서 대사의 일어 자막을 보고 한자 뜻을 봐가며 해야 하거든요. 그러니까 그걸 다 동시통역하고 읽으면서 해설을 해야 100퍼센트 이해할 수 있는 겁니다. 일본어 번역가한테 아주 딱이죠!

아니 그딴 변태 같은 플레이를 누가 하냐고요?
그거야 모 일본 게임의 한국어판 발매가 최초 출시보다 한 달

늦어진다는 소식에 부랴부랴 사서 모든 대사와 텍스트를 동시 통역해가며 플레이 해본 역자 같은 변태가 합니다. 후후후후. 동영상은 다 올려봤지만 조회수는 안 나왔다는 슬픈 전설이 있어요.

그런데 아시다시피 외팔이 늑대는 난이도가 극악하잖아요. 그 난이도 앞에서 똥손인 역자의 꿈은 물거품이 되고 말았습니다. 게다가 지금 하는 게임도 파밍이 안 끝났단 말이죠. 제작진들이 전작의 경험을 살렸는지 파밍이 오래 걸리게 만들었습니다. 쳇. 두고 보자. 그래도 나는 풀파밍을 하고야 말리라. 내가, 열심히 일해서, 돈 많이 벌어서, 3분기에 새 그래픽 카드 나오면, 그것도 (가격 봐서) 사고, 컴퓨터 업그레이드하고 그럴 거야!

여러분들도 즐거운 게임과 독서 생활이 되시기 바랍니다. 그러면 다음에 또 봬요!

데스마치에서 시작되는 이세계 광상곡 14

초판 1쇄 발행 2019년 6월 10일

지은이_ Hiro Ainana
일러스트_ shri
옮긴이_ 박경용

발행인_ 신현호
편집부장_ 김은주
편집진행_ 최은진 · 김기준 · 김승신 · 원현선 · 권세라
편집디자인_ 양우연
국제업무_ 정아라 · 전은지
관리 · 영업_ 김민원 · 조인희

펴낸곳_ (주)디앤씨미디어
등록_ 2002년 4월 25일 제20-260호
주소_ 서울시 구로구 디지털로 26길 111 JnK디지털타워 503호
전화_ 02-333-2513(대표)
팩시밀리_ 02-333-2514
이메일_ lnovelpiya@naver.com
L노벨 공식 카페_ http://cafe.naver.com/lnovel11

DEATH MARCHING TO THE PARALLEL WORLD RHAPSODY Vol.14
ⓒHiro Ainana,shri 2018
First published in Japan in 2018 by KADOKAWA CORPORATION, Tokyo.
Korean translation rights arranged with KADOKAWA CORPORATION, Tokyo.

ISBN 979-11-278-5082-1 04830
ISBN 979-11-278-4247-5 (세트)

값 9,000원

© Koushi Tachibana, Tsunako 2019
KADOKAWA CORPORATION

데이트 어 라이브 1~20권, 앙코르 1~8권, 머테리얼

타치바나 코우시 지음 | 츠나코 일러스트 | 이승원 옮김

4월 10일, 새 학기 첫 등교일.
이츠카 시도는 평소와 다름없는 일상을 보내고 있었다.
갑작스러운 충격파로 파괴된 마을 한가운데에서 소녀와 만나기 전까지는─

세계를 부수는 재앙, 정령을 막을 방법은 단 두가지.
섬멸, 혹은 대화

정령과 만나게 된 시도는,
세계의 멸망을 막기 위해 데이트로 정령을 꼬셔야하는 운명에 처하게 되는데!?

세계의 멸망을 막기 위한 데이트가 시작된다─!!

❸ANIPLUS TV 애니메이션 방영 화제작!!

©Yuichiro Higashide, Koushi Tachibana, NOCO 2019
KADOKAWA CORPORATION

데이트 어 불릿 1~5권

히가시데 유이치로 지음 | 타치바나 코우시 원안 · 감수 | NOCO 일러스트 | 이승원 옮김

"……저는 이름이 없어요. 빈껍데기예요. 당신은 이름이 뭐죠?"
"제 이름은 토키사키 쿠루미랍니다."
기억을 잃은 채 인계라 불리는 장소에서 눈을 뜬 소녀,
엠프티는 토키사키 쿠루미와 만난다.
그녀의 안내를 받아 도착한 학교에는 준정령이라 불리는 소녀들이 있었다.
서로를 죽이기 위해 모인 열 명의 소녀들.
그리고 비정상적인 존재이자 빈껍데기인 소녀.
"저는 쿠루미 씨의 일행이자 미끼…… 미끼인가요?!"
"아, 미끼가 싫다면 디코이라고……."
"똑같은 의미잖아요!"

이것은 토키사키 쿠루미의 알려지지 않은 이야기.
자— 저희의 새로운 전쟁을 시작하죠

라이트노벨의 새로운 빛! L노벨의 신간은 매월 10일에 발매됩니다. http://cafe.naver.com/lnovel11